醫諾千金 3

文創風 383

清茶一盞 著

目錄

第五十七章

「啊？」夏衿吃了一驚。

雖然蘇慕閑說過因為他爹生病，才會把他從寺廟裡接回來，沒想到竟然這麼快就去世了。

「這真是……」她都不知說什麼好，心裡隱隱地為蘇慕閑擔心。

岑子曼握著她的手道：「到臨江來，我最高興的就是認識了妳這個朋友。以後咱們雖不在一處了，但還可以寫信呀，我會時不時寫信給妳的，妳也不要忘了我。」

夏衿心裡生出些不捨來。她來到古代後，幾乎沒有朋友，岑子曼率真直爽，與她很合得來，沒承想相處不了幾日就要分開了。「嗯，我會的。」

「這是二百兩銀子，咱們一起開酒樓的錢，妳拿著。」岑子曼拿出幾錠銀子，放到桌上。「酒樓的事，只能拜託妳了。」

見岑子曼還惦記著酒樓的事，夏衿有些感慨。「放心吧，我會把事辦好的，絕不讓你們虧本。」

「好了，我祖母已在城門口等著，我得走了。」岑子曼站了起來。

「我送妳。」夏衿跟在岑子曼身後走了出去。

岑子曼聽了這話很開心，點頭道：「好呀。」目光又朝外面院子掃了一眼。「我來時，姑母還叫我代她多謝妳哥哥呢。」

這話倒提醒了夏衿，夏家與宣平侯府相交，最初的緣由是「夏祁」治好了王夫人的病。如今宣平侯老夫人和王夫人要離開了，於情於理，「夏祁」也應該去送一送。

「去看看少爺在不在家。跟他說，宣平侯老夫人要回京了，他在家的話一塊兒去送一送。」她轉身吩咐薄荷道。

不一會兒，夏祁就匆匆跟著薄荷過來，跟岑子曼見禮後，三人便一起出了門。待他們到城門口時，果然看到宣平侯老夫人的馬車已在那裡等著。

看清楚城門口送別的人，夏衿奇道：「咦？怎麼只有羅夫人和羅三公子來送你們？」

馬車停了下來，岑子曼一面下車，一面道：「我祖母不喜這些，來的時候沒通知別人，走的時候也懶得通知；而且我們是回京奔喪，一大群人在這裡鬧烘烘的，也不像話。」

看到岑子曼回來，身後還跟著夏衿、夏祁，正跟羅夫人說話的宣平侯老夫人走過來拉住夏衿的手，看著夏祁道：「孩子，我們要回京了。你們有什麼事，儘管寫信到京城，我們即便不在這裡，但處理點事情還是沒問題的，有麻煩儘管說。」

夏祁兄妹倆行了一禮。「多謝老夫人。」

宣平侯老夫人不再多話，向夏衿點點頭，又轉過頭去朝羅夫人、羅騫揮了一下手，便對岑子曼道：「走吧。」便率先上了馬車。

接下來的日子很平靜，很快就到了童生試的日子。可在夏祁去參加童生試的前一天，竟然有人上夏家提親，提親的對象是還未及笄的夏衿，而且還以強硬不容拒絕的姿態出現——來提親的是朱心蘭的哥哥朱友成，要納夏衿為妾。

被舒氏急叫回來的夏正謙徹底懵了，趕緊派人去叫夏衿回來。

「不要跟祁哥兒說，免得亂了他的心。」夏正謙囑咐道。

夏祁本一直在崔先生家唸書，但明日就要參加童生試，故而昨日便回家了，此時正在自己院子裡準備科考要帶的東西。

沒承想，他們想瞞著，門口朱家鬧出的動靜卻不小，夏祁即便在後院也聽聞了，他匆匆趕來，對夏正謙道：「爹，您也應該知道，妹妹比一般的男兒都要強，便是我都不如她，給她挑個秀才、舉人都嫌寒磣，萬沒有給人作妾的。這事不用商量，直接拒絕就是，難道他們還敢強搶民女不成？真要為此來尋咱們麻煩，咱們也不是吃素的，我師父那裡、宣平侯府那裡，都能為咱們撐腰的。」

夏衿進門，就聽到這番話，忽覺感慨萬分。

初見時，夏祁還是個老實孩子，不過短短幾個月，他就成長為可以肩挑家庭重擔的男子，站在她前面為她遮風擋雨了。

「好好好，我家祁哥兒終於長大了。」夏正謙一臉欣慰，慌亂的心也定了下來。

「沒錯，回絕了就是，他們是不敢拿咱們怎麼樣的。」夏衿的聲音從門口傳了進來。

一家三口都轉過頭去，便看到夏衿穿著跟夏祁一樣的青衣長衫，一臉淡然地站在門口，彷彿朱知府家要納妾，跟她沒有任何關係。

夏正謙聽得這話，大大鬆了一口氣。

他之所以急著派人去叫夏衿，是擔心女兒不知何時跟朱友成有了私情，一心一意要嫁給他，這才有了那莫名其妙的提親一事。

不過他仍有疑惑，問向走進來坐下的夏衿。「妳見過那朱公子？」

夏衿搖搖頭。「沒見過。」

「那他怎麼會看中妳？」不光是夏正謙，連舒氏都感覺出不對來。

「這個得去查一查才能知道。」

說是這樣說，她心裡早已有了定見。朱友成跟羅宇關係好，羅府宴會時曾給羅宇當槍使，想調戲她，結果讓她陰差陽錯避了過去。現在莫名其妙來提親，要說跟羅宇沒關係，打死她都不信。

「你們放心，不會有事的。」她安慰父母道，又轉過頭叮囑夏祁。「我猜這背後指使的人，不光要用這件事來噁心我，還想影響你考試的情緒。你須知道，正是咱們無權無勢，這些人才會欺上門來；要是你現在是秀才、舉人，你看朱家還敢這麼放肆不？即便看中我，也得娶我做妻，而不是納我為妾。要想護著我這妹妹，你明天得好好考試，不要受這事的影響。」

夏祁重重地點點頭。「放心，我明白。我一定考好，讓那些王八蛋看看，我們夏家是不能惹的。」

「也不用太有壓力，平常心即可。」

接著，夏正謙趕緊派人去找媒婆，讓她將他們的意思轉告朱友成。

媒婆去了朱家一趟，回來告訴夏正謙。「你這話說了沒用，你家老太太已作主將你家姑娘許給朱公子作妾了。」

夏正謙頓感五雷轟頂。

媒婆又勸。「我說夏郎中，以你們的家世，能作朱公子的良妾，完全是你家的福分；即便令少爺考中秀才，朱公子納你家姑娘為妾，也是抬舉了，你們可別不識好歹。」

要是換作別人，依著兩家的身分地位，定然會贊成媒婆說的話；可夏正謙本就將女兒看得跟命根子一樣，打定主意是不讓她作妾的，哪怕是皇帝老子都不成。如今聽到夏老太太竟然在背後下黑手，謙謙君子風度都沒了，只差沒啐媒婆一臉怎地。

「這、這怎生是好？」那邊舒氏根本沒聽媒婆說什麼，一聽老太太把女兒給送了，那眼淚就嘩嘩而下。

好在夏正謙還有些理智，強撐著處理事情，一指媒婆。「將她送走。」再叫道：「請衿姐兒來。」

頓了頓，他又對準備出去的下人補充一句。「這件事，別讓少爺知道。」

家裡發生這麼大的事，夏衿也沒心思處理酒樓的事，立刻派了魯良去羅家，想約羅騫出來，問一問羅宇的近況。

卻不料魯良還沒回來，她就聽到下人來傳夏正謙的話。

「這老不死的。」她怒罵了一句，轉身吩咐菖蒲。「讓妳娘去夏府一趟。」

那邊府裡，雖然用一道圍牆相隔，分成兩座府邸，但夏衿的耳目仍然遍布各處。按理說，夏老太太那裡有什麼動靜，那邊的人早就來報信了才對；現如今一個人都沒有，顯然朱家的求親是分兩邊同時進行的。

夏衿聞到了濃濃的陰謀味道。

還沒等夏衿走到正院，半路上就遇到匆匆返回的魯嬸，對夏衿悄聲道：「那邊府來人了，說就是今天上午，朱家派人求親，一個是求二姑娘，一個是求您。老太太樂得跟什麼似的，當場就允了。」

夏衿吃了一驚。「二姊姊不是早訂過親了嗎？」

夏袗的親事，在她十歲那年就訂下了，還是夏老太爺親自訂的。對方祖父也是郎中，跟夏老太爺甚是投緣，兩人便約好做親家，夏袗許給那邊的嫡長孫。

魯嬸撇撇嘴。「聽說老太太當場就叫人去退親。袗姑娘倒是仁義，聽到這事就直接到堂前，跟老太太說要是退親，她就剪了頭髮做姑子去，絕不去給人做小妾，結果被老太太叫人給綁了，關在房間裡。」

夏衿都被老太太給蠢得說不出話來了，好半晌才問：「我跟二姊姊都許給了朱大公子？」

魯嬸點點頭。「是。」

夏衿一陣苦笑。夏袗，是被她連累了。

夏家三房跟老太太不親，如果她進了朱府得了勢，老太太的兩個親兒子豈不是得對夏正謙伏首貼耳了？所以如果只娶她一個，老太太是絕不會同意的，假如又納她一個親孫女，情況就不同了。可夏衿是庶女，分量不夠，又有些沒腦子，進了朱府不一定能拚得過夏衿，所以老太太才將訂了親的夏祾拿來頂上。

「我爹他們沒派人去那邊府裡，妳就裝作不知道。」夏衿吩附道。

魯嬸點了點頭，轉身去了。

夏衿在那裡站了一會兒，對菖蒲道：「妳去跟老爺、太太說，我去找羅公子打聽事情原委。至於老太太許親的事，我已知道了，一切等我回來再說。」

看菖蒲去了，夏衿轉回清芷閣，換了一身男裝，便獨自出門，這一回連董方都沒有帶。

她這剛一到大門口，迎面就看到羅騫急匆匆地過來，臉上還有焦急憤怒之色。

「羅大哥。」她喚了一聲。

羅騫聽到她的聲音，腳下一頓，朝她看來。

夏衿左右看了看，想找個說話的地方。雖前面有茶館，但人多嘴雜，並不是談話的好去處；而家裡，夏正謙和舒氏正等著呢，要是羅騫過去，他們定是要旁聽的，如此可不方便說話。

羅騫顯然也在考慮這個問題，然後對夏衿一點頭道：「跟我來。」轉身往旁邊走去。

過了杏霖堂門口，再往前走十幾步，羅騫便上了臺階，指著朱紅大門上的銅鎖對于管家道：「開門。」

夏衿頓時傻了眼。
她沒想到隔壁這家，她整日跑過來往屋頂上跳的地方，是羅騫的房子。
可一個月前，這裡還有人住呢。
于管家掏鑰匙開了門，夏衿跟著羅騫往裡走，卻見裡面跟她家是一樣的格局，雖四處收拾得乾淨，但進來好一會兒都沒有見著人。
她忍不住問：「你這房子，住客搬走了嗎？」
于管家看了她一眼，又望向自家公子，偷偷翻了個白眼。
「嗯，到期了，不想租就搬走了，如今空著。」羅騫道。
羅騫還沒坐穩，就對于管家兩人揮了一下手。「你們下去吧。」
于管家和樂水立刻退下。
魯良去羅府傳完話，是跟著羅騫一道來的，在半道上遇見夏衿，便一起跟來了。聽到羅騫的吩咐，他卻沒有立刻出去，而是看向夏衿。
夏衿對他這態度十分滿意——羅騫身分高，換作其他下人，便會聽他的吩咐，跟著一起退出去。魯良卻能記得自己是夏家的下人，而不是羅家的下人，這很好！
她正要吩咐魯良出去，卻聽羅騫一聲低喝。「出去。」
夏衿和魯良都愣然。
羅騫一向穩重、有禮，即便是對待自家犯錯的下人，也從未出重語喝斥過。
夏衿轉過頭去，看到羅騫嘴唇緊抿，眼裡盡是煩躁，她心裡一動，隨即一股暖流湧上心頭——關心則亂！

這世上，能為她的事急成這樣的，除了夏正謙夫婦和夏祁，恐怕唯有羅騫了。

她朝魯良揮了揮手，魯良趕緊退了出去。

魯良的身影一消失在門口，羅騫就開口了。「妳別急，一切交給我。」

夏衿再次轉頭，結果一下就撞進羅騫那漆黑而深邃的眼眸裡。

「相信我，不會有事。」羅騫的嗓音低沈而雄渾，直抵夏衿的內心深處。

她定了定神，好奇地問道：「你想如何處理？」

朱友成是朱知府的兒子，朱知府是羅維韜的頂頭上司，羅騫想用權勢施壓，完全行不通；而夏老太太是夏衿的祖母，也不可能從她那裡做手腳，兩條路都行不通，她很好奇羅騫會如何應對。

羅騫將手握成拳頭，放到嘴邊輕咳一聲，低聲道：「朱友成不是要納妳作妾嗎？只要讓他沒能力納妾就行了。」

夏衿睜大了眼睛。沒能力納妾？她懂了。

她才用這樣的手段治了羅宇，沒想到羅騫也把這手段用到朱友成身上了。難得兩人壞得這麼合拍，她要是不嫁給他都沒天理了。

見夏衿用那漆黑明亮的大眼睛驚訝地望著自己，似乎一瞬間就明白了他的意思，羅騫頓時不自在起來。

不要這麼聰明好不好！他真不是有意在她面前提什麼「不行」這種話題的，一個未婚男子，一個妙齡少女，兩人還……咳！

夏衿見他的俊臉忽然紅了起來，心裡不由得一跳。她低頭盯著地上，心底暖暖柔柔的，還帶著甜蜜。

沈默了一會兒，她輕聲問道：「咱倆的事，你有信心說服你娘嗎？」

羅騫怔了一怔，旋即抬起頭來，望向夏衿的眸子裡驚訝帶著狂喜，說話都結巴起來。「妳……妳……妳的意思是，如果我娘同意，妳願意嫁給我？」

夏衿輕輕點了點頭。

「妳……我……」羅騫激動得不知說什麼好了，伸過手來似乎想握夏衿的手，可伸到一半，自覺不妥，又收了回去。

他胸脯一起一伏，呼吸都深了許多。他望著夏衿，眼眸認真誠摯。「放心，我會說服我娘的，我不會讓妳受委屈。」

夏衿抬起眼來看向他，一下沈入他深情凝望的漩渦裡。

屋子裡一片寂靜，只有一種暖暖甜甜的氣息瀰漫空中，久久揮之不去。

夏衿垂下眼，平生第一次紅了臉。

「衿兒……」羅騫低聲呢喃。

這一聲低吟，讓夏衿的心顫了一顫，只覺呼吸都困難起來。

不過她終是江湖兒女，很快就從這旖旎氣氛中清醒過來。她張目望他，噗哧一聲笑了起來，脆聲問道：「對著我這張臉，你不覺得彆扭嗎？莫非你喜歡的是我哥哥？」

「胡說。」羅騫輕斥一聲，隨即也笑了起來，剛才凝滯的曖昧氣息一下消散了，連空氣都輕快起來。「或許在別人眼裡妳是夏祁，但在我眼裡，妳就是妳，就算穿了男裝，還是跟妳哥不一樣。」

夏衿心裡又是一跳。羅騫平白一句話，她都覺得是悅耳動聽、撩人心緒的情話。這傢伙，不會是情場老手吧？

這麼一想，她覺得有些事還是事先申明得好。「雖然咱們的事八字都沒一撇，但有些話，我還得跟你先說一聲，別到時候你在你娘那裡努力了半天，好不容易把我娶進門，卻發現咱們不合，吵著又要和離，這不自找麻煩嗎？」

羅騫臉色一黑。「和離？咱們都還沒怎麼樣呢，妳就想著和離？」

「咳……」夏衿也覺得尷尬不已，但話必須說清楚。「我的丈夫是不能納妾的，連通房都不許有。如果跟別的女人有染，我就帶著孩子離開。還有，我不是那種大門不出、二門不邁的閨秀，雖然會儘量做賢妻良母，但有需要出門處理的事，我便會扮男裝出門，就像現在這樣。」

夏衿這番話，要是在別的男人面前說，定會被大啐一口，再搧個耳光，罵她個狗血淋頭。可羅騫聽了這話，竟然理所當然地點了點頭。「妳放心，我看著我娘為了小妾痛苦十幾年，我自己又差點死在姨娘手裡，還跟庶兄自相殘殺，即便妳不說，我也不會讓我妻子受這樣的罪，這輩子我都不會納妾的。至於出入自由，我現在沒覺得妳這樣不妥，以後自然也不會限制妳。」

說到這裡，他抬起眼看著夏衿，依然是那副不緊不慢的語調。「至於和離，妳就別想了，這輩子都不可能；既無和離，孩子跟誰就不用討論了。」

夏衿上輩子沒談過戀愛，不知道別人談戀愛是怎麼樣的，兩人在一起時會說些什麼話；但她覺得，再沒有比羅騫說的更動聽的情話了。

望著他的俊顏，她忽然覺得心被填滿了，踏實充盈，她終於知道幸福的滋味。她凝望著羅騫，嘴角漸漸地翹了起來。「如此，我就把這事交給你了。」

「好。」羅騫的嘴角也翹了起來。能做她的依靠，他覺得很好。

來之前，夏衿還想問他，這件事跟羅宇是否有關係，但此時她卻覺得不須再問了。這件事不管誰是背後指使者，羅騫都不會放過他的。他既然讓她把一切交給他，她再過問，倒顯得不相信他了，不如做一回小女人，好好享受呵護。

當然，她也不可能什麼都不做，任由夏老太太在後院放火，把她賣了。下一把藥，讓老太太或中風、或見閻王，以後再不能胡作非為，是夏衿定然要做的。

只是夏祁第二日就要參加童生試，老太太死了，他得待在家裡守孝；老太太病了，也沒準兒指名夏祁伺候她；即便她病得沒辦法說話，夏祁這時候放著病重的祖母不伺候，還跑去參加考試，也是德行有虧，終是不妥。

所以夏衿將這筆帳先記了下來，等夏祁拿到秀才身分再說；反正那頭有羅騫張羅，她這個小妾，自然是當不成的。

第五十八章

童生試分為「縣試」、「府試」及「院試」三個階段。縣試在各縣進行，由知縣主持，考五場。通過後，隔兩個月進行府試，連考三場。最後再參加由各省學政或學道主持的院試。

臨江城是府城，府衙、縣衙都設在此處。所以無論是縣試還是府試，都不用跑到別處，只在臨江參試便可以了。

那日晚上，夏衿回到家後，特意去了夏祁房裡一趟，將羅騫會出面擺平此事的話跟他說了。夏祁也知道唯有他考中秀才、舉人，才能給父母、妹妹安穩的生活，所以雖然有些緊張，依然強迫自己入睡，第二天精神抖擻地帶著小廝，去了考場。

夏衿跟著父母一起乘車送他到縣衙門前。

縣試的五場考試，並不是連著的。第一場為正場，錄取機率大，文字通順者即可錄取，錄取者即獲得府試的資格。至於接下來四場要考不考，由考生自己決定。

如果考生有把握，就可以五場皆考，每場考試都以前一次的成績決定座位，第一名坐在考官正對的第一個位置上，閱卷時考官自然會特別留心，不會隨意批閱。

最後一場仍坐第一個位置的，便是縣案首，後面的府試、院試皆可免考，等於提前拿到秀才功名。而考取前十名的則為「縣前十」，等到府試時，仍可以坐在最前排。

夏祁既聰明，讀書也很認真，這段時間又有了崔先生的指點，所以他的目標不再是秀才，而是案首，是稟生。

這五場他都要參加。

於是，夏家人的心也跟著他進出考場而一起一伏。

終於，縣試的最後一場考完了。第二天張榜公布，夏祁取得縣案首。

將懸著的心放下，夏衿又恢復了晚上出去逛逛的習慣。

這天晚上，她正在城東奔跑，走了一段路，她忽覺不對，連忙將身形隱在屋頂陰影處。不一會兒，便見前方街道有幾人騎馬飛奔而來，馬蹄上似被包了布，踏在道上無聲無息，馬上的黑衣人也一聲不響，猶如鬼魅一般。

呀地一聲，鄰近一座宅子忽有開門聲。

那幾人立刻勒住馬兒，停了下來。

為首的一揮手，立刻有人翻身下馬，走到那座宅子前，縱身上牆，朝院裡看去。

宅子裡有人提著一盞油燈，從屋裡出來，打著哈欠，搖搖晃晃地朝茅廁去了。

黑衣人跳下牆頭，走到馬前，對為首的那人擺了擺手。

為首那人又揮了一下手，正要策馬前行，忽聽前面也有隱隱的馬蹄響。幾人拉住韁繩朝前看去，便見前面街道也有幾個黑衣人騎馬而來，裝束跟這幾人一模一樣。

雙方在夏衿所藏的屋簷下方相遇。

新來的那幾個看到對方，連忙翻身下馬，拱手作禮。「爺。」

為首那人微一頷首。「可有發現？」

夏衿聽到這聲音，猛地一震。說話這人，正是上次她到夏宅去，在半路遇上追殺蘇慕閑的那個領頭者。

「沒有。」新來的那人道：「屬下們把城裡都搜了一遍，並未見著那人，想是未往這裡來。」

「宣平侯府裡呢？」

「屬下將那裡細細搜了一遍，並無收穫。」

為首那人沈吟一會兒，下令道：「留下兩人繼續在此打探，主要守住宣平侯府；其餘人跟我往嘉州去，一刻鐘後，在城門口集合。」

「是。」那人領命而去。

為首那人也帶著手下往城門口方向去了。

一直屏著呼吸的夏衿這才吸了一口空氣，望著遠去的兩夥人，沈吟不已。

一會兒之後，她轉往蘇慕閑曾住過的臭水塘屋子奔去。

蘇慕閑曾因爵位遭弟弟追殺，追殺之人，正是剛才離開的那一夥人。如今他父親去世，正該他襲爵。他那弟弟既做出前事，想來是個喪心病狂之人，定然不會善罷甘休，再派殺手追殺哥哥，也就不奇怪了。

更何況剛才那人一再提及宣平侯府，蘇慕閑跟宣平侯府有親，此前來時也住在那裡。那他們搜索之人，不用多想，便是蘇慕閑了。

蘇慕閑到了臨安，四處躲藏，並不一定會到塘西曾住過的屋子去；但夏衿就想去看一看，或許他又躲在那裡了呢。畢竟上次住在那裡，甚是安全。

以前兩人還是陌生人時，夏衿都不介意伸手幫他一把；現在既是朋友，她自然不能不管。

去塘西的路上，夏衿慢下腳步。一來是避免碰上那群殺手，二來也是為了搜尋蘇慕閑。她擔心蘇慕閑又像上次那樣受了傷，躲藏或者倒在某處。

一路尋來，並沒有異常情況。然而到了蘇慕閑曾住過的屋子外面時，夏衿停住腳步，露出奇怪的表情。

她聽到屋子裡有沈重的呼吸聲。

她抬頭看了看天空。

要不是此時正值月中，圓月掛在半空中，跟那晚半黑的彎月不同，恍惚裡她都要覺得時光停滯，仍是那次她救了蘇慕閑後，夜裡來探病的情形了。

同樣的地點，同樣的臭氣撲鼻，那晚蘇慕閑受傷發燒，呼吸同樣沈重……

她輕輕地推開了門。

噹地一聲，門縫裡面忽然刺出一劍，要不是夏衿武功高強，很是機敏，怕是要被捅出個窟窿了。

屋裡那人見一招未曾得手，緊接著又使出一招來。顧忌著揮劍的人可能是蘇慕閑，夏衿並未還手，只後退著左避右閃，想將裡面的人引出來，藉著月光看清楚是不是蘇慕閑；同時她心裡也大定——還能揮劍，看來傷勢並不重。

那人卻是不笨，見夏衿朝後面退去，他並沒有追出來，而是守門不出，來個一夫當關、萬夫莫開。

夏衿只得出聲。「裡面的是誰？為何揮劍相向？」

裡面的人聽了，似乎愣了一愣，繼而門被猛地打開，一個高大的身影出現在門口，聲音沙啞。「可是夏衿？」

藉著月光，夏衿看清楚面前的人，可不正是蘇慕閑。只見他形容憔悴消瘦，身上血跡斑斑。

「是我。」她忙道。

望著夏衿，蘇慕閑又驚又喜，一時之間竟然掉下淚來。

「你……」不用多說，夏衿就已猜到蘇慕閑遭遇了什麼。

她往他身後望了望，問道：「你那小廝呢？」

她猶記得，那叫阿墨的小廝甚是忠心，上次還幫他將殺手引開，救了他一命。

蘇慕閑神色更加黯淡。「他死了。」

夏衿默然，嘆了一口氣。「此處不是說話的地方，進去吧。」

蘇慕閑正要轉身，身體卻搖晃了一下，差點摔倒。夏衿連忙上前扶住。「你受傷了？」

蘇慕閑穩住身體，點點頭，淡淡道：「還死不了。」

話雖不多，但夏衿卻感覺到蘇慕閑的變化。她又在心裡暗嘆一聲，扶著蘇慕閑進了屋子。

進去讓他坐下後，她為他把了一脈，神色凝重起來。

蘇慕閑此時清醒，似乎沒甚大礙，其實不過是意志力使然。他不光有傷，而且虛弱疲勞，已到了十分嚴重的地步，比起上回中箭傷相比，更加麻煩。

「你……從京城逃出來多久了？」她問道。

粗略算來，蘇慕閑從回京那日到現在，也不過二十來天。這二十來天他恐怕都在逃亡，否則也不會讓身體破敗到這種程度。

果然，蘇慕閑道：「我還沒進京，就被人追殺。本來我想逃進京祭拜父親，但進京的路全被封死。我知道姨祖母在後面，又帶著護衛，便想回去找她們，但往後的路也被封死了；沒奈何我們只得往東去，轉了一大圈，才擺脫他們。阿墨為護我，被亂箭射死了。」

夏衿都不知道說什麼才好。

蘇慕閑那弟弟簡直喪心病狂，要不就要蘇慕閑死，要不就要他身敗名裂——蘇慕閑僥倖逃脫了，也回不去了。父死，他卻未歸，是大不孝，這樣的人是不配襲爵的。

「那爵位，不要也罷。」她只得安慰。

蘇慕閑沈默著，沒有說話。

夏衿從懷裡掏出一些藥瓶。「把上身的衣服脫了，我幫你敷藥。」

蘇慕閑再不像原來那樣，臉紅不好意思，而是順從地將衣服脫了下來。

夏衿饒是曾出生入死，但看到他身上那縱橫交錯的傷痕，仍倒吸了一口涼氣。蘇慕閑剛才說得輕描淡寫，但從這一身傷痕來看，這短短二十多天遭遇的，何止他講述的那一點事，其中的千難萬險，可想而知。

夏衿將瓷瓶中的藥一點點倒在他的傷口上。藥粉刺激著傷口，讓人疼痛，蘇慕閑卻一動不動，眼睛都沒有眨一下。

倒完手上的藥，夏衿無奈地站直身體。

蘇慕閑身上的傷太多，還有一條從肩膀一直劃到肋下、深可見骨的傷口，她手裡的藥根本不夠用。

「你先躺下，我去幫你拿藥。」她拿起蘇慕閑的衣服，披在他身上。

蘇慕閑卻搖了搖頭，抬頭看著夏衿，清俊的臉上十分堅毅。「不必了。現在外面還有人追殺我，妳跑來跑去，恐被人懷疑上。我死不足惜，卻不能連累妳，妳還有親人呢，不必為我冒險。」

果然是不一樣了，大難還真是讓人一夜長大呀……

想起自己前世遭逢大難時的光景，夏衿感慨萬千。

「我的武功你見過的，我小心一些，不會讓人發現。」夏衿道：「你在這兒等著，我去去就來。」

「行。」蘇慕閑也應得乾脆。

夏衿頓了頓，看了蘇慕閑一眼，轉身朝外面跑去，還順手將門關上。

她跑了一段路，想了想，又轉了回來，悄悄藏在暗處。

果然如她猜想那般，不一會兒，蘇慕閑踉蹌地走了出去，蹣跚著朝另一方向走去。

夏衿暗嘆一聲，走到他身後，伸出手朝他後腦勺一砍，見他暈了，扛著他進了屋裡，放在床上。

她出來帶上門，小心地朝家裡跑去，一路還觀察城裡動靜。想來那些殺手已撤離，城裡四處都極安靜，沒有再遇上人。

她回家取了藥，拿了一床被子和兩件男裝、一壺水，又飛快來到塘西，此時蘇慕閑仍暈躺在床上。

夏衿讓他翻了個身，慢慢處理傷口，再包紮起來，然後蓋上被子。

做完這些，她長吁了一口氣，開始思考該將蘇慕閑安置在何處。她自然不會像上次那樣，再置蘇慕閑於不顧，而是照顧他，直到傷勢養好為止。如果能把他安置到夏家附近，就能方便照顧；而且這裡的環境太不好了，把他放在這裡，她於心不忍。

城南雖有院子，城東還有酒樓，但都住滿了人。蘇慕閑被人追殺，不能露臉，自然不宜帶到那些地方去。

莫非，要將他安置到夏家隔壁、羅騫的空宅子裡去？

反正今晚是不能挪動蘇慕閑了。一來他的傷口不宜搬動，二來外面還有追殺他的人，夏衿便打算先將他安置在這裡，明日做好打算後，再將他移過去。

打定主意，夏衿煎了藥，讓他服下，這才回了夏宅。

為了不引起懷疑，她不敢睡懶覺，只稍稍瞇了一下眼，待天剛放明時，她便如以前一樣，起床練武。

夏祁提前得了秀才，再不用去參加府試、院試，此時一身輕鬆，也同樣起來跟著一道練功。

練完功吃了早飯，夏祁正要去崔老先生處，就得到夏府那邊的消息，說老太太病重，急請夏正謙過去看看。

「怎麼就病重了？」舒氏聽到這消息，心情很是複雜。

夏正謙長嘆一口氣。「上了年紀，難免的。我先過去看看，你們收拾好隨後過來。」說著，他率先出了門。

夏衿聽到這消息，心裡是說不出的輕鬆。她本還打算童生試後就給老太太下藥，沒想到這藥還沒下，老太太卻自己病倒了。

她跟著舒氏、夏祁到夏府時，便見正院裡一片靜默。老太太閉著眼躺在床上，不知生死，夏正謙正將手指從她腕上退回來，嘆息著搖了搖頭。

夏正慎雖然自私，但在不涉及利益的情況下，還是很孝順的，一看夏正謙這樣，他頓時急了，問道：「你可有好辦法？」

夏正謙又搖了搖頭。「大哥，開醫館這麼些年，有些病症你也是知道的。娘是突發心疾，能拖到現在，已是老天有眼。我再有心，也無能為力。」

大太太聽得這話，張了張嘴，似乎想指責夏正謙，可一抬眼看到夏祁，她連忙又閉上嘴。

以前有老太太在上頭，夏正慎也算是「挾天子以令諸侯」。現在老太太躺在床上，只有出氣，沒有進氣，三兄弟又分了家，此時巴結夏正謙還來不及，哪裡還能得罪他？因此夏正慎也沒說什麼，只啞著聲音道：「有勞三弟了。」

夏正浩卻將目光投到夏祁身上。「祁哥兒醫術高明，不如來給你祖母看看。」

夏祁受夏衿影響頗大，現在又得了功名，越發沈著穩重，只見他二話不說，便走上前伸手給老太太把脈。幾息之後，他將手收回，對著夏正慎和夏正浩搖了搖頭，拱手道：「慚愧。」

夏衿一眼便看得出老太太這是心肌梗塞，而且情況嚴重，由她出手的話，或許還能從鬼門關前把老太太救回來。但這老太婆不光沒積德，還百般欺凌夏家三房，夏衿自然不會主動出手救治；不過她也不能讓父兄揹黑鍋，讓人覺得他們沒有全力救治老太太。

她上前一步，對夏祁道：「哥，那日聽你說，曾在羅府見過謝郎中一面，不知你跟他交情如何？能不能請他來給祖母看看？」

夏祁聞言，擰眉一蹙，繼而露出恍然神色，對夏正慎道：「謝郎中是丁郎中的徒弟。丁郎中如今年邁，已很少出診了，城中各官府大老爺們，偶有不適都是請謝郎中出診。我前幾日倒在羅府見過他一次，雖無交情，倒也可以厚顏請他一請，如他肯來，也是我等之幸。」

夏正浩一聽大喜，連忙道：「有勞祁哥兒。」

「祁哥兒一片孝心，你祖母聽了也會高興的。」夏正慎也說了一句。

夏祁點點頭，轉過身準備離開，這時候才看了夏衿一眼。

夏衿轉頭對夏正謙道：「爹，為表誠意，您跟哥哥去一趟吧。」

夏正謙自然知道，那位謝郎中是跟夏衿有交情而非夏祁。此時夏衿不宜離開，他就得頂在夏祁前面，以免讓那謝郎中看出端倪來。

他答應了一聲，也跟在夏祁後面出去了。一頓飯工夫後，他們父子倆便陪著謝郎中匆匆走了進來。

夏正慎聽到下人通報，連忙從屋裡出來迎接。

看病要緊，幾人寒暄幾句，便帶著謝郎中進了屋。其餘人照著夏正慎的吩咐，仍留在外面，等候消息。

不一會兒，謝郎中就出來了，跟夏家幾人說了幾句客氣話，拱拱手便離開了，仍由夏正謙父子倆送了出去。

「怎樣？」大太太疾聲問夏正慎。

夏正慎搖搖頭，長嘆一聲。「謝郎中也無力回天。」

「老爺，大老爺，快、快，老太太醒了！」屋裡慌慌張張跑出來一個婆子。

夏正慎二話不說，抬腳就往屋裡跑去。

大太太愣了一下——不是說不行了，怎麼這會兒又醒了？

倒是二太太明白，輕聲對舒氏道：「怕是迴光返照了。」說著，招呼著大家一起進了屋子。

一進屋，就看到夏正慎跪在床前泣不成聲。「娘、娘，您怎麼樣了？」

老太太直直地瞪著眼，嘴唇蠕動著想要說話，還掙扎著想要坐起來。
夏正慎在醫館待了多年，自然知道老太太此時是迴光返照。既然救不活了，他心裡倒盼著老太太交代些後事，比如將金銀藏在哪兒了——分家的時候說好了的，老太太的體己歸他，他倒不怕夏正浩和夏正謙來搶。
所以眼見得老太太要坐起來，他也顧不得其他，上前一步將老太太扶起來，靠在他的肩上。
「呵呵咯咯……」老太太想說話，喉嚨裡卻只發出怪聲，手還抬了起來，指向門口。
大家扭頭一看，卻是夏正謙和夏祁送謝郎中回來，正站在門口。
大家回頭便看到老太太滿臉怒容，嘴裡呵呵不停，指著夏正謙父子的手顫抖不已。
快要死了還不讓人省心，如此不是平白讓人猜測是三房父子害死她的？
夏衿心裡罵了一句，擠上前去，對夏正謙道：「爹，祖母想是口裡有痰，說不出話。您用針刺她天突穴、水突穴、中府穴、玉堂穴……」
夏正謙雖對老太太不滿，但要說盼著她死，卻是沒有的。此時能救老太太，他絕不會吝嗇半分力氣。
聽了夏衿的話，他忙從懷裡掏出銀針，照著夏衿所說的幾個穴道刺了下去。
刺到最後一個穴道時，噗地一聲，一口濃痰被老太太吐了出來。丫鬟在夏衿的吩咐下，早已準備好痰盂，此時接了，連忙端了出去。
「咳，咳咳……」老太太咳嗽兩聲，喘了幾口粗氣，這才指著夏正謙道：「把、把這孽畜趕出去，免……免得髒了我的屋……」

夏正慎為難地看了夏正謙一眼。

老太太又道：「我……我死了，也不要他們……守孝，我……不是他母親，他不許……跪我……」

聽得這些話，夏正謙心裡五味雜陳。

兩人好歹母子一場，老太太雖怨他，他卻叫了老太太三十幾年「母親」。沒想到老太太對他除了恨，再沒有別的感情，便是死，也不肯叫他磕一個頭，給她披麻帶孝。

見夏正謙呆愣愣地一動不動，老太太那裡已是上氣不接下氣，眼看就要斷氣了，仍顫抖著手，指著夏正謙不肯放下。

夏正慎只得開口道：「老三，你先出去。」

夏正謙目光複雜地看了老太太一眼，轉身出了屋子。

舒氏和夏祁、夏衿也跟了出去。

四人剛剛在院中站定，就聽得夏正慎一聲慘叫「娘」，屋子裡傳出一片哭聲。

舒氏走到夏正謙身邊，耳語道：「相公，要是咱們不哭靈守孝，外人不知情，定然會指責祁哥兒德行有虧……」

夏正謙還沒想到這個，聽了這話，既驚且怒。

命令是老太太下的，要收回這命令，只有讓她改口，可如今老太太已死……

他和舒氏、夏祁對視一眼，大家愁腸百結，想不出好辦法。

夏衿握起拳頭，心頭瞬間變得冰冷。

死老太婆，便是死了，還不肯消停，竟然使出這種陰招害人。

她上前幾步，湊到夏正謙和舒氏身邊，輕聲道：「爹，您跟大伯講，如果不讓咱們哭靈守孝，那就等於將我們趕出家門了，從此我們跟大房、二房視同陌路，再不是一家，有事他們再不用招呼咱們。」

夏正謙和舒氏眼睛頓時一亮。

以夏正慎那唯利是圖的性子，必然不會為了一個死去的老娘，得罪前途無量的三房。至於夏正浩，那是個重名聲的，三房傳出德行有虧，於二房也沒好處，畢竟在外人看來，他們都是一家人。

夏正謙回頭向羅叔招了一下手。「你去裡面，把這話轉告給大老爺。」

羅叔應聲去了。

過了一會兒，他出來道：「大老爺和二老爺請三老爺、三太太進去哭靈。」

夏正謙和舒氏鬆了一口氣，急步進去哭靈。

此時天氣已熱起來了，不宜停靈太久；而且請和尚誦經也是要花錢的，精打細算如夏正慎自然是不肯的。再說，小戶人家也沒那麼多講究。

所以老太太只停靈三天，便被送到城外，與夏老太爺葬在一起。

為了夏祁的名聲，夏衿這幾日並沒有偷懶，而是老老實實到靈前哭泣跪拜，只在休息的時候，偷偷換了夜行服，跑到塘西去給蘇慕閑換衣餵藥。

蘇慕閑的病情果然如夏衿所料，內外疾病一起發作，自那日被夏衿打暈，他就再沒有醒來，傷口紅腫，高燒不退。夏衿又不能時時守在他身邊照料，沒奈何，只得派魯良照料他。魯良平時在夏宅，就幫夏衿駕個車，別無他事。他們一家算是舒氏分派給夏衿所用的下人，所以在哭靈、守靈的混亂之際，饒是舒氏這個三房的當家主母也沒發現少了個人。

送了葬回來各自歸家。到了晚上，夏衿換了夜行服，去了塘西。

叩，叩叩……

屋裡伺候蘇慕閑的魯良聽得這有節奏的敲擊聲，連忙開了門。

「今天怎麼樣了？」夏衿迎頭就問。

「白天有一陣已不發燒了，晚上雖燒了上去，但沒昨晚那麼燙了。」魯良低聲道。

夏衿走進屋裡，便對上床上一雙晶亮的眼睛。

夏衿笑了起來，走上前去問道：「你醒了？」

蘇慕閑點點頭。

「放心，他們已經撤了。我剛才在外面轉了一圈，都沒發現可疑之人。」

蘇慕閑感激地道了一聲「謝謝」。

發了幾天高燒，他的嗓音很是沙啞。

夏衿一擺手，伸出手給他把了一下脈，點點頭道：「沒事了，再調養幾日即可。」

蘇慕閑扯了扯乾裂的嘴角，露出笑容。

夏衿抬頭看向魯良。「這裡環境不好，我想給他換個地方。白天不方便，我現在就把他揹過去，你先留在這裡睡一覺，明天天亮了再過去。」又把地址跟魯良說了。

魯良猶豫了一下，點了點頭。

他雖跟蘇慕閑打過照面，但印象並不深，那時的蘇慕閑是宣平侯府的貴客、武安侯世子，翩翩佳公子一枚；眼前的蘇慕閑因被追殺，四處躲藏，早已不復原來模樣。衣衫破了好幾處，還染了血漬，臉頰凹陷，滿臉鬍渣，因此魯良並未認出他來。

那天一早，他就被自家姑娘拎到這裡，叫他伺候這個病人，還沒等他發問便又走了，除了一些醫藥上的叮囑，什麼情況都沒跟他說。

他越發看不懂自家姑娘，不光一身武功，還開酒樓、逛青樓，現在又跟這滿身血漬的男子關係莫名……

夏衿說完就沒再理他，轉過身對蘇慕閑道：「你忍著點，我現在就揹你過去。」

蘇慕閑卻搖搖頭。「不用，這裡挺好的。」

夏衿眼睛一瞪。「你少廢話。要是不想讓我再打量你，就老實待著別動。」

想起前幾日見到她的情景，蘇慕閑老實地閉上了嘴巴。

「魯良，過來幫忙。」夏衿雖說可以扛起蘇慕閑就跑，但人家醒著，她也不能太過粗魯對待，轉過身去，在蘇慕閑面前半蹲下來。

魯良這次終於忍不住了，這男人是誰啊，憑什麼讓咱們家姑娘揹他，來個肌膚之親，咱們家姑娘可還沒嫁人啊！

他可不知道，眼前這個男人，可把他家姑娘該看的、不該看的都看過了。

魯良這一回沒有聽話，而是在夏衿旁邊也蹲了下來。「姑娘，這活妳可不能幹，讓我揹吧。」

「行了，你就別添亂了。外面還有人追殺他呢，你就這麼揹著他慢吞吞地走在街上，走一會兒、歇一會兒，沒出多遠就被人發現了。」夏衿知道魯良是好意，便也耐心地多說了幾句。

蘇慕閑被人追殺的事，魯良被拎來的第一天，夏衿就告訴他了，就是為了讓他小心些。此時他知道夏衿說的是實情，雖滿心不願意，還是起身將蘇慕閑小心地扶到夏衿的背上。

趴在夏衿那瘦小柔軟的背上，蘇慕閑的眼淚差點掉出來。他的聲音沙啞虛弱，卻有著異常的堅定。「放心，等解決完麻煩，我回來娶妳！」

夏衿身體一抖，差點把他扔到地上。

「我說，你有完沒完？」她回過頭，氣勢洶洶。「來來去去就這一句，你換點新鮮臺詞行不行？娶娶娶，誰要嫁給你了？」

蘇慕閑咧開乾裂的嘴笑了一下，沒有再說話。

「開門。」夏衿命令魯良。

被蘇慕閑那句話震得半天回不過神來的魯良這才跑去開門，看著自家姑娘輕鬆地揹著個高大男子，走到外面如燕子一般，一躍就上了屋頂，三跳兩跳就消失在黑暗裡，再也不見蹤影，魯良站在那裡，張大嘴巴，半天回不了神。

第五十九章

夏衿和蘇慕閑一路無話，到了她新租的宅子裡，找到正屋，將蘇慕閑小心地放了下來。

這房租得之後，她又買了被褥、帳子等日常用品，此時鋪在床上的被子還帶著曬過的氣味，十分乾淨好聞。蘇慕閑躺在那裡，百感交集。

「來，我幫你看下傷口。」夏衿小心地將他翻了個身，露出後背的傷口。一看傷口的紅腫已消下去了，並且已經結痂，她大鬆了一口氣。

掏出所帶的東西，用消過毒的棉花將原來的藥抹掉，重新上了新藥，再用乾淨的布條將傷口包紮好，夏衿扶著蘇慕閑躺好，對他道：「再過幾日就差不多了，不過你這身體得養上十天半個月，否則怕是落下病根。你要惜命呢，就聽我的。」

一直默不作聲的蘇慕閑點點頭。「我聽妳的。」

夏衿滿意一笑，將東西都收拾好。「行了，你睡吧，我也回去睡覺了。還有一個半時辰就天亮了，你有什麼不方便的，忍忍吧，魯良天亮就過來。」

蘇慕閑點點頭，看著夏衿將燈吹滅，藉著窗外透過來的月光，目送她離開。

蘇慕閑撿回一條命，夏衿心裡也輕鬆許多。經歷過種種，她雖然仍在賺錢，卻將錢看得很輕，將家人、朋友看得很重。為免夏正謙和舒氏擔心，之後幾日她白天只待在家裡，晚上才去看一看蘇慕閑。

蘇慕閑的傷口漸漸好了，人卻越來越沈默。要是魯良和夏衿不跟他說話，他可以坐在那裡，半天不動也不說話。

夏衿看不下去了，坐到他面前，斜睨他一眼。「我說你有點出息好不好？他既搶了你的東西，那你搶回來就是了，用得著這樣半死不活的嗎？」

「可那是我弟弟。」蘇慕閑垂下眼，看著手上那杯茶。「我母親還護著他。」

夏衿嘲諷一笑。「那他兩次害你性命，他怎麼沒想你是他哥？跟這種畜生講情義，你還真是東郭先生！」

「東郭先生？」蘇慕閑抬起眼來。「什麼東郭先生？」

夏衿一愣，這才想起在大周朝，前世很多典籍這裡是沒有的，她便把東郭先生與中山狼的故事講了一遍。

說完又道：「對壞人亂施仁義，你以為你就是好人嗎？東郭先生救了中山狼，那狼不光要吃他，還會再吃別人，這就等於間接害了別人的性命。你那弟弟對親哥哥尚且如此歹毒，對旁人如何，可想而知。你寬縱了他，就是害人。」

蘇慕閑自小在寺裡長大，以為做人便要慈悲為懷，講求寬宥。

如今夏衿的一套理論，顛覆了他的認知，卻又說得十分有道理，讓他腦子一片混亂。

想不明白，他乾脆問了出來。「可我要是也殺他，那不就跟他一樣，害了他的性命嗎？那我跟他又有什麼區別？」

「你殺他是因為他要殺你。」夏衿恨鐵不成鋼，伸手用力敲了一下他的腦袋。「如果你不殺他，他就要殺你，絕不允許你活在世上。你沒聽說過一句話嗎？『斬草不除根，春風吹又生』。害人者最是心虛，不見你死，絕不甘休。」

「斬草不除根，春風吹又生。」蘇慕閑喃喃品味著這句話，品味完之後，眉頭皺了起來。

夏衿見他還是沒體悟，便拿羅騫的事做例子。「羅府那天宴會上發生的事，你知道吧？」

蘇慕閑點點頭。「知道。他大哥想害他，被他回擊回去，反受其害。」

「那你知道他以前被他大哥所害，差點死掉嗎？」

蘇慕閑一驚，搖搖頭。「不知道。」又問：「怎麼回事？」

夏衿就把羅騫因章姨娘和羅宇從中作梗，誤了病情，差點病死的事說了。

蘇慕閑聽了這話，久久不語，好一會兒才皺眉道：「可羅三公子即便受害，也沒害他大哥性命啊。」

「那是因為羅大公子沒有直接拿刀砍人！」夏衿一句話打破了他僅存的幻想。「可你弟弟呢？」

蘇慕閑雙手捣著腦袋，再不吭聲。

夏衿卻不放過他。「以德報德，以直報怨，才是正理。以德報怨，何以報德？你要是被弟弟害死了，我救你豈不是白救？你就是這樣報答我的？」

蘇慕閑放下手來，挺直身體，抬起眼來看向夏衿。

夏衿擺擺手。「行了，我不多說了，你自家的事，自己拿主意。不過我提醒一句，你以前那寺廟是回不去了，你那好弟弟一定派人守株待兔，等著你回去送死，你可不要自投羅網。」

她站起來，走了出去。

待明日，魯良回時，便給夏衿帶來消息。「蘇公子說想通了，要回京裡去，託小人跟您說一聲。」

伺候了幾日，他也從交談中知道了蘇慕閑的身分。想起那日蘇慕閑說要娶自家姑娘，他心裡高興得跟什麼似的。

夏衿一聽頓時急了，生怕蘇慕閑不告而別，對魯良道：「你趕緊過去，跟他說且等幾日再走，我有話要跟他說。」

魯良趕緊又去了那邊宅子。

是夜，夏衿待大家都熟睡了，便去了蘇慕閑那邊。蘇慕閑也知道她今晚會來，特地沒睡等著她。

夏衿一見面就問他。「你說要去京城，我問你，你打算如何做？」

蘇慕閑親手給夏衿倒了一杯茶，放到她面前，這才道：「我到了京城，想先去找我姨祖母。當初接到噩耗，我是跟她和岑表妹在一起的；便是後來分開，姨祖母家的護衛也有十人跟在我身邊。我在京城附近被人追殺，他們有幾人被引開了，有幾人被殺死了，這些都是證據。姨祖母跟太后她老人家是姊妹，在皇上面前也說得上話。我想告御狀。」

見蘇慕閑能理順思路，想出可行的法子，夏衿放心地點了點頭。「你想得出這法子，你弟弟肯定也能猜到，他必會封死你的路，叫你寸步難行。京城附近、宣平侯府門前，必會有人守著，你一接近就會有性命之憂。」

「我知道！」蘇慕閑消瘦的臉上是從未有過的堅毅，目光深邃，再不復夏衿初見他時的模樣。「左右不過是個死，與其東躲西藏，最後毫無聲息地死在暗箭下，倒不如去爭一爭。我便是死在京城門口，也叫人知曉蘇慕閑不是個不孝的孬種！」

「說得好！」夏衿拍案叫道：「我有些本事可以教給你，學會之後，保你能順利見到宣平侯老夫人。」

蘇慕閑的眸子陡然一亮。

「來，咱們到院子裡去。」夏衿站起來，朝他招了招手。

自蘇慕閑生活能自理起，魯良晚上就回夏家住了。此時這座宅子除了蘇慕閑和夏衿，再沒有別人。夏衿將潛伏、逃跑、偽裝、殺人的本事，盡數傳授給蘇慕閑。

「妳怎麼知道這些？」蘇慕閑驚問道。

他再不是剛從寺廟出來的那個懵懂少年，經歷了這麼多，是夏衿教會他看清楚這個世界，更是夏衿教會他如何對待惡人。他對她的感情，早已有了變化。如果說，當初想娶夏衿是為了負責，那麼現在，是真心傾慕她。

只是，他還在被人追殺中，只有把家裡的事處理好，才有資格求親。

「我師父教的。」夏衿無比慶幸當初扯了那麼一個謊言，這個「師父」為她掩飾了一切不可解釋的東西。

沒承想她編的故事太真，蘇慕閑聽完後，認真發誓道：「待我回京，有了權勢，定為妳師父尋找失散的親人。如能翻案，也會一解她家冤情！」

夏衿。「……」

十日後，蘇慕閑用剛剛學會的化妝術，將自己化妝成一個四十來歲、面色焦黃的漢子，騎著夏衿給他買來的馬兒，懷裡揣著夏衿給他的二百兩銀子，跟化妝成中年女子的夏衿告別。

「我到京城站穩腳跟，就回來看妳。」蘇慕閑鄭重道。

其實，他更想跟夏衿說的不是「看妳」，而是「娶妳」。但他知道，自此一去，不知還有沒有命回來，他不能給夏衿承諾，自然不能要求夏衿給他承諾。

夏衿忙搖頭。「不用了，你託人給我帶個信便好，我知道你平安就可以了。」

蘇慕閑也不多說，在馬上抱了抱拳，便騎著馬朝京城方向飛奔而去。

夏衿回到租住的宅子，將妝容洗去，再將頭髮一挽，挽了個男人的髮髻，又換了一身青綢男長衫，這才出了門，招了一輛馬車，往夏宅而去。

從夏家出來時，她就這麼一副打扮，臉上並沒有化妝，用的是她自己的容貌。現在，她也得這麼回去。

馬車在夏家門前停下，夏衿剛下車，等在門口的魯良就迎了過來，悄聲道：「姑娘，少爺回來了。」

「啊？」夏衿一陣驚喜。

以前夏祁在家裡還不覺得，如今他去崔先生家一去就是十幾天，夏衿心裡便覺得空落落的。早上沒人跟她一起練拳，空閒時想找個人說話都沒有——夏正謙忙，舒氏一說話就是嘮叨些家庭瑣事，要不就是誇讚邢慶生如何能幹懂事，總把夏衿念叨得摀耳而逃。

夏衿邁步進了大門，直往後宅走去。

而杏霖堂門前則站著個人，望著夏衿的背影，眼裡疑惑道：「看著有幾分像，卻又不是，夏祁何時有了這麼個兄弟？」

夏衿進到後院廳堂，就看到夏正謙、舒氏和夏祁正說笑著其樂融融。

「哥，你回來了？」夏衿人還在臺階下，聲音就傳進屋裡。

舒氏看到從臺階下一點點冒出頭來的夏衿，嗔怪道：「這丫頭，在家裡待幾日都待不住。看看，她哥哥不在家，她就穿成這樣往外跑，過幾日怕是有人問我何時又有了這麼個兒子呢。」

說得夏正謙和夏祁都無奈地笑了起來。

夏衿低頭看了自己一眼，咧嘴笑道：「那我先去換了衣服再來。」

待夏衿換了衣服過來，就聽她娘在屋裡道：「……大房、二房再加上我娘家，也有二、三十口人，家裡怕是坐不下。」

「娘，說什麼呢？」夏衿走到她身邊坐下，好奇地問道。

「還不是說你們生辰的事？再過幾日，就是你們的十五歲生辰。及笄了，可是大姑娘了，以後別再到處亂跑。」舒氏道。

夏衿一呆，這才想起，過幾日還真是她跟夏祁的十五歲生日。

「要請大伯、二伯家和舅舅們來？」她眉頭微蹙。

「妳那什麼表情？」舒氏一指她額頭。「不管怎麼說，這是大事，妳再不喜妳大伯，這慶生也得叫他們過來熱鬧熱鬧。」

夏衿看了夏祁一眼，不說話了。

她只是單純不喜歡熱鬧。叫一大群親戚來，亂糟糟地鬧上一天，還要陪笑臉寒暄，沒準兒還要鬧出是非來，這哪是慶生？這是嫌命長呢！

不過不光是她一人生日，她自不好決斷。

沒想到夏祁跟她心意相通，就這麼一眼，就明白了她的意思。「娘，要不就咱們家四口吃一餐飯算了，親戚就別請了吧。」

「這不行。」舒氏這一回異常固執。「外人不請，但親戚是一定要請的。十五歲，算是成人了，你們也該說親了。咱們請客，不光是慶生，也是向親戚們傳達這麼個意思。他們有什麼好人家，就會來跟我們說，親事就是這麼來的；靠媒婆說親，可是靠不住，好親事還是得請親戚幫忙。」

夏衿跟夏祁對視一眼，兩人眼裡滿是無奈。

既然無可改變，夏衿便不說話了，聽夏正謙和舒氏慢慢商量。末了，她忍不住插嘴道：「不用這麼麻煩，三桌是吧？我叫人在酒樓做好，拿回來開席就是了，沒必要又買又做的，那麼麻煩。」

夏正謙和舒氏這才想起，自家女兒還在外面幫岑家姑娘管著酒樓咧。

夏衿說完，又朝夏祁道：「哥，那知味齋不是也有你的股份嗎？點心的話，你讓知味齋送些過來就行了。娘只需要買些水果、備些茶葉，再將下人們分派分派，叫他們各司其職便可以了。」

夏正謙和舒氏只聽到她的前半句，詫異地望向夏祁。「知味齋有你的股份？怎麼沒聽你說起？」

夏祁無奈地看了夏衿一眼，心裡對夏衿拿他出來頂缸十分不滿，不過他還得幫著圓這個謊。「聽她瞎說呢，也就是羅公子見咱們家不寬裕，才分出兩股出來，算是我的股份，也好叫咱們有些額外收入。」

說完這話，他心裡嘔得要死。早在懷疑羅騫對自家妹妹心懷不軌時，他就打起十二萬分精神，想要預防一二；沒承想回來還沒見到羅騫，就得幫他在父母面前賣好，給他好大的面子。

果然，夏祁這話一說，夏正謙和舒氏對羅騫頓時感激不已，連忙道：「這是怎麼說的？咱家雖不富裕，但萬不能這麼占人便宜的。你算算那股份需要多少本錢，趕緊把錢給羅公子。」

夏祁滿心鬱悶，只得再道：「當初他們開店時，本錢也不多。那兩分股份也沒多少銀子，妹妹已把她的私房給了我，我倆湊了湊，已把錢給了羅公子。」

夏正謙夫婦倆這才放下心來。

舒氏又叮囑。「就算你有股份在那裡，也不能就這麼拿點心回家待客。羅公子礙著情面不好說，心裡總會不自在的。」

說著她想了想。「我還是叫廚子做些點心吧，知味齋的點心貴得很，全用不划算。」

夏衿忙道：「他們那裡都規定過的，自家要吃打五折。羅府上回請宴，也是用了知味齋的點心，按五五折算的帳，這麼算下來，也沒多少錢。」

舒氏搖搖頭。「還是照我說的做吧。要是全用知味齋的點心，再看咱們住的這宅子，別人還不定說咱們家多有錢呢；到時候不伸手借錢，都要說一籮筐酸話，平日惹出許多事端。」

夏衿倒沒想到這些，忙應道：「還是娘考慮周到。」

於是四人散了。夏正謙忙醫館的事，夏祁、夏衿則回了自己院子。

夏家三房為兒女張羅十五歲生辰宴，羅騫也得到了消息。

他坐不住了，找到母親，開門見山道：「娘，還有幾個月就秋闈了，兒子想求您一件事。」

「何事？」羅夫人放下手中的針線。

她雖有錢，可以養得起繡娘，但長日漫漫，獨坐家中無聊得緊，所以羅騫身上的衣物幾乎都出自她的手。

羅騫的視線落在那件差不多完成的天青色長衫上，微張著嘴，半天沒有說出話來。

「怎麼了？」羅夫人奇怪地問：「有什麼事這麼難以啟齒？」

羅騫將目光從衣服上收回，定了定神，道：「如果今年秋天能考上舉人，我的親事，能不能由我自己作主？」

羅夫人驚訝地看著兒子，她沒想到兒子求的竟然是這麼一件事。

她深吸一口氣，望向羅騫的目光嚴厲起來。「為何要自己作主？你是不是有喜歡的姑娘了？」

羅騫搖搖頭。

「沒有，我只是不願意像您一樣，要跟不喜歡的人過一輩子。」

這句話直直戳中羅夫人的心。

她臉上閃現複雜的表情，好一會兒，才深深嘆了一口氣，對羅騫道：「行，娘答應你，只要你今年秋天考中舉人，你的親事，由你作主。」

羅騫欣喜若狂。

羅夫人被羅騫這句話說得輾轉了一宿，第二天起來，倒是從自己的遭遇中清醒過來，開始想兒子為什麼要求親事要自己作主，莫非是看上了誰？

她將陪房劉義叫了來。「這段時間，你偷偷跟著公子，看他喜歡去哪裡、喜歡跟誰在一起。謹慎些，別讓他發現。」

劉義答應一聲，退了出去。

第六十章

而另一邊，羅宇正失魂落魄地從北街出來，渾身冰冷。

「不、不可能。」被小廝扶著上了馬車，他抱著頭哭了起來。

「定是前段時間受了傷，身子虛。要不，小人給公子找個郎中看一看？」小廝小心地問道。

羅宇卻不理他，無聲地哭了好一陣，這才抬起頭來，露出猙獰之色。「是他，定然是他！否則我年紀輕輕怎會得這個病？」

他所乘坐的馬車並沒回羅府，而是直接去了丁郎中府上。半晌後，小廝提著幾包藥跟在羅宇身後上了車，這才回了家。

「你，這段時間盯緊三公子。每天他去了哪裡、跟誰見過面，都來稟報我。」羅宇吩咐他的手下。

然而羅騫這幾日都沒有再出門，專心地在家裡唸書。他要在秋闈中一舉將舉人功名拿下，好將夏衿娶進門來。

夏家三房忙忙碌碌準備一通之後，終於迎來夏祁和夏衿的生日。

夏祁得了縣案首，夏正慎和夏正浩自然更不敢得罪三房，在家裡叮囑了兒女一番，便早早到了城東。而舒氏一向很少來往的兄嫂，也攜了兩男一女上了門。

舒氏的父親是個窮秀才，家境並不好。她的兄長跟著父親雖唸了一些書，卻沒天分，後來便在城裡一富戶家裡謀了一份帳房的差事，勉強餬口而已。舒氏以前在夏家不常出門，舒家舅舅差事又忙，兄妹倆很少見面，只有逢年過節才走動一二。

此時前來，除了舅舅一家，還有舅母家的姪子潘全。他家在鄉下，如今帶著個小廝獨自在城裡學堂唸書，常來往姑母家，夏衿的舅母視如己出，今天跟著一起來夏家，夏家人倒也不覺得奇怪。

過了一會兒，看看吉時到了，便由舒氏給夏衿挽了髻，插上金簪，便算是完成了及笄禮。

及笄禮之後便開了席。

夏衿站在一旁，正等著幾位長輩入席，便見魯嬸從外面進來，走到她身邊小聲道：「姑娘，潘少爺家的小廝剛才跑到廚房去了。」

夏衿皺了皺眉。

不請自來，主人都這麼沒規矩，下人也規矩不到哪裡去。

魯嬸又道：「他說他找茅廁，結果走錯地方，還盯著董方看了好一會兒。」

夏衿一怔，眉頭皺得更緊了。

董方只在她扮成男裝的時候跟著出門，平時在家時，只需要打掃自己住的小院，然後給夏衿做些小衣、荷包之類的東西，再不用做別的活計。

只是今天夏家請客，家裡的下人全都忙得不行，董方自然不好待在院子裡不出來。因她身分特殊，不好出來叫外人看到，舒氏便分派了廚房摘菜、洗菜的工作給她。

剛才進門的時候，潘全的小廝就一直往她身後看，莫不就是在找董方？

找董方幹什麼？他認識董方？

「衿姐兒，坐下吃飯了。」二太太的聲音從一旁傳來。

夏衿一看，大家都坐下了，就等她入席。

她忙對魯嬸道：「找人盯著他，看他還想幹什麼。待他回去的時候，叫魯叔盯上。」

魯嬸應了一聲，匆匆退了出去。

然而直至吃過飯，客人都告辭離開了，潘全和他的小廝也沒有別的動靜。魯叔也照著夏衿的吩咐，在他們出門時，偷偷跟在後面，直到天黑才回來，稟報道：「他們出了門，就跟舅老爺他們分開了，潘少爺帶著他的小廝直接回了學堂。小人在外面盯到這時，也沒見他們再出來。」

夏衿點點頭。「我剛才已問過董方了，她家跟潘家是親戚。想來潘全在外面看過董方跟在我身後，所以讓小廝進來確認一下。」

魯良聽了這話，臉色便不大好。「姑娘，董方的事不會給您惹麻煩吧？」

夏衿蹙眉道：「董岩整日在知味齋和酒樓招呼客人，潘家人想來早就知道他的行蹤。如今不去找他，卻偷偷摸摸進來打探董方的下落，還不知打什麼主意。」

董方的事魯良不關心，他只關心夏衿。「要是知道她女扮男裝做小廝，姑娘您的事，會不會讓人知道？」

「誰規定我哥哥不能帶自己的丫鬟出門？」夏衿淡淡道。這個問題，早在她帶董方出去的時候就想到了。

魯良想想也是，也就放下心來，對夏衿道：「這兩日小人會盯著他們的，有什麼動靜就來稟報姑娘。」

「有勞魯叔了。」夏衿掏出一把銅錢給他。「天熱了，你在外面也別省著，買些涼茶來喝。」

「多謝姑娘。」魯良接過銅錢，退了出去。

因為有潘全這件事，加上酒樓和點心鋪在董岩的管理下也沒出大事，夏衿接下來就一直待在家裡，哪兒都沒去。偶爾要出去，也沒再帶董方，而是帶了夏祁的小廝出去，出去的時候，也極小心。

而羅騫自從那日羅夫人鬆了口，便在家裡認真唸書，準備考試，無論是羅宇還是羅夫人都沒打探到消息。

羅家三兄弟裡，羅宸才智差些，即便是考個秀才，都費了老大的勁，秋闈幾乎無望。所以羅維韜把希望寄託在羅騫身上，期盼這個兒子也能考上舉人，因此對他十分關心。羅騫在安全上又防範得緊，即便羅宇總懷疑他和朱友成生病是羅騫搞的鬼，也無從下手，加害不了他。

十分平順地到了秋闈的日子。

秋闈在南、北直隸和布政使司駐地舉辦，臨江的學子都要到省城考試。早在一個月前，羅騫便帶著于管家、樂水以及幾名護衛去了省城。

臨行前，他跟夏衿見了一面。「我娘答應我，只要我考上舉人，我的親事就由我自己作主。等我回來，就去妳家提親，可好？」

夏衿怕他壓力太大，叮囑道：「別想太多，好好考就成。咱們的事總會有辦法的。」又遞給他幾個瓷瓶。「這些都是常用藥，你且帶在身上，有備無患。」

羅騫看到瓶子上用端正的小楷寫著藥名，後面則是用法，寫得極詳細。他嘴唇動了動，望著夏衿半天說不出話來。

「路上多加小心，馬匹跟護衛換著騎。」夏衿又道。

「嗯，放心。」羅騫用力地點了點頭。

羅騫走的那日，夏衿並沒有送別，倒是夏祁去了，回來對夏衿道：「不用太擔心，他會拿個舉人功名回來的。」顯然羅夫人答應羅騫，只要考上舉人，親事就由他作主的話，羅騫已對他說了。

夏衿望著窗外往下飄落的樹葉，久久沒有說話……

在窗外那棵樹樹葉快要落盡的時候，那天下午，夏衿正坐在窗前看書，夏祁快步走了進來，滿臉興奮地對她道：「省城傳來消息，羅大哥中了舉人了。」

「真的？」夏衿驚喜地抬起頭。

夏祁點點頭。「羅府都派了帖子了，準備大宴賓客。」

「羅大哥回來了？」

夏祁搖搖頭。「沒有，說是要在省城裡跟同窗交流，並未回來。」

夏衿還想再問，就見菖蒲從外面急步走了進來，面露焦慮之色。「姑娘，酒樓派人來，說有人在那裡吃了不乾淨的東西，至今昏迷不醒，他朋友報了官，現在酒樓被官府圍住，正調查此事呢。」

夏衿連忙換了男裝，帶著夏祁的小廝徐長卿去了酒樓。

一進門，就碰上聞聲迎出來的白琮。白琮是羅夫人娘家的旁支，因董岩要管點心鋪子，又要管理酒樓，分身乏術，羅騫便介紹白琮過來。

聽得白琮把情況說了，她進去看了倒地的客人，再看看站在一旁的郎中和捕快，她心裡就覺得不對。

這客人患的明明是巔疾，郎中卻咬定是中毒——郎中是鋪子對面醫館的郎中，捕快也是常在街上走動的，客人卻是外地客人，三方怎麼會勾結起來敲詐她的酒樓呢？

「去請謝郎中。」她吩咐白琮道。

謝郎中聲望甚好，只要他說此人是巔疾，此事就解決了，酒樓的名聲也不會受損。

謝郎中剛來不久，魯良就急匆匆跑了進來，聲音都有些顫抖。「公子，出事了。羅公子在回來的路上遇人搶劫，受傷被護衛送了回來，聽說危在旦夕。羅家人衝到府裡來，抓了少爺就往那邊去了，說要叫少爺救命。您、您這裡……」

夏衿的腦子嗡地一聲，就像被湖水淹沒了一般，讓她窒息，渾身冰涼。

「公子、公子……」魯良見夏衿的臉一下沒了血色，不由得嚇了一跳。

「我沒事。」夏衿只覺得自己的聲音飄在天邊，她抓住徐長卿的肩膀。「扶我……去羅府。」

徐長卿趕緊扶住夏衿，跟著魯良，一同出了酒樓，上了停在不遠處的馬車。

「公子，車裡有一件衣衫，跟少爺今天穿的一模一樣，您在車裡換上，到了羅府，小人想辦法讓您跟少爺換過來。」魯良一面駕車，一面對車廂道。

「好，多謝你想得周全。」夏衿雖心亂如麻，還是依言將衣服換上了。

馬車快到羅府時，夏衿吩咐魯良。「先回家。」

魯良不知夏衿是何緣故，還是聽話地將馬車往夏宅趕。

為了不讓人看到夏衿的身影，到了夏宅門口，魯良儘量將馬車往門口靠，讓夏衿閃身進了門。

「姑娘。」菖蒲早已在門口等著了，見她進來，迎上前來道：「姑娘別急，少爺走後，老爺隨即就過去了。」

夏衿點了點頭，走到沒人處，一躍而起，跳上屋頂，直奔羅府而去。

她到了羅騫所住的屋頂，伏下身來，先朝院子裡張望了一下。只見院子裡站著幾個人，羅宇、羅宸都在其中，另外還有丁郎中的孫子和衙門一個小吏，幾人湊在一起輕聲議論著，雖沒談笑風生，卻也表情輕鬆。他們旁邊還站著幾人，分別是丁郎中府上的兩個下人、夏府的管事羅叔，以及在外面隨時聽命的羅府下人。

看到這情形，夏衿的眉頭皺了起來。

以羅宇的心性，即便他很高興羅騫馬上就要死了，但面上仍然會裝作悲戚，以討羅維韜歡心；可他現在雖時不時朝屋裡張望一下，顯得極關心屋裡情形，但表情卻是輕鬆的，還老是請丁郎中的孫子進廳堂裡坐。丁郎中的孫子大概覺得丁郎中一會兒就要出來，不肯進屋，兩人一直客氣著。

她輕輕移到屋脊的另一面，這院裡空無一人，她蹲在此處，不容易被人發現。

她將屋頂的瓦片輕輕移了開，露出一個小洞，然後伏下身，朝下面看去。

撞入眼簾的首先是站在屋裡的羅維韜、羅夫人和于管家、樂水等人。夏祁和夏正謙圍在床邊，兩人的臉上並沒有焦慮之色。老邁的丁郎中坐在凳子上，正在給床上的人把脈。床上的人被帳子遮擋著，夏衿只能看到床沿處伸出來的一隻手。

丁郎中站了起來，笑著對夏祁道：「夏公子，你來看看吧。」

夏祁嘴唇一動，正要說話，夏正謙已搶先道：「犬子年輕，學識有限，哪敢在丁郎中面前班門弄斧，在您面前，便是晚輩也沒有伸手的分。我們父子在此，只因犬子跟羅公子交好，關心他的傷勢，並無其他意思。丁郎中您直接開方即可。」

「夏郎中過謙了。這本事的大小，不在於年齡長短，令郎的醫術老朽是極佩服的，不過羅公子傷勢不重，有老朽開方，想來也是夠了。」

丁郎中說著，走到桌前將方子寫了下來，對羅維韜道：「羅公子的金創藥甚好，繼續搽到傷口痊癒。我這方子，吃上三日即可。」

「有勞丁郎中。」羅維韜接過方子，遞上診金，讓于管家扶著丁郎中出去。

「羅公子好生歇著，我們也告辭了。」夏正謙乘機告辭。

「爹。」床上傳來羅騫的聲音，聲音一如既往的雄渾有力，絲毫不見虛弱。「當時我胸口中了兩掌，幸虧臨別前祁弟贈了我幾顆保命藥丸，吃了之後這才沒事；腿上這金創藥也是祁弟給的，要沒這藥，我這傷恐怕還要嚴重許多。」

羅維韜和羅夫人面露感激之色，讓人取了十兩銀子答謝夏祁。夏正謙和夏祁推辭不過，只得接了，告辭離開。

得知羅騫的傷勢並不重，夏衿放下心來，但臉色仍是陰沈沈的，十分不好看。見夏正謙和夏祁出了門，她趕緊將瓦片放好，移到另一邊，朝院子望去。

此時丁郎中的孫子和下人已扶著他往院門口去了，由羅宇相送。羅宸看到夏正謙父子倆出來，也禮貌地客套兩句，將他們送到門口。羅宇回來時遇上夏祁，似笑非笑地望了他一眼。

夏衿冷冷地盯了羅宇一眼，見父親和哥哥都出了院門，她便輕踏瓦片，往夏宅去了。

待得她回到清芷閣，換了女裝出來，夏正謙和夏祁才步行到家。

一進門，看到夏衿立在院中，夏祁就扯住她的袖子直往廳堂裡去，將剛才的事情跟她說了一遍，又安慰道：「妳別急，那賊人雖厲害，但羅公子的武功卻是了不得，又有護衛抵死相護，他只在腿上被劃了一刀。用了妳送他的金創藥，一點事都沒有。」

說著他嘆了一口氣。「倒是護衛死了一個。」

夏衿周身散發著寒意。

天下太平，老百姓有飯吃、有衣穿，有幾個人願意去作賊搶劫？而且一看羅騫就是去參加科舉的學子，到外地赴考，待了差不多兩個月，身上的銀子也花得差不多了，身邊還帶著護衛，到底腦子有多笨的賊才去搶這樣的人呢？

這賊是誰派去的，不光是她，想來羅騫自己心裡也很清楚。

羅府宴會後，羅宇吃了那麼大的虧，後來又不能人道，他心裡如何不恨？在臨江城礙於羅維韜，他不好對羅騫下手；趁著羅騫赴考之際，叫人扮賊，在路途中要了他的命，是再合理不過的事了。

為防這一點，羅騫特意花重金請了兩個高手，扮成經商的熟人，與他一道同行；饒是如此，仍死了一個護衛，可見當時戰況之激烈。羅騫能僥倖逃脫，只傷了一條腿，算是大幸。

羅騫既活著回來，以他的手段，是不會放過羅宇的。

讓夏衿暗自生怒的，是另一件事……

第六十一章

「衿姐兒，妳剛才不是去了玉膳齋？」夏正謙的聲音，打斷她的思緒。

玉膳齋便是夏衿開的酒樓。

夏衿嘆了一口氣，應道：「是。」

「那妳……」夏正謙指指夏衿，又指指夏祁。「你……」急得都說不出話來。

夏祁頓時臉色大變。「妳剛才在那邊……被人看到沒有？」

夏衿點點頭，眼眸越發深邃。「酒樓有人犯了巔疾，被人誣陷是食物中毒。我已把人給治好了，為了不讓人亂說，我還請謝郎中過去作證。」

想起丁郎中剛才在羅府與他們在一起，夏正謙和夏祁的臉色越發難看了。

「爹您放心，這件事我知道是誰做的，我會好好處理，不讓人傳出閒話，您放心好了。」夏衿道：「這事別告訴娘，免得讓她擔心。」

「什麼事讓我別擔心？」舒氏的聲音從門口傳了進來。

夏衿給夏祁遞了個眼色，夏祁忙道：「是羅公子的事。」

羅騫受傷，請夏祁去看的事，舒氏聽下人稟報了。此時她過來，便是過問這事。「羅公子的傷怎麼樣？不嚴重吧？你過去有沒有露餡兒？」

「傷得不嚴重，只腿上有一條一尺長的傷口，不深，沒傷著筋骨。羅府請我們過去的時候，也請了丁郎中，剛才是丁郎中開的藥。」夏祁連忙解釋。

舒氏吁了一口氣。「那就好。」說著又發愁。「你說這去省城的路，一向太太平平的，什麼時候出了一夥賊了？之後你也要趕考，到時候可怎麼辦？」

夏衿沒時間聽她嘮叨，轉身出了門，回了清芷閣。

她得好好想想，如何才能不讓閒話傳出來。

依她看，丁郎中和謝郎中都不是喜歡傳閒話的。除了這兩位跟他們相熟的郎中，其餘見過她跟夏祁兩人的，也不會太過在意他們，畢竟她從酒樓出來的時間，跟夏祁去羅府的時間，相差並沒有多少。這時代又沒有鐘錶，滴漏都擺在屋子裡。兩邊知曉此事的人，一邊在酒樓大廳，一邊在羅騫院子裡，都沒機會看清時辰。

所以，他們這些人也發現不了其中的不對勁。

唯有羅宇。

想來他早就懷疑她女扮男裝，而且跟羅騫來往甚密，甚至懷疑是她會醫術而非夏祁。她跟夏祁十五歲生日那天，潘全的小廝跑到廚房去找董方，想來也是進一步證實這猜想。今天這一幕，羅宇是旨在讓她現出原身。

那麼，知道她是女子，女扮男裝在外行走又會醫術，還跟羅騫來往甚密，羅宇想幹什麼呢？

她端起茶杯輕呷一口。放下茶杯時，她心裡已有了決定。

不管羅宇想幹什麼，她都不能讓他有機會找人散布謠言，敗壞她的名聲。他是羅騫的大哥，又曾對羅騫下過死手，他是死是活，由羅騫來決定，她不越俎代庖；但在羅騫養傷來不及下決定之前，她得讓羅宇先把嘴巴閉上，讓他不能發號施令……

她站了起來，進了旁邊的藥房……

羅宇如她所願，第二天起床，嗓子啞得說不出話來。請了謝郎中來看，便說是喉癰，吹了些藥進喉嚨裡，又開了方子，直言說沒個三、五天根本好不了。

到得第二天、第三天，夏衿沒聽到外面有何傳聞，她暗自鬆了一口氣。

羅騫受了傷，還是被人劫殺，羅夫人又惱恨、又心疼，跟羅維韜大吵一架後，便時時守在兒子床前，恨不得睡覺都守著他才好。再加上城裡的人聽聞此事，都來看望羅騫，屋裡人來人往，夏衿跑到他那屋頂看了兩、三次，都沒找到合適的機會跟他說上一句話。

羅騫跟夏衿分開也有兩個月了，他有心讓于管家去打聽一下夏衿的消息，最好是能見上她一面，可如今母親這麼守著，他連跟于管家私下說句話的機會都沒有。

無奈之下，他只得走另一條路，尋了個沒客人的空檔，對羅夫人道：「娘，世間太平已久，毛賊之言，您也是不信的吧？」

「可不是！定是東院那殺千刀的想害你。」說起這事羅夫人就恨得牙癢癢。

她雖沒有證據，但心裡早已認定要殺羅騫的，定然是羅宇；否則羅騫跟人無怨無仇，這世間還有誰這麼恨他？

以羅維韜的本事，兒子差點喪命，他這作父親的，即便不能將那些毛賊全都緝拿歸案，順著一些線索，揪出一、兩個也是沒問題的；可他那邊雖派了衙役追查，這麼多天卻沒有一點收穫，想來他也猜到是羅宇做的手腳，有心護著大兒子。

羅騫又道。

「如今我沒大礙，爹爹即便有心怪他，也不會拿他怎樣，最多做些懲罰，不痛不癢。」

說起這個，羅夫人的眼淚就下來了，用手帕捂住嘴道：「都是娘沒本事，平白叫你吃了許多苦。」

那次羅騫病得快要死掉，她不是沒想過以其人之道還治其人之身，但她心不夠黑、手段不夠高明，做了兩次都被章姨娘捅到羅維韜面前。最後羅維韜警告她，如果羅宇和羅宸有何三長兩短，他定將羅騫從宗祠中除名。

一個男子如果被宗族除名，名聲可就臭了，不光不能參加科舉，便是親事都成問題。

羅騫自律勤勉，也極聰明，羅夫人哪肯為個小畜生斷送兒子的前程，她只能硬生生忍下這口怨氣。

而眼下，羅宇做出雇凶追殺羅騫的事，羅維韜卻如此護著，閉口不提除名之事，怎麼不叫羅夫人恨之入骨又悲從中來？

母親的顧忌與恨意，羅騫都知道，他緩聲道：「娘，只有千日作賊，沒有千日防賊的道理，偏因爹爹護著，咱們不能作賊。我雖考取舉人，但是想要中了進士當官離開這個家，短時間根本辦不到；如此，能破這個死局的辦法便只有一個……」

羅夫人見他停住不說，不由得抬起淚眼，追問道：「什麼辦法？」

羅騫淡淡道：「大哥之所以想要置我於死地，無非是娘您只有我一個兒子。我死了，您必也痛不欲生，這羅府就是他們母子三人的了。柔姨娘即便生下孩子，也是庶子，而且孩童多夭折，他們多的是手段讓孩子養不大。如此一來，就再沒人跟他們兄弟兩人爭家產。」

柔姨娘便是夏衿使計讓羅維韜納進來的清倌人柔兒。

章姨娘母子之所以老想置羅騫於死地，說到底就是想謀財。羅維韜雖是庶子，但他娘是商戶，嫁妝豐厚，他的財產並不比他的嫡兄少。一旦羅維韜去世，羅騫可以得到大半財產，羅宇和羅宸拿到的卻有限，而且還要兄弟倆平分。再者，羅夫人的嫁妝也十分豐厚，這份財產，在羅夫人死後只能歸於羅騫。兩份財產相加，由不得章姨娘不眼紅。

而羅騫死了，羅夫人肯定也不久於人世，那麼羅維韜和羅夫人的財產就是羅宇和羅宸的了。財帛動人心，窮困人家出身的章姨娘哪有不出手的道理？所以明知羅維韜不喜歡他們做手腳，他們仍是謀算了羅騫一次又一次。

「可、可……」羅夫人不知是羞還是惱，臉色又白又紅，期期艾艾說不出話。

她明白羅騫的意思。可她跟羅維韜冷淡如冰，想要讓她再跟羅維韜生個兒子，真是比死還讓她難堪。

羅騫根本沒料到母親想岔了，他繼續道：「可如果我有兒子就不一樣了。我要有了兒子，即便大哥害了我的性命，這份家產也到不了他的手裡；既如此，他也就不會再做這等無用功了，咱們也不用這樣日日防著，生怕著了他的道。」

羅夫人眼睛頓時一亮。

可不是嗎？羅騫成親生了兒子，即便只有一個兒子，就把危險分去了一半；如果有兩、三個兒子，羅宇就能徹底死了那份心。畢竟她跟羅騫也不是死人，不可能讓羅宇的手伸那麼長，把羅騫的兒子都害死。

如此一來，羅騫就再也不會有危險了。

她激動起來，站起來道：「娘這就給你張羅親事！」

「娘，您等等。」羅騫趕緊叫住她。

羅夫人停住腳步，轉頭朝他看來。

「您答應過我，只要我考上舉人，我的親事就由我自己作主。」

羅夫人猶豫了一下，走回來在羅騫床前坐下，望著他道：「你是否有心儀的姑娘？說出來娘給你參詳參詳，如果可以，娘明日就去求親。」

母子相依為命這麼多年，以羅騫的玲瓏心，又怎會不知道羅夫人在想什麼？她心心念念想讓兒子娶個鍾鼎高門的千金小姐，明面上是跟章姨娘相爭，私底下卻是讓羅騫有個倚仗。如果羅騫有個強大的岳家，羅維韜絕不敢偏袒羅宇，而章姨娘母子也不敢再謀害羅騫。

羅騫心裡暗嘆一聲。「不是心儀，而是覺得這門親事很合適。」他抬起眼。「我想娶夏祁的妹妹。夏祁拜了崔先生為師，又考了案首，以後前途無量，我們兩人互相扶持，在仕途上必能走得更遠。」

羅夫人定定地看著羅騫，似乎要從他的眼睛裡看出他心底隱藏的想法。良久，她才開口，話語是異常的堅定。「我不同意。」

「母親。」羅騫急了。「您答應過我，我的親事讓我自己作主的。」

「你是不是早就跟夏姑娘有私情？」

羅騫一驚，趕緊否認。「沒有。」古代女子最重清譽，要是讓母親知道他跟夏衿已互生情愫，她定會看輕夏衿。

「既沒有，這門親事就不要再提。夏家門第本就低，夏正謙還不是個正經出身，夏祁即便考了案首，前程如何，還是個未知，這樣的門第，如何配得上你？你放心，娘定然給你在京城張羅一門好親事。」

「娘您說話怎麼不算話？明明說好中了舉親事就由我自己作主。」

羅騫行事向來穩重，很少像現在這般急赤白臉，不由得讓羅夫人生疑。她眼眸微瞇，盯著羅騫問道：「你說的作主，就是想娶夏姑娘？」

羅騫儘管知道這裡面有陷阱，卻還是不得不點頭。「是。」要說不是，這門親事真不用再談了。

羅夫人冷笑。「果然還是有私情。你要跟她沒私情，為何非得娶她？那姑娘無論家世、樣貌、才學，沒一樣拿得出手的，你怎麼就認定她了？」

「我……」饒是羅騫腦子再聰明，口齒再伶俐，此時也沒辦法辯駁清楚。

要說沒有私情，羅夫人就會讓他娶別人；要說有私情，在羅夫人眼裡，錯的絕不會是她兒子——那必是夏衿勾引他，他才動了心！反正，繞來繞去，母親就是不同意他娶夏衿。

「娘，我就中意夏姑娘，您就同意我娶她吧。」他哀求道。

「休想！」羅夫人的態度異常堅決。「像這種勾引你，千方百計想嫁入我羅家的女子，豈能配得上你？」

「不是她勾引我，是我單方面喜歡她，這件事與她無關。」羅騫連忙解釋。

羅夫人冷笑一聲，卻是怎麼也不相信。

母親的固執，羅騫再瞭解不過，他的心情低落到谷底。「兒子的終身幸福，難道還抵不過娘的面子？娶個鍾鼎高門的千金，帶出去是體面，但相處起來視同陌路，娘是想讓我的婚姻也跟您這輩子一樣嗎？」

這句話可是戳了羅夫人的心窩子。她聲音拔得老高，眼淚卻掉了下來。「我是為我的面子嗎？你說這話誅不誅心？要不是想讓你有個好岳家，讓你那狠心的兄長多些顧忌，讓你爹偏心的時候也有所顧忌，以後你的仕途也能走得平順些，我何苦做惡人？我都讓半城人看了笑話，我還需要什麼面子？」

看到母親不好受，羅騫的心也隱隱作痛。他放在被褥上的手，緊緊地握成了拳頭。

羅夫人哭了一會兒，抹乾眼淚，柔聲勸道：「騫哥兒，打小你就懂事，也應該知道這親事不是你看誰順眼就娶回來這麼簡單。咱們不趨炎附勢，卻也得謀些助力才好。再說以後你的妻子，要跟官家夫人交際應酬，處理各方關係，小戶人家的姑娘如何能上得了檯面？你要喜歡夏姑娘，也不是不可以，等你娶了親，娘親自上門給你納她為良妾，如何？」

羅騫搖搖頭。「我不想學爹爹，此生不納妾。」

這句話又捅了羅夫人心窩子一下，她的身子晃了晃，盯著羅騫，眼淚一滴滴落到地上。

羅騫轉過頭去，沒有看她。

他知道這樣說話不對，但他沒辦法。這些都是實話，更是他心中所想，想要勸動母親，只能將實話說出來。假話雖好聽，卻不能解決問題。

羅夫人站了起來，用手帕抹了抹眼淚，轉身走了出去，再沒說一句話。

羅騫疲憊地閉上了眼。

第六十二章

羅夫人回到屋裡，默然坐了一會兒，吩咐身後的婆子。「去查一查夏家姑娘這幾日的動向。」頓了頓又囑咐。「別讓公子和于安知道。」

于安是于管家的名字。

婆子答應一聲，轉身去了。

而羅騫房裡，于管家正站在床前，靜靜地等著羅騫的吩咐。

羅騫叫于管家進來，卻又不說話。他靠坐在床頭，望著青色纏枝蓮帳幔，不知在想什麼。

過了足有半刻鐘，他才問道：「這兩日，夏姑娘在幹什麼？」

「夏姑娘一直待在家裡，哪兒都沒去。」

「今晚戌正時分，你讓于嬸幫我守住屋子，不要讓人進來。我去夏家一趟。」

于管家吃了一驚。「公子！」他望向羅騫的腿。「可是您腿上還有傷……」

「無妨。」羅騫不在意地擺了擺手。

「不如小人說您的金創藥用完了，讓夏公子送過來，順便幫您看看傷口。」于管家道。

他的話說得隱晦，可羅騫卻聽明白了——他是讓夏衿扮成夏祁過來會面。

羅騫搖搖頭。「她不能來。你照我的吩咐做就是。」

于管家儘管很擔心，但他知道羅騫的性子，一旦決定了，就不會輕易改變，他只得答應下來。

羅騫雖讓羅夫人傷心了一場，但這個兒子是羅夫人的命根子，羅夫人擔心羅宇再使壞，又擔心下人伺候得不盡心，在正院裡掉了一場眼淚，終是洗了臉、敷了一層粉，又到羅騫這裡來守著了。

看到母親這樣，羅騫唯有嘆息。

待到戌初，羅騫吃了晚飯躺下，看著羅夫人離開，又等了一會兒，待于管家的妻子將守夜的尺素引開，他才從床上爬起來，一瘸一瘸地出了門，艱難地躍上屋頂，往夏宅方向去。

古人的房屋，何人居於何處，尊卑有序；夏家的宅子又是羅騫名下的產業，是何布局，他再清楚不過了，不一會兒他就確定了夏衿所住的屋子。

他腿上有傷，行動間未免有些沈重。他一躍上屋頂，夏衿就警覺地從床上坐了起來。她穿好衣服，手裡握了一把迷藥，躍上屋頂，朝不遠處的黑影看去。「誰？」

羅騫正艱難地想要蹲下掀瓦片呢，聽到夏衿的聲音，驚喜萬分，忙出聲道：「是我。」

「羅騫？」夏衿吃了一驚，走近前來，看清楚果然是他，忙問：「你怎麼跑過來了？你腿上的傷……」

羅騫感覺到傷口裂開了，鮮血正從紗布裡滲出來，他抹了一把額上痛出來的冷汗，指著隔壁院子道：「咱們到那邊說話。」

這晚沒有月亮，天上只掛著幾顆星星，即便站得近也看不清對方的表情，但夏衿卻敏銳地感覺到羅騫的疼痛。

她走過去，將羅騫的手臂往自己肩膀上一搭，右手托在他的腰上。「走吧。」便往隔壁院子躍去。

羅騫雖心儀夏衿，卻知道這世間規矩對女子的苛刻。他敬重夏衿，想要娶她為妻，所以不肯對她有絲毫褻瀆。兩人雖單獨相處過幾次，他卻連心上人的小手都沒拉過。

可這會兒他的手搭在夏衿肩上，他又比夏衿高大許多，這樣一來就像把她摟在懷裡，軟玉溫香，少女的馨香直衝口鼻，令他整個人如同火焰般燃燒起來。

待得清醒過來，他發現自己已靠坐在隔壁廳堂的斜榻上，夏衿吹燃了火摺子點了燈，正伏下身看他腿上的傷。

他忙把腿縮了回來。「不用管它，等我回去重新包紮一下就可以了。」

夏衿惱他不知愛惜自己，瞪他一眼。「別動，你是郎中還是我是郎中？」

這一動一瞋，頓時叫羅騫受用不已，心如灌了幾斤蜜似地甜得不行。

他情動地低低喚了一聲。「衿兒。」又道：「我很想妳。」

夏衿手一頓，長長的睫毛對著他的腿撲閃了閃，嘴唇動了一下，不過終是什麼也沒說。輕輕地將他腿上的紗布掀開，看了一下傷口，她抬起頭來，黑亮的眼眸布滿柔情。「你先在這兒等會兒，我回家拿些東西幫你處理傷口。」

重生後，夏衿冰冷的氣息雖已被舒氏融化了許多，但仍給人清冷的感覺，感情很少外露。此時驟然流露出些許柔情，猶如一根羽毛在羅騫心間輕輕拂過，叫他情不自禁。

然而不等他說話，夏衿便已翩然離去，再回來時，手裡已拿了許多物品。

她先用消過毒的棉籤將傷口上的血跡抹去，再均勻灑上藥粉，最後用乾淨的紗布包了起來。

她不光帶了藥和紗布，還用竹籃裝了杯子和茶壺來。

她在羅騫的對面坐了下來，給他倒了一杯水，遞了過去，抬眸道：「你今天過來，找我有事？」

羅騫凝望著她，點了點頭。「我今天跟我娘說了咱們的事，她不同意。」

儘管知道這事應該由他一人處理，慢慢籌劃，而不是說出來讓她不快，但羅騫仍然選擇說出來。

他知道夏衿跟一般女子不同。她的胸襟膽識比許多男子還要強，她不需要男人將她包在溫柔鄉裡，什麼都不讓她知道。

夏衿雖跟羅夫人接觸不多，卻也知道她是個性格強硬的女子，否則她不至於跟羅維韜鬧得這樣僵。

「我明白。」夏衿點了點頭。

夏衿這種「盡在意料之中」的瞭然態度，讓羅騫心裡湧出許多愧疚與自責。他自以為得了母親那句承諾，他中了舉回來，就能許給夏衿一個未來了，沒承想還不如她看得明白。

「衿兒，對不起……」除了這句話，他不知道還能說什麼。

夏衿搖了搖頭。對於這段感情，她忽然生出疲憊感來。

這時代以孝治天下。即便是夏正謙，不是夏老太太親生，又受她折磨那麼多年，依然不敢有一句惡言，更何況羅夫人對羅騫視若珍寶，疼愛如命呢？

羅騫不能忤逆母親，羅夫人對他們的婚事又是這種態度，她與羅騫還能有什麼將來？

「你拖著傷腿過來，就是為了跟我說這件事？」她問道。

「不止，給我點時間，我會讓母親同意的。」

夏衿的嘴角翹了一翹，點了點頭。「好。」儘管她不抱希望，但羅騫一片深情赤誠，她不忍潑冷水。

羅騫沈吟了片刻，又道：「那天我回來時發生的事，我聽于管家說了。」

夏衿點了點頭。

她知道羅騫說的是她假扮夏祁，夏祁又被羅家揪到羅府給他看病，時間上重疊的事。

「這件事定然是我大哥做的。他既用這種法子來確認妳的行蹤和身分，定是想利用妳來做什麼。這次我遇險，靠著護衛丟了命才能活著回來，一回來就遇上妳的事，我是不打算再放過我大哥了。再者，我娘不同意咱們的事，也是顧忌著我大哥，一旦我大哥不在了，她這顧忌沒了，對咱們的親事也有好處，所以……」

他望向夏衿。「妳那裡有沒有什麼藥，能讓人不知不覺死亡，還能讓丁郎中他們發現不了？」

他今晚出來，連樂山、樂水、尺素、彩箋都不知道，就是為了這件事。弄死羅宇，他這個兇手被人發現無所謂，但他不想連累夏家。偏這件事太重大，羅維韜又太精明，別處討藥很容易被發現，他只能來找夏衿；再者，這世上能弄出讓丁郎中、謝郎中都察覺不出的毒藥的，也唯有夏衿。

他以為夏衿聽了這話會驚慌，勸他別魯莽，沒承想她不但不驚不慌，連眉毛都沒抬一下。

「有的。」她點點頭，抬眼望他，漆黑的眼眸寧靜得沒有一絲波瀾，十分輕鬆愜意。「不過我得回家配了才有。你先回去吧，我配好藥，晚點拿給你，你在家等著就是。」

羅騫呆了一呆，這才趕緊應道：「好，我等妳。」

夏衿站起來，走到他身邊，伸出手。「走吧，我送你回去，讓下人發現你不在家就不好了。」

在羅夫人的安排下，她知道羅府下人看羅騫看得有多緊，他身邊時時都有人，今晚都不知道他是如何跑出來的。

望著伸到面前那雙纖細白皙的手，羅騫的心一陣激盪。他伸出大掌，握住夏衿的手。觸手微涼，細膩柔軟，柔若無骨。握著這樣的手，他全身的血液都沸騰起來，心底叫囂著一種慾望，他想將她擁進懷裡，想緊緊抱住她。

然而下一瞬，他的手掌一空，卻是夏衿將手抽了回去。

他抬眼望她。

夏衿的臉色仍然跟剛才一樣平靜，眼眸沈靜如水。「走吧。能不能走？要不要我揹你？」

「哦，不用。」羅騫眼裡的火焰漸漸暗了下去。「對不起，我……」

他沒有說下去，但語氣裡的歉意與失落卻十分明顯。

他沒辦法上門提親，所以沒資格對夏衿做什麼。他深以為剛才的行為，已是對她的不尊重。

夏衿深深看他一眼，沒有說話。

「今天太晚，妳明天配藥，明晚再拿給我也不遲。」羅騫慢慢站了起來，吹熄了燈，就著星光，一瘸一瘸地朝外面走去。「走吧，回去早些歇息。」

夏衿跟著他出了門，見他要躍上牆頭，趕緊過去托住他。「你別用力，小心再繃裂了傷口。」

羅騫一僵，差點從空中跌落下來。

好不容易在夏衿的扶持下在屋頂站穩，他轉過頭來，星眸裡滿是驚喜。「衿兒，妳沒怪我？」

夏衿心裡嘆息，臉上卻笑了笑。「別想那麼多，咱們的事順其自然吧。」

羅騫凝望著她，用力地點了點頭，沒有再拒絕夏衿的相送。

夏衿將他送回羅府，眼看著他躍下牆頭，進門去了，這才回到夏宅，點上燈，開始配藥。

一個時辰後，她將藥配好，又去了羅府，伏在羅騫的屋頂上聽了聽，聽到床上發出頻繁的翻身聲音，想來羅騫沒有睡著，而羅騫的床邊，還有輕微的呼吸聲。

她翻開一塊瓦片，掏出小竹管往屋裡吹了吹氣。不一會兒，屋裡什麼動靜都沒有了。她跳下屋頂，走到門口用鐵片往裡一撥，門閂就被頂開了。她推開門，閃身進了屋子，避開床榻前那個已陷入昏迷的守夜丫鬟，站在床邊。

她的迷藥藥性很強，即便羅騫身負內功，也被迷暈了過去。他此時仰面躺在床上，眉頭仍然微微皺著，似乎仍為了某事而煩惱。

夏衿微嘆，從懷裡掏出個小瓷瓶，湊到羅騫鼻下晃了晃。

不一會兒，羅騫眉頭動了動，繼而緩緩睜開了眼。

沒等他真的清醒過來，夏衿就伏在他耳畔道：「羅大哥，是我。我將藥配好給你送來了。」

羅騫將頭一側，一股少女馨香就沁入口鼻，夏衿那漆黑的眸子，近在咫尺。羅騫的心跳猛地停滯了。

夏衿滿腦子正想著如何殺人，不知羅騫因她的湊近，陷入旖旎不能自拔。「我配這藥，會使他喉癰之症越來越嚴重，最後不治而亡，不會引人注意的。不過你腿上有傷，府裡又有護衛，你確定這件事不需要我幫忙？」

夏衿吐氣如蘭，說話時的呼吸拂過羅騫耳畔，直叫他身體繃直得不能動彈。他企圖將心頭的蕩漾與身體的躁熱壓下去，好一會兒，才出聲道：「不用，這是我的事，我不想髒了妳的手。」

夏衿知道羅騫是擔心事情萬一曝光，羅維韜不捨得懲罰兒子，會遷怒夏家。

其實，她自己也不願意插手此事。

羅宇是羅騫的親大哥，不管因為什麼走到兄弟鬩牆的地步，他們終是親兄弟。如果羅宇命喪她手，現在關係好還好說，一旦以後感情淡漠成了陌路，這件事就會成為她的把柄。

她將藥塞進他的手掌裡。「這藥水無色無味，直接服用即可。」

「謝謝。」羅騫知道她能幫他做這藥，是對他極大的信任。雖然她表現得波瀾不興，但她內心如何，誰又知道呢。

他舉起手。「今天之事，是我託妳，如遭報應，或受懲罰，一切由我承擔。有違此誓，天打雷劈。」

夏衿不知道羅騫會如何給羅宇下藥，也不想知道，她只需要知道羅騫辦事靠譜，不會連累她就行了。將藥交給羅騫之後，她便回家。

第二天夏家一切如常，夏正謙吃過早飯就去了醫館，舒氏聽管家婆子回話，夏祁回院子裡苦讀，夏衿則將椅子搬出來，坐在院子裡繡花。

而羅府裡，羅夫人看著兒子吃了一碗燕窩粥，這才放心地回到正院，理一理家事。

「夫人，張昌來回話。」婆子掀簾進來，走到她跟前小聲道。

張昌是被派去打聽夏衿事情的下人。

羅夫人擺擺手，對管家娘子道：「妳們先回去吧，有事下午再來回。」

管家娘子們答應著退了出去。

羅夫人看向婆子。「叫張昌進來。」

張昌進來後行了一禮，並不敢抬頭張望。

「說吧。」羅夫人道。

第六十三章

張昌道：「稟夫人，小人跟夏家的幾個下人都打聽了，夏姑娘平時十分規矩，很少出門，就是宣平侯府岑姑娘在時，出門的次數多一些；岑姑娘走後，她也就受林家之邀，跟著公子和夏公子一起去了一趟桃溪。除此之外就是她祖母去世，回大房那邊哭喪。」

羅夫人的眉頭皺了皺。

要是如此，除了桃溪那次，夏衿跟羅騫見面也就是宣平侯府宴和羅府宴，而且這兩次宴會都有一群人在場，他們不可能有說話的機會。

「再去好好查一查。」她自己的兒子她瞭解，羅騫不是膚淺之輩，不可能連面都沒見上幾次就要娶人家。

張昌猶豫了一下，似乎有話要說。不過終是什麼都沒說，答應了一聲便要告辭。

「你有什麼話，儘管說來，即便說錯了，我也不怪你。」

張昌只得停住腳步，低頭道：「夫人也知道，小人跟衙門裡的張捕頭是結拜兄弟。昨日去他家喝酒，聽他誇夏公子醫術了得。原來公子被送回來的那日，玉膳齋來了人……」

他把那日有人得了巔疾，夏衿將其救了一命的事說了一遍，末了又道：「本來這事不算稀奇，夏公子的醫術夫人是知道的；可張捕頭說了一句話，卻讓小人心裡犯了嘀咕。他說：『夏公子的腳程還真是快，那日我剛從玉膳齋離開，他還在酒樓裡跟董掌櫃說話；可等我在路上聽說公子受傷，趕到府裡時，他竟然已在府裡給公子治傷了。』」

說到這裡，他抬頭看了羅夫人一眼。「夫人可還記得？那日公子被送回來，夫人急得不行，一面派人去請丁郎中，一面叫小人去夏家請夏公子。小人恐別人辦事不力，便親自去了夏家。是小人親手從夏家內宅裡把夏公子拉出來的，當時他還穿著家常衣裳，在書房裡唸書呢。」

羅夫人怔怔地望著張昌，片刻後猛地一悟。「你是說，在同一時間、不同的地方出現了兩個夏祁？」

「小人不敢確定。」張昌道：「快馬加鞭抄近道回夏家，這也是可能的。」

羅夫人冷哼一聲。「從玉膳齋到咱們這裡，有近道嗎？」

張昌抹了一把汗。「小人沒聽說過。」

羅夫人便不說話了，微瞇了眼，半晌沒有動靜。許久，她長嘆一聲，開口道：「看來，她是常扮成她哥哥在外面行走了。我說呢，夏祁一面要跟崔先生唸書，一面還有時間打點生意，他也忒能幹了點，原來原因竟在這裡。那打理知味齋和玉膳齋的，想必是夏姑娘了，如此，騫哥兒被她勾得魂不守舍也就說得通了。為了開那知味齋，騫哥兒整日往城南跑，兩人一天恨不得見個兩、三次面，還有什麼情生不出來？」

張昌聽了這話，恨不得立刻消失不見。這等話可不是他一個下人能聽的，以後羅夫人想起來，還不定怎麼打發他呢。

羅夫人說完那番話，又默想了一遍，確定這件事十有八九是她所想，這才對張昌道：

「行了，你去吧。」

張昌抹了抹額上的汗，退了下去。

羅夫人站起身來，往羅騫那邊去。

羅騫本來就失了血，身子有些虛，昨晚又折騰了一整晚，不大受得住，這會兒吃過早飯喝了藥，便躺在床上補眠。羅夫人雖有滿肚子的話要問他，可又不忍心叫醒他，不得不坐在那裡守著，等他醒來。

羅騫醒來時，已是午飯時分了。

羅夫人叫人伺候他洗漱，又看著他吃了午飯，這才屏退下人，問他道：「我有件事要問你，你老老實實告訴我。」

「什麼事？您說。」

「我問你，那知味齋和玉膳齋，是不是夏姑娘開的？她經常扮成她哥哥出來打理生意？」

羅騫一驚。「誰跟您說這事的？」

羅夫人沈著臉道：「你甭打聽誰跟我說的，你只說是與不是。」

這件事，羅騫本也想跟母親坦白的。當然，坦白的重點不是夏衿女扮男裝在外面行走，而是她醫術高明，扮成夏祁救過他的命。

「是。」他很乾脆地道：「娘是否還記得，當初我病入膏肓，您想讓人給我沖喜，選的就是夏姑娘？她因不甘被大伯母算計，又跟世外高人學得一身連她爹都比不了的醫術，便扮成她哥哥到府裡來給我治病。我的命是夏姑娘救的，當初治好宣平侯府姑奶奶的，也是夏姑娘。」

羅夫人儘管心裡已有猜測，仍被這消息震得不輕。她沒想過這世上竟然還有這樣大膽的女人。

「娘，夏姑娘不是普通的姑娘，她的見識膽略，便是男子都比不上。她不僅是經商奇才，便是刻印科舉文集也是她給我出的主意。您看她在宣平侯老夫人面前不卑不亢，岑姑娘誰也不理，獨獨跟她交好，就知道她是多麼出色的人。她絕不是上不了檯面的女子，有她相助，我在仕途上定然能走得平平順順。那些內宅婦人得了病，她藥到病除，結交的貴人還會少嗎？從她這裡得到的助力，絲毫不比那些世家小姐差。」

羅夫人沒有再說話，只是定定地看著羅騫。羅騫毫不畏懼地跟她對視著。

羅夫人隨即扭頭就走。

「娘。」羅騫在後面喊了一句。

羅夫人沒再回頭，腳下未停地出了門，直奔大門口而去。路上，她吩咐婆子。「去夏家，跟夏姑娘說，我在銀樓等她，叫她立刻來見我。」

婆子應聲去了。

華坊街上有一座銀樓，不光兌換銀子，還在二樓出售各種精美貴重的首飾。夏衿曾隨舒氏去過這裡，但兩手空空而歸。裡面的首飾太貴，以夏家三房的經濟狀況，還買不起這裡的東西。

而這座銀樓，是羅夫人的陪嫁之一。

此時夏衿正在書房裡給夏正謙和邢慶生傳授醫術——前面醫館只要沒病人，他們就會到後面來，跟夏衿學習；或是前面處理了棘手的病例，他們就會抽空到後面向夏衿討教。

聽得羅夫人有請，夏正謙愕然望向夏衿。「羅夫人叫妳去幹什麼？」

羅府的這位夫人，跟夏家向來沒交集；而且要問羅騫的傷勢，也應該問夏祁而不是夏衿，更不會將見面的地點約在銀樓。

「不清楚。」夏衿道：「大概悶得慌，叫我陪她挑首飾吧。」

「那趕緊去吧。」夏正謙沒再多話。對夏衿，他沒有不放心的。

夏衿吩咐魯良套車，低頭看了看自己身上半舊的衣衫，回房換了身衣服，直奔銀樓而去。

羅府那婆子將夏衿直接帶到後面院子。

銀樓後面的院子是給女客歇息的，平時人來人往，此時卻只有羅夫人一個人，很顯然，此地已被清場了。

待夏衿行過禮，羅夫人便對著對面的椅子抬了抬下巴。「坐。」又朝那婆子揮了一下手，婆子連忙退了出去。

夏衿在椅子上坐了下來。羅夫人細細打量著她。

古代女子講究儀容，夏衿出門前特意換了一身墨綠色襦裙。她皮膚本就白皙，近來又調了養顏膏，越發養得玉骨冰肌。此時被墨綠色衣衫一襯，再加上她如墨般黑亮有神的眼眸，清冷華貴的氣質，即便是挑剔的羅夫人，也禁不住在心裡叫了一聲「好」，心道——難怪騫哥兒對她念念不忘。這姑娘雖不是傾國傾城，但骨子裡顯現出來的美，卻更讓人移不開眼。

夏衿見羅夫人不說話，只管拿眼睛盯著她看，她也不扭捏，沒有一絲不自在。

羅夫人收回目光，定了定神，這才開口。「今天叫妳來，是想問妳一件事。」

「羅夫人請講。」夏衿道。

羅夫人凝視著夏衿，想將她的每一個表情都看在眼裡。「我兒子昨天跟我說，想要娶妳為妻。這件事，妳知不知道？」

夏衿詫異地看了她一眼。

她沒想到羅夫人會這麼問。這年頭講究男女大防，婚姻也是「父母之命、媒妁之言」，並不主張兩情相悅；如果她說「知道」，那就是跟男人私下約定終身，沒有一點好人家女兒的自重矜持，就是自甘下賤。

所以詫異了之後，她的臉色就沈了下去。

她起身對羅夫人福了一福，站起來直直與她對視道：「我不知道夫人問這話是什麼意思。我家沒有權勢，卻也是世代清白，懸壺濟世，受人尊敬。跟著哥哥，我也讀過聖賢書，知道廉恥兩個字怎麼寫。夫人如今沒頭沒腦地來問我這樣的話，是覺得我們小戶人家的女兒好欺負嗎？」

羅夫人沒想到夏衿如此嘴尖舌巧。她一心認定夏衿跟羅騫有私情，現在這樣，只不過是嘴硬罷了，她心裡越發覺得夏衿心機深沈，而且為人厲害。

她冷笑一聲。「妳也不必跟我裝。妳女扮男裝，四處行走給人看病、打理生意，妳以為我不知道？要不是妳勾著我家騫哥兒，他何以寧願違背我的意思，也要娶妳進門？妳放老實些，問妳什麼就答什麼，我看妳順眼，沒準兒就答應了這門親事；偏妳自作聰明，在我面前裝神弄鬼，我最討厭的就是這種女人。」

「羅夫人請自重。」夏衿的臉沈了下去。「什麼叫勾著您家騫哥兒？我雖女扮男裝打理生意，卻也行得穩、坐得正，從未起過歪心思，更沒有與人私相授受，糾纏不清。令公子對您說了什麼話我不知曉，我也不想知道。我一沒跟誰生過情誼，二沒跟人私訂終身，羅夫人的話我犯不著聽，我家雖無權無勢，卻也沒有誰想侮辱就忍氣受著的理！」

說著她行了一禮，轉身就出了門。

夏衿這番做派，倒叫羅夫人疑惑起來。她原是打算用話激著夏衿，讓她承認自己與羅騫私相授受，再譴責羞辱夏衿一番。但凡有點羞恥心的人，被她這麼一說，也要掩面而去，如此，羅騫那邊一個巴掌就拍不響了。

沒承想夏衿根本不吃這一套，緊咬著就是不鬆口，絕不承認她跟羅騫有私情。

羅夫人坐了好一會兒，才起身回了羅府。

而羅騫得知羅夫人去找了夏衿，擔心得不得了，早叫人將他挪到正院，等著母親回來。

羅夫人一回來就大發雷霆。「你怎麼挪動了？你那腿不好生養著，到時候要是瘸了，你這一輩子就完了。」

要想中進士，必須身體健康，四肢健全，相貌端正，口齒清楚。眼歪口斜、結巴殘疾，那是絕對不予錄用的。

「又沒傷著骨頭，只是皮外傷，哪那麼要緊？」羅騫耐著性子解釋了一句，便問道：「娘，您去找夏姑娘了？我說了只是我喜歡她、想娶她，跟她根本沒關係。您這樣去找人家，不是給人難堪嗎？」

羅夫人本就滿肚子怒氣，聽了這話更是火冒三丈。「是啊，我找她去了，怎麼，你還敢跟我翻臉不成？我辛辛苦苦把你養大，為了個丫頭，你就對母親臉不是臉，鼻子不是鼻子？還沒怎樣就鬧得我家門不寧，這種人我還敢讓她進門？」

羅騫嘆了一口氣，語氣緩和下來。「娘，我跟您是自家人，什麼都好說；可夏姑娘畢竟跟咱不熟悉，您跑去指責一番，要是氣量小的，怕是回家就上吊。」

羅夫人一怔。「你跟她真沒私情？」

羅騫一聽這話心裡就有數了，回答得斬釘截鐵。「真沒有！」

羅夫人的情緒這才緩和下來，想了想，吩咐于管家。「去夏家盯著，別真鬧出人命來。」

于管家看了羅騫一眼，領命去了。

羅騫又叫丫鬟給羅夫人打洗臉水、沏茶拿點心，哄得羅夫人終於開心了，笑道：「行了，你別忙活了，娘不生你的氣。你趕緊回去躺著，別扯裂了傷口。」

「那我的親事……」羅騫又試探道。

羅夫人剛剛放晴的臉立刻又沈了下去。「不許再提。那夏姑娘為人太厲害，我說一句她能頂十句，牙口鋒利得緊。我沒見過女孩兒家如此潑辣的，這樣的人娶進家門，全家不寧。如果你還想你娘活得長些，趁早打消這個念頭。」

「娘，咱家的情況跟別人家不一樣。」羅驀苦口婆心。「礙著宣平侯老夫人的面子，爹把章姨娘送走了，但大哥訂親後，爹是一定會把那女人再接回來的，到時候大哥、二哥一娶親，那頭就有三個女人。您是占著名分，章姨娘和兩個哥哥再如何也不敢拿您怎麼樣；可媳婦那一輩就不一樣了，到時候我真娶個溫柔賢淑的女子回來，怕是被她們吃得連渣都不剩，更別說生孩子了。人家好端端的女兒送進門來，結果死了，到時候別說岳家的助力，不惹上仇恨就不錯了。」

羅夫人皺皺眉，她還真沒想過這個問題。

羅驀見母親神色鬆動，又繼續道：「夏姑娘性子厲害些，豈不是正好？您也跟她相處過，其實她對於親近的人，是再好不過的，她爹娘那裡她就特別孝順。而且她醫術高明，下毒、下藥根本不怕；反過來，您就算想讓那邊絕嗣、出個三災五難，在她手裡也不是問題。娘您不知道吧？她武功比我還厲害，有她在，不光是您的孫兒，便是您兒子我，都能被她保護得妥妥當當。」

「她真這麼厲害？」這一下，羅夫人確實被說動了。

羅驀一見有門兒，心裡大喜，面上卻絲毫不露，平靜地點點頭道：「娘您要不信，哪天找個機會，叫她出來給您露一手。」

羅夫人眨眨眼睛，沒有再說話。

羅騫知道欲速則不達，今天能讓羅夫人態度鬆動，就已是一大進步。

反正夏衿還在孝中，即便羅夫人同意，也不能上門提親。再說，羅宸還在他上頭呢，他不說親，他就不能插到前頭去；羅宇又是將死之人，他死了，羅騫還得為兄長守幾個月的孝呢。這期間，足夠他把羅夫人說動了。

第六十四章

且說于管家那頭，雖覺得夏衿不是那等尋死覓活的姑娘，但小心些總不是壞事。他到夏家叫了魯良出來，告訴他今天羅夫人約夏衿見面，似乎鬧得不愉快，讓他家閨女多注意夏衿。

其實今天夏衿去銀樓，就是魯良送她去的，跟在夏衿身後的是他女兒菖蒲。雖不知夏衿跟羅夫人在屋裡說了什麼，但夏衿出來的時候臉色不好，父女兩個卻是知道的。此時見于管家特意跑過來叮囑，似乎事態挺嚴重，他也不敢掉以輕心，悄悄囑咐菖蒲，好生注意夏衿。

夏衿一向都是一個人睡，不要丫鬟守夜。沒想到這天晚上菖蒲死活不肯出去，說她屋裡薄荷晚上打鼾，弄得她睡不好，好說歹說想要在夏衿屋裡打地鋪。夏衿知道菖蒲是擔心她，心裡感動，倒是允了她的請求。

第二日羅夫人聽了于管家回稟，得知夏衿沒事，而且夏家也一如往常的平靜，夏衿似乎並沒有把這件事告訴父母，放心之餘，羅夫人對夏衿倒添了一分滿意。

接下來的日子，羅騫養傷，羅夫人一面看顧兒子，一面觀察著夏家和夏衿。夏衿的生活規律並沒有因羅夫人而改變，沒事的時候，在家裡做針線、看書，有事的時候，就去知味齋、玉膳齋看一看。夏祁則去了崔先生家讀書。

這一點，又讓羅夫人滿意了幾分。

並不因別人的辱罵而改變自己，這說明這姑娘心性堅韌，極有主見；而半個月只出一次門，出了門也是處理點心鋪和酒樓的事情，不在外面多作逗留，處理完事情便回家，說明這姑娘並不是那等輕狂之輩。

而且，夏正謙醫術高明，為人端正謙和，凡去他醫館看診的病人無不誇讚，極有口碑。杏霖堂的生意也好，粗算一算，每個月也有幾十、上百兩銀子的收入，養夏家三房綽綽有餘，供夏祁唸書也沒問題。舒氏又是本分婦人，管著內宅，從沒見夏家鬧出亂子。

這樣的親家，即便談不上助力，至少不扯後腿，不需要羅騫時時接濟，處理他們家種種爛事。

再一想夏祁跟著崔先生，考個舉人、進士也不是難事，前程不可限量，以後跟羅騫互相扶持，也不比官宦人家差到哪裡。這麼想來，她就越來越動搖了。

如此半個月，羅騫的傷已康復，能夠行動自如。可為了不讓羅夫人對夏衿反感，他並沒去找夏衿，而是出城去看崔先生——因為前一天晚上夏衿來找他，說羅宇之事就在這兩天了，他得離家避嫌，以免羅維韜懷疑到他身上。

果然，在他離開後第三天晚上，羅宇就斷了氣。

早在羅宇病重後，羅維韜就將章姨娘接了回來。此時看到大兒子因為喉癰不能進食，被活活餓死，章姨娘哭得肝腸寸斷，幾天工夫活像老了十歲。

待羅騫接到家裡的信從崔先生家趕回來，她一把揪住羅騫的領子，用力地搖晃。「是不是你？是不是你？我兒子是不是你害死的？」

原先羅宇在羅府宴上算計羅鸞，反被算計；如今羅宇才在路上雇人追殺三弟，結果自己卻病逝了，這由不得章姨娘不多作聯想。

「妳幹什麼？妳幹什麼？」羅夫人撲上去揪住章姨娘的頭髮，使勁往後拉，右手則搧了章姨娘兩個巴掌。

羅夫人一邊搧還一邊哭。「妳以為我兒子是妳兒子那種爛心腸的？自家兄弟都不肯放過？不光算計他親事，還派人在半路追殺他！你們有沒有人性啊？妳兒子現在死了，這是遭了報應，老天都不肯放過他！」

羅維韜的臉色變得十分難看，喝道：「拉開她們。」

下人們這才一擁而上，各自將自己的主子拉開。

章姨娘釵環凌亂，摀著紅腫的臉頰，悲戚地大哭起來。

羅維韜尷尬地回過頭去，對前來弔唁的朱知府和林同知道：「對不住，讓兩位見笑了。」

朱知府和林同知說了兩句場面話，便告辭了，心裡則暗自搖頭。

羅宇畢竟年輕，又沒有後代，雖說中了舉，卻沒有官職，即便羅維韜疼他，喪事也不好大操大辦。在家裡停靈七天，便送回羅維韜老家安葬。

兒子早逝，對章姨娘打擊很大。她病了足足有一個月，等羅鸞再在花園裡看到她時，她兩鬢斑白，臉上也起了皺紋，身上穿著素淨衣衫，比羅夫人還要蒼老幾分。更重要的是，她完全沒有了以前的精神，目光呆滯，反應遲鈍，常常在花園裡一動不動坐上一、兩個時辰。

原本羅夫人對羅騫的親事態度鬆動，是因為有章姨娘和羅宇這兩個強敵在，娶一個夏衿進來，可以敵得過他們兩人。

可現在羅宇死了，章姨娘雖沒死，卻也去了半條命，再沒有精力惹事了。而羅宸，那就是個沒用的，因為親生大哥太出色，從小他被章姨娘壓逼著，想再培養出能幹的兒子來，結果他讀書不行，性子也軟。兩個對手忽然沒有了，這讓羅夫人對羅騫的親事又動搖起來。

沒人攪事了，年輕美貌的柔姨娘，剛進門時章姨娘便用手段下了藥，讓她再不能生育。後院清靜，是不是可以挑一個出身名門、性子柔順的姑娘做兒媳婦了呢？

羅夫人動搖之際，一件事情的發生終於讓她的態度回到原點——

朱友成回來了。

自從被下了不舉之藥後，他四處求醫，無暇顧及要納夏家姊妹為妾。豈料看遍各地名醫，他的病始終沒有好轉，甚至可以確定——他要做太監了。

他這數個月來鬍子慢慢不長了，說話的聲音也細了。他本來是個極為好色之人，結果現在朋友叫他出去玩，一次、兩次不去，三次、四次不去，別人就生了疑；再看他外表有了變化，他不能人道的流言就蔓延開來。

朱友成羞憤之餘，想起當初夏家老太太答應送兩姊妹給他做小妾；如果他納了小妾，不管內裡如何，外面的流言就會不攻自破了吧？

於是他回到臨江城，派人到了夏家大房、三房，告訴他們給夏衫、夏衿準備嫁妝，半個月後他會派轎子來接她們進門。

這個消息，在夏家掀起大浪。

夏老太太活著的時候，曾答應朱友成的求親。如今夏衫雖還沒出孝，但夏正慎和大太太仍準備將女兒送過去——反正又不辦婚禮，夏衫平時也不出門，他們不說，沒人知道此事。而三房這邊既驚且怒，自是一口回絕了朱家下人，讓他回去轉告朱友成，他們不會把女兒送去做小妾，當初誰答應這門親事就找誰去。

老太太已在地下了，要找她，只能死了去地下商談……

朱友成接到口信，氣得要命，卻又拿三房人沒辦法。夏家姑娘仍在孝中，這時逼她們嫁過來，被人知道，不光是他，便是連朱知府都要被人戳脊梁骨。

於是他決定放棄夏衿，只將夏衫納進門。

夏衫懵了，自家父母靠不住，她便與夏佑悄悄來找夏家三房。

「姊姊要是不願意，可以讓大哥寫一張狀紙，告朱公子逼孝期內女子做小妾，我想辦法讓人幫妳遞到省裡巡撫手上。」夏衿道。

「這……這樣行嗎？」夏衫遲疑道。

夏衿看了夏正謙一眼，見他並不說話，便對夏衫道：「我只能保證幫妳將狀紙遞上去，而且不過堂，有了這一條，朱知府即便不被撤職，也會被調到其他邊遠地方；至於大伯和大伯母那裡，我們就幫不了妳了，這事還得妳自己拿主意。」

夏衫將求救的目光轉移到夏佑身上。

朱友成的名聲非常臭，早在這事之前，夏佑對他就很是反感。想到父母要把妹妹送給這樣的人做小妾，他就憤慨不已；可那是親生父母，他不能加以指責，但支持妹妹拒絕這門親事，他還是能做到的。

此時看到妹妹楚楚可憐的眼神，他鼓勵道：「如果妳不想嫁去朱家，我就幫妳寫這張狀紙。」

夏衿終於下了決定。「那就拜託大哥了。」

夏佑雖未考上秀才，寫個狀紙卻是沒問題的。狀紙裡只說朱家逼迫，他家懼於朱家權勢不敢反抗，並未提夏正慎和大太太的態度，也沒提夏衿之事。

拿到狀紙，夏衿當晚就去了羅騫那裡。「朱知府得罪了宣平侯老夫人，他的後臺想必不會再保他。現在這個大好機會送到你手上了，如何運作，你爹能不能當上知府，就看你們的本事了。」

羅騫感激之餘，對夏衿的敬重與愛慕更深了一層。為了讓羅夫人知道夏衿是如此有膽識，他將這張狀紙和事情的原委跟母親說了一遍——即便現在不說，等朱家的事情鬧出來，羅夫人肯定也會知道。

結果羅夫人的反應卻妙了。「朱友成要納夏姑娘為小妾，夏家老太太還曾同意了？」

羅騫雖然有些納悶，因為母親所說的，並不是他想要表達的重點。不過這是事實，他還是點了點頭。「是如此。」

「他們現在是想退親？」

這事這樣說也說得過去，羅騫仍點了點頭。「是的。」

「朱家退親的小妾，你想娶進門來做正妻？我說騫哥兒你瘋了吧？她有過這樣的婚約，以後被人翻出來，你還有臉在官場混嗎？這門親事我堅決不同意！」

「沒有婚約，只是夏家老太太口頭答應而已。」羅騫連忙解釋。

「口頭答應也是答應，否則怎麼會有這麼一張狀紙？」羅夫人揚了揚手上的狀紙。「這事一出來，不說外面，官場的人肯定會知道，到時你的名聲還要不要？」

羅騫眸子一沈，伸手將那狀紙拿回來。「那算了，這個狀就不告了。要解決這件事還不簡單，不用誰出面，只要用點手段將這件事透露給朱大人就成了。朱大人再寵兒子，也不敢拿自己的前程開玩笑。」

羅夫人頓時氣極。「你為一個女人就不顧父親的前程了？」

她跟羅維韜雖感情不好，羅維韜就是死在她面前，她也不會掉一滴眼淚。他升官也好，罷職也好，更是無所謂；但丈夫升官了，對於兒子的前程卻是有好處的。更何況，作為一個母親，實在看不得辛苦養大的兒子為另一個女人魂不守舍、要死要活。

羅騫被她說得臉色一紅。「這狀紙，本就是夏家為了我才特意寫的，否則他們哪裡需要犧牲自己的名聲？只叫崔先生往朱大人那裡遞一句話就行了。」

羅夫人白了他一眼。「你少唬我，崔先生才不會管這種爛事。」

當初為了讓羅騫拜在崔先生門下，她可是費了九牛二虎之力，最清楚崔先生的性情。崔先生是極清高之人，除了教書，萬事不理。讓他為了納妾的事給知府遞話，這比殺了他還要讓他難受，羅騫這話，也就哄哄不知內情的人罷了。

「娘您都不知道崔先生有多喜歡祁弟。為了讓他能安心唸書，說一句話他也是肯的。」羅騫卻說得極真。

羅夫人也懶得再糾纏這事。「反正這門親事說破天去我也不同意。你那狀紙遞不遞我無所謂，你以為我在乎你爹升不升官嗎？」

羅騫默然良久，才極傷感地道：「娘，您一輩子都不幸福，您願意兒子也跟您一樣嗎？跟個不喜歡的人過一輩子，這種滋味，您想讓兒子也嚐一嚐？」

羅夫人有些動容。隔了好一會兒，才道：「騫哥兒，娘比誰都盼著你過得好；但婚姻這種東西，不是你喜歡這女人，把她娶進門就能過得好的。

「你二舅舅當年不顧家裡反對，死活要娶一個商家女進門，你外祖母被鬧得沒辦法，只得同意。結果那女人進門，不光她自己說話做事跟家裡人格格不入，出去應酬老惹笑話，她家那群親戚，三天兩頭還要惹出事來叫家裡幫忙。不光是家裡人難受，你二舅舅和她也整日吵架，最後終於和離。你現在看到的這個二舅母，是後來才娶的。」

羅騫不以為然。「夏姑娘您也接觸過，她待人處事絕不輸那些世家小姐，而且她家人口簡單，都是極好的人。」

「她家人確實不錯，但她大伯和二伯家呢？你以為你娶了她，就只跟她父母兄長是親戚？你出去打聽打聽，她大伯是怎樣的人，只要你們成親，他絕對會在外面做出讓你丟臉的事情來。」

羅騫無話可說，當初他幫著夏衿鬧分家，對於夏正慎的為人再清楚不過。這門親戚，還真拿不出手。

「這個不怕。夏家三房的人都不待見他，絕不會為了他跟我求情的，整治這麼一個人，還不是小菜一碟。」他笑道。

「那麼夏姑娘呢？她經常女扮男裝在外面跑，成了親，我可不允許我的兒媳婦這麼沒規矩。你能保證她過得了這種大門不出、二門不邁的日子？」

這個羅騫是真沒辦法了。

從他認識夏衿起，她就扮成夏祁在外面行走。行醫、租房、雇人、開鋪子，她折騰得很開心，也比男人都能幹。

這樣的人，成親後讓她在家裡做小媳婦，每日到婆婆面前立規矩，看婆婆的臉色行事，謹小慎微地過日子，她肯定很不快活。

如果夏衿只跟羅騫過日子，他肯定不會束縛她；可他這輩子注定是要跟母親一起生活的。即便他以後考了進士、做了官，到別處上任，也會把母親帶著一起走。羅夫人這輩子，就盼著跟兒子上任，不再跟丈夫住在同一個屋簷下。

他不可能娶了媳婦忘了娘，丟下羅夫人不管。

而只要夏衿和羅夫人住在一塊兒，就得照婆婆的規矩過日子。

第六十五章

「這個問題，我會好好跟祁弟說，讓他去問問夏姑娘。」他只得道。

羅夫人搖搖頭。「算了吧，問了也是白問。她在外面跑習慣了，在家裡絕對待不住。她即便這會兒答應了，以後也做不到。」

「沒試過怎麼知道她做不到？」羅騫急了。

羅夫人擺擺手。「我還是那句話，你娶個大家閨秀做妻子，夏姑娘你要真喜歡，待你妻子生了孩子，再納她進門。反正她年紀還小，又還在孝中，等你娶了親、生了子，她也才十七、八歲，正合適。她家既答應讓她做朱家小妾，沒理由不答應咱們家。」

「娘……」羅騫哀求地喚了一聲。

「行了，我累了，你出去吧。」羅夫人下逐客令了。

於是羅騫躊躇滿志而來，垂頭喪氣而出，唉聲嘆氣地回了自己院子。

他滿心的問題，想要問夏衿，恨不得馬上約她出來見面；可想到夏衿矢口否認跟他有私情，他擔心羅夫人派人跟著，發現他們兩人會面，戳破謊言，只得耐著性子等著。

直到夜深人靜，他才去了夏衿那裡，敲幾下屋頂叫她出來，到隔壁宅子去，把母親的要求說了。

夏衿聽了，問道：「你想讓我成親後待在家裡，哪裡都不去？」

「我自然是願意讓妳自由出入的。」羅騫忙表明立場。「只是我娘那裡，總得給她些面子。她雖然有些固執，但人卻是很好的；如果她喜歡上妳，肯定比疼我還要更疼妳，到時候妳做什麼她都不會再管了。」

夏衿眨了眨眼睛，半垂著頭沒有吭聲。

羅騫見狀，心裡沒底了，輕喚一聲。「衿兒？」

夏衿抬起頭來，望著羅騫。「如果以後我生孩子難產，穩婆問你保大人還是保孩子，你會怎麼說？」

「那當然是大人。」

「那你娘卻堅持要保孫子，不保她就不活了呢？」夏衿又問。

羅騫愣了一愣，俊朗的眉頭緊緊皺了起來，望向夏衿的目光既為難又無奈。「我會勸她保大人的，我娘不是那等不通情達理之人。」

夏衿聳聳肩，站了起來。「夜深了，我回去睡覺了，晚安。」舉步朝外面走去。

「衿兒。」羅騫一把拉住她的胳膊。「妳這是答應還是不答應？」

夏衿搖搖頭。「即便我答應，你娘也不會同意這樁親事的。你還沒看出來嗎？她說的那些話，不是要求我婚後怎麼做，而是在挑我的毛病。」

她頓了頓，嘴角翹了一翹，露出微微帶嘲諷的笑意。「再說，讓我大門不出、二門不邁，做個三從四德的婦人，我還真做不到。」

說著，她抽回手臂，快步出了門，一躍而起，瞬間就消失在院子裡。

羅騫望著灑落在院子裡的月光，站在那裡久久沒有動彈。

這件事羅夫人不鬆口，夏衿那裡心裡已打了退堂鼓。想想即便羅夫人勉強同意親事，過了門後要伺候這樣的婆婆，還要被管頭管腳，她就不舒服。

她骨子裡是個懶散的人，上輩子疲於奔命，沒過過幾天悠閒日子，現在撿了一條命回來，她是打算好好過日子，吃喝玩樂盡情享受生活的。讓她每日看婆婆臉色，立規矩伺候人，那對不住，還是算了吧，她對羅騫真沒愛到那個分上。

反正兩人都還在孝中，這件事就擱了下來，沒再多提。

倒是羅維韜那頭，得了羅騫給的那張狀紙，借了別人的手將事情捅了上去，朱知府在年前就被調了職。朱夫人還親自上門給夏衿道了歉、送了禮，做了些表面功夫。

朱友成被父親打了幾十板子，身邊的下人被賣的賣、調開的調開。直到朱家搬離臨江城，也沒人敢來找夏家的晦氣。

朱知府知道女兒心儀羅騫，擔心離開臨江前她鬧出醜聞，乾脆叫人將她關在家裡不讓出門。朱心蘭最後只得黯然跟著父親赴了外地。

到了此時，已是隆冬，快要過年了。

這日，羅維韜去了正院，對羅夫人道：「府裡要交歲貢，我討了這樁差事要往京城一去。妳也多年沒回娘家了，此次上京正好路過，不如跟我一同前往？」

羅夫人雖不想跟丈夫一起去京城，但想著可以回一趟娘家，倒是心動。她母親也有六十多歲了，身體一年不如一年，再不回去，沒準兒哪時就見不到母親了。

她正要說話，卻見外面進來個丫鬟，手裡拿著一封信，似乎很高興。那丫鬟一看羅維韜也在座，連忙停住腳步，退到一旁。

羅夫人自覺無事不可對人言，便向那丫鬟招了招手。「哪裡來的信？」

丫鬟忙將信遞給羅夫人。「是宣平侯府老夫人託人帶來的。」

羅夫人大喜。她可記得當初曾經委託宣平侯老夫人在京城幫她物色好親事，如今既有信來，想必此事已有了眉目。

她將信打開，匆匆看了一遍，滿臉喜色地將信遞給羅維韜。「宣平侯老夫人幫騫哥兒說了一門親，你看看。」

羅維韜一看，說的是禮部祠祭清吏司的女兒。這官職不怎麼樣，正六品，並無實權，可人家是吏部尚書的姪兒。羅維韜謀官在即，能搭上吏部尚書這一條線，知府之位就是十拿九穩了。

「好，太好了。」他高興得站了起來。「妳即刻寫信給老夫人，讓她把這親事給訂下來，我們到了京城就過聘。」

羅夫人看不得他這官迷樣兒，嘴角帶著嘲諷道：「老爺少安勿躁，你沒看信裡說嗎？老夫人叫咱們上京去走走親戚，想必是沒見過騫哥兒，人家不放心，想要相一相女婿，這事才能說定呢。」

她頓了頓，又道：「再說，宇哥兒才剛去世，騫哥兒還在孝中呢，哪能這時就議親？」

羅維韜這才冷靜下來，訕訕道：「夫人說得是。」

最為器重的大兒子死了，二兒子扶不上牆，他此時再生兒子，年紀太小，也指望不上了。所以他也想明白了，他到老了，沒準兒還得指望羅騫過活，因此，近些日子來，他對羅夫人也變得十分遷就。

「這親事八字都還沒一撇，先別跟騫哥兒說，免得被人相看，他心裡不舒坦。」羅夫人又叮囑道。

想想自己那兒子也是個心高氣傲的主兒。不說一個六品官，即便是二、三品的大官，要這樣相看他，想來他也不樂意。

羅維韜趕緊點點頭。「我曉得。就說他外祖母想你們了，我既上京去，便叫你們一起同行，正好去看看他外祖母。」

去年羅夫人的兄長調去京城任職，她的老母親也跟著兒子去了京城定居。這次同去京城，羅夫人看望母親和兄長，羅騫看望外祖母和舅舅，倒是現成的藉口。

羅夫人點點頭。「就這麼辦吧。」

說著，她斜睇了羅維韜一眼。「不過宸哥兒是兄長，他的親事必須得先訂下來，才能輪到騫哥兒。雖然現在還在為他哥哥守孝，你心裡也得有成算才好。」

羅維韜對二兒子並不上心，而且也想藉此賣妻子一個人情，便道：「妳是嫡母，妳作主就是。」

羅夫人的嘴角嘲諷一勾。「我可不敢。不管好不好，都得落埋怨，何苦呢？你叫你那位好姨娘自己張羅吧，只別耽誤我家騫哥兒的親事就成。」

要是以往，羅維韜聽了這話定然十分不高興，不是出聲喝斥，就是拂袖而去。

他今天卻是一點不高興的神情都沒有，還略微討好道：「她能認識什麼人？沒地娶個上不了檯面的人回來，還帶著不著四五的親戚，鬧得全家不寧。妳直接給他張羅個差不多的親事就是了，他娶個好親，至少不扯騫哥兒的後腿不是？妳就多操點心吧。」

成親多年，難得羅維韜脾氣這麼好，說話這麼順耳，羅夫人心裡受用，便也沒鬧彆扭，將這事答應下來。

夫妻兩人，竟然第一次相處得十分融洽。

於是，在離過年還有半個月的時候，羅家三口決定北上京城。

臨行前，羅騫半夜到夏衿的屋頂來敲瓦，想與她告別。夏衿倒是出來了，不過只與他在隔壁的院子裡說了幾句話，便回了家，態度雖說不上冷淡，但也沒了以前的情意綿綿，令羅騫十分失落。

羅騫的離開，絲毫沒有影響夏衿的生活，她仍時不時到點心鋪和酒樓逛一逛，其餘時間就待在家裡。

「娘，咱們家有多少積蓄了？」那日，看舒氏清查一年來的帳目，夏衿問道。

舒氏斜她一眼。「問這個幹什麼？反正不少妳吃穿就是了。」

「咱們現在還租著別人的宅子住啊，你們沒想過買房子嗎？」

當初羅夫人拜託宣平侯老夫人幫羅騫說親，夏衿是在場的。如今羅維韜上京活動，跟他一向不睦的羅夫人竟然也跟去，還以看望外祖母為藉口，將羅騫也帶去。羅騫本人沒有多想，但夏衿卻能猜到幾分緣由。

在她想來，沒準兒過年回來時，羅騫就會抱歉地跟她說，他拗不過母親，所以跟別的姑娘訂親了。

想想自己家還住著羅騫的房子，占他的便宜，夏衿就渾身不自在。如今夏家也有錢了，分家時分得的田地和鋪子有一定的收益，夏正謙的杏霖堂一年也有上千兩銀子的收入。除了一家子的花用和夏祁的筆墨錢、送崔先生的禮，應該還餘不少，買房的錢夏家還是能拿得出來的。

她自己手上倒是有銀子，但一來由她出錢買房，夏正謙和夏祁一定渾身不自在；二來，夏衿還想用手裡的錢，幹一票大買賣。

說起這事，舒氏就嘆氣。「想啊，怎麼不想？有時候妳爹想得晚上都睡不著覺，總覺得咱們住在這裡，是占了羅公子的大便宜。

「可咱們這杏霖堂，好不容易在這一帶打出口碑。這地方的人手頭寬裕，教養又好，妳爹現在雖然要操心的事情多，可比以前待在仁和堂還要舒心，收入也多了不止一倍，要是搬到城南、城西，生意肯定大受影響。只是這城東地價貴，咱們還買不起，即便買得起，也沒人肯賣呀。」

夏衿今天也不是無緣無故提起這話題的。自從上次她問了羅騫「大人、小孩要救誰」的問題後，就開始叫劉三幫她留意城東的房子。

其實她同意羅騫拿著夏佑寫的狀紙去省城，除了把朱家弄下臺來，還打著一個主意，那就是——如果朱知府被調走，他家的房產肯定要賣掉。朱知府家的房產，那都在好地段上啊，只要他出售，她就有了機會不是？

只是她沒料到，朱知府大概是被上司喝斥得狠了，年都沒過就搬了家，房產沒有及時處理。直到昨日，劉三才透過魯良傳了話來，說朱家的房子開始出售了。她今天一早去看了一處，又讓劉三收買了那幫著處理房產的朱家管事，基本上談妥了，回來正好看舒氏查帳，才有了上述這個問話。

「隔著前面兩條街，臨著江，旁邊還有一棵大榕樹的地方，您知道嗎？」她問舒氏。

舒氏想了一想，點點頭。「依稀有些印象。」

「那裡就有一處宅子要出售，比咱們這處小些。難得的是，它門前也帶著門面，跟咱們這處差不多，連宅子帶門面，要價一千二百兩銀子。」

舒氏先是一喜，繼而又猶豫。「這麼貴？」

夏衿聳聳肩。「沒辦法，城東的房子有價無市。」

說完又補充一句。「如果咱們想要，就得快些決定。城南、城西的有錢人削著腦袋都想往城東鑽呢，再高的房價，對他們來說都不是問題。」

在城東住了這麼久，舒氏也明白這個道理。不說別的，在這裡住著，左鄰右舍不是當官的就是書香門第。不光夏正謙、夏祁，便是她自己，穿著打扮、言行談吐，潛移默化下都有了很大的改變；更何況，結識一些人脈，辦什麼事都方便。
她轉頭對婆子道：「去醫館，叫老爺回來，說我有急事。」
待夏正謙匆匆從醫館趕回來，舒氏便將夏衿的話說了一遍。「我剛查了帳，咱們今年一年的結餘，正好是一千一百兩，你去講講價，沒準兒就能談下來。實在不行，拿我的首飾當了，再去跟大哥借一些，不管怎麼說，還是買下房子才能住得安心。」
「娘，不用借，我手頭還有銀子呢，差多少，跟我拿就是了。」夏衿在一旁笑道。
如今夏正謙和舒氏都知道夏衿跟岑子曼合夥做生意，她手頭肯定是有錢的。只是想著別人家的女兒都穿金戴銀，什麼事都不用操心，偏他們家的女兒四處奔波賺錢；如今三房能有好日子過，全靠女兒拿出錢來支撐。所以夏正謙和舒氏都打定主意，夏衿所賺的錢，全都給她做嫁妝，家裡絕不再要她一文錢。
不過家裡急用錢，在她手上挪一點來用也無妨，過兩個月還上就是了。
所以舒氏也沒跟女兒客氣，笑道：「如此就更好了，先借著，妳爹賺了錢再還妳。」
「一家人，說什麼還不還的？」夏衿道，站起來就往清芷閣跑。「我去拿銀子。」
夏正謙衝著她的身影喊道：「換身男裝，跟我一起去看房。」
「是。」夏衿遠遠應了一聲，人已到了院門外了。
舒氏嘆了一口氣，感慨道：「咱們女兒這麼能幹，又喜歡往外跑，以後嫁了人，被圈在家裡，指不定多難受呢，也不知要給她找個什麼樣的人家才好。」
夏正謙道：「妳去邢家探探邢太太的口風，看看她是怎樣的說法。」

說起這個，舒氏便高興起來。「我看慶生很喜歡咱們衿姐兒。」

邢慶生原本把夏衿當成妹妹看待，並沒有太多感覺，但這大半年來，每天跟夏衿學醫術，漸漸地由敬佩變成喜歡。現在即便他在醫術上沒有什麼難題，也會找一些出來請教夏衿，就是想每日能見她一面。

這些情況，舒氏都看在眼裡，喜在心裡。只恨夏衿仍在孝中，不能議親，心裡又罵夏老太太死了都不讓人安寧。

徒兒的心思，夏正謙自然看得出來，否則他也不會有剛才那句話。

夏衿換了男裝拿了一百兩銀子出來。「爹，走吧。」

父女兩個出了門。因為那處宅子也沒多遠，便沒坐車，慢慢地走了過去。

走了大概一盞茶工夫，兩人在一座宅子前停下腳步。

魯良趕緊上前去拍門，跟出來應門的人交涉了一下，那人便放三人進去。

宅子雖比夏家現在所住的小一些，布局卻很得宜，照著夏家的人口，這裡完全住得下。

夏正謙很滿意，約了幫朱家賣房的人出來商談，最後以一千一百五十兩的價錢，將宅子買了下來。

第六十六章

「爹，咱們現在有本錢了，完全可以自己開藥鋪。」回家的路上，夏衿跟夏正謙道。

「這樣不好吧？咱們最難的時候，是秦老闆幫了咱們。」夏正謙為難道。

「他幫咱們？」夏衿笑了笑。「不過是互惠互利罷了。當初咱們搬到這裡來，沒有甩開他自己幹，已經對得起他了；而且因為依附咱們醫館，又將藥鋪開在這樣的地段，他可賺了不少錢，這般讓利給他，何時是個頭呢？再過兩年您想收鋪子，沒準兒他覺得這鋪子合該給他用，反而怨恨您。再說，他家可比咱們家寬裕多了，用不著咱們接濟，何苦要把自家的鋪子給別人賺錢呢？」

「妳說的也有道理。」夏正謙嘆了一口氣。

夏衿知道夏正謙總不願意讓別人難受。「爹，您要抹不下臉，我去跟他說。」

夏正謙好笑地看了她一眼。「妳以什麼身分去說？沒的壞了妳哥哥的名聲。行了，我去說，他要為此不高興，那這個朋友也算我白交了。」

「這才對嘛。」夏衿高興地道。

「這一下，又要用妳的錢了。」夏正謙又嘆了一口氣。

開藥鋪，沒有二、三百兩銀子的本錢是不行的。

「藥鋪賺錢快，兩、三個月資金就能回籠，您到時還我就是。」

夏正謙點點頭。「到時算利息給妳。」

朱家那座宅子原就有人住著，修繕得極好，此時要搬進去，也不用收拾。讓下人過去打掃、打掃，選了個吉日，夏衿他們就搬了家。搬家之後，請了及笄禮時的那三家親戚吃了一頓飯，便算是賀喬遷之喜了。

看到三房買了這樣地段的一處宅子，大太太身上的酸味兒隔兩里路都能聞得到；二太太這次也沒憋住，知道夏祁的親事要求太高，她搆不上，乾脆轉個方向，跟舒氏說，想把夏衿說給她娘家姪兒。

「現在還在孝中，衿姐兒的親事不急。」舒氏笑吟吟道。看到大太太那嫉妒怨恨的目光，她的心情不是一般的好。

夏正慎倒是看中了這裡的門面，對夏正謙道：「三弟，這樣好的鋪面，你別白白便宜了別人。現在你搬家了，雖位置不如以前那裡，但好在是自家房子；不如把門口那一半門面給我吧，我也開一家藥鋪，給你跟秦老闆一樣的租金。」

「就是啊三弟，人都說肥水不落外人田，你倒好，把好處送給別人。」大太太酸溜溜地道。

「大哥有個醫館了，還在這邊開藥鋪，忙得過來嗎？」二太太用力地推了夏正浩一把，臉上仍是和善溫柔的笑容。「不如把這事交給你二哥。他如今在家裡無所事事，坐吃山空，終不是個事兒。你們做兄弟的，也幫他一把。」

夏正浩今年又沒中舉，所以二太太才有此一說。

見這兩房人一看到好處，就跟蒼蠅聞到肉味般，嗡嗡地又飛了過來，夏衿朝舒氏挑了挑眉。舒氏苦笑一下，忍不住深深嘆了一口氣。

夏祁怕夏正謙心軟，連忙道：「我爹已跟秦老闆說過了，這邊門面不租給他了。以前租給他，是因為我們當初淨身出戶，連吃飯的錢都沒有，還是秦老闆借了我們幾兩銀子，才沒餓死街頭。現在這份恩情也算是還得差不多了，我們準備把門面收回，自己開藥鋪。大伯說得對，有錢賺，我們當然要自己賺，哪有白白便宜別人的道理？」

見夏祁提起當初的事，夏正慎的臉一陣紅、一陣白，大太太也有些尷尬。

夏正浩是個讀書人，向來自命清高，覺得這開藥鋪是行商賈之事，壞了名聲，用力地瞪了二太太一眼，怪她自作主張。二太太也回瞪了他一眼，不過卻不敢作聲了。

待將客人送走，夏正謙嘆著氣回了正院。舒氏卻到了夏衿房裡，對她道：「翻過年來出了孝，我跟妳爹幫妳把親事訂下來如何？前幾日我去了一趟邢家，跟邢太太聊了一會兒天，說起女人婚後守規矩的事情。邢太太說，小戶人家的媳婦哪有那麼多規矩？她自己整日買菜、賣繡活，不知要往街上跑多少趟呢。

「而且她說了，以後娶了媳婦，定要把她當親閨女一樣看待，絕不會叫她立規矩，一家才幾口人呢，和和樂樂不好嗎？何必硬要分出個尊卑上下來？」

想起羅府那邊的事，夏衿心裡湧出一股悵然。「娘，從醫學的角度看，女人要滿十八歲，身體才算發育完成，這時候生孩子才不危險，您真要我十六歲就成親？」

舒氏嚇了一跳。「還有這種說法？」

夏衿點點頭。

舒氏想了想。「即便不成親，咱們也得把親事訂下來。妳師兄明年就十九歲了，我擔心妳邢伯母有別的想法。」

夏衿淡淡道：「有別的想法那就算了唄，天底下又不止師兄一個男人。」

舒氏瞋她一眼。「說這話也不害臊。」說著她頓了頓，撫了撫夏衿的黑髮，欣慰道：「不過我女兒又漂亮、又能幹，還怕媒人不把門檻踩爛嗎？」

夏衿噗哧一笑。「娘，您說這話才是不害臊呢，哪有這樣誇自家閨女的。」

舒氏白她一眼。「我樂意，妳管得著嗎？」

夏衿無語，站了起來。「我不跟您貧嘴，去看看藥鋪弄得怎麼樣了。」進裡間換了身男裝，去了前頭藥鋪。

這地段雖不如羅騫賃給他們那一處地段好，但杏霖堂的名聲打出去了，即便搬了地方，提前告訴老病號，又在原門面前張貼新地址，大家也能找過來，所以生意倒沒受影響。

至於藥鋪這邊，夏家世代為醫，也有世僕是懂藥的，夏正謙在僕人裡選了一個做掌櫃，又招了些夥計，由夏衿照應著，把藥鋪順順當當地開了起來。

夏祁中了秀才，夏家三房又有了自己的宅子，開了醫館和藥鋪，手頭還有兩個租出去的鋪面和田產，再不用看誰的臉色，一家四口這個年過得格外舒暢。

二月底、三月初，北方的雪融化之時，羅騫隨父母回到臨江城。

站在夏家原來的宅子門前，于管家盯著門上那張已被雨水淋得有些模糊的字條，呆愣半天沒有回過神來。

他這次也跟著羅騫去了京城，回來還沒歇口氣就跑到夏家來幫羅騫傳信，沒想到卻看到這樣一幅情景。

他轉過身，朝夏家新家的方向看去，望了足足有一盞茶的工夫，這才下了決心，先去夏家新宅找魯良將口信遞過去，再回去把眼前的情景稟報公子。

到了夏家新宅，于管家拍了拍那新漆的朱紅大門。待開門的人伸出頭來，他就鬆了一口氣。夏家守門的，還是熟悉的那個王老頭。

王老頭看到他，眼睛一亮，笑道：「于管家好久不見，你跟你家公子到京城去了吧？什麼時候回來的？」

「今天剛到。」于管家塞了一把銅錢給他。「麻煩你把魯良叫出來一下，我找他有事。」

「好咧。」王老頭笑咪咪地將銅錢塞入懷裡，說了一聲「稍等」，將門一關，跑進去找魯良。

不一會兒，魯良就出來，看到于管家也是滿臉笑容。

于管家寒暄兩句，就拉著他離了夏家，找了個僻靜的地方，開口便問道：「你們怎麼招呼都不打一聲就搬家了？原先那裡住得不好嗎？」

「這不是朱家走了嗎？他們手裡正好有幾處房產要賣，我家姑娘便託人買了一間。去年我家老爺也賺了些錢，老是租宅子住不是長久之計；再說，你家公子不肯提高租金，我家老爺、太太總過意不去，現在有機會，便買了這座宅子。

「而且于管家你也知道，新宅最好年前搬，好給新宅暖人氣，來年諸事也順當些。當時你們都在京城，沒辦法通知到。我家姑娘便說，先搬家，等你們回來再道個歉，想來羅公子也不會責怪我們的。」

這番解釋合情合理，于管家雖然理解，但不知怎麼的，還是覺得心頭憋悶得慌。

夏衿對羅騫的冷淡，在離開臨江前他就感覺到了。後來到了京城，羅夫人帶著羅騫拜訪了好幾家達官貴人，于管家隱約猜測是要說親。所以此時一看到夏衿招呼都不打，就直接搬了家，他自然就往不好的方向想。

「我們是半個時辰前回來的。公子讓我過來傳話，說晚飯後想見見夏姑娘。」說完這話，于管家就頓了一頓。「可夏姑娘出門似乎不大方便。」

如果夏家沒有搬家，夏衿直接躍過一堵牆就能到隔壁宅子，跟羅騫相見；可現在搬了家，夏衿又不好出門，見面就麻煩多了。

魯良道：「你且在我家門房坐一坐，待我稟報姑娘，再來給你回話。」

也只好這樣了。于管家跟著魯良進了大門，坐在門房等他。魯良則去了後院，將于管家的話跟夏衿說了。

夏衿想了想，道：「就去城南小院吧，我一會兒換男裝出去，你將馬車備好。」

「是。」魯良答應一聲，轉出去將這話跟于管家說了。

于管家的心頓時一沈。明知羅騫將夏衿當成心頭寶，主子們的事，他們做下人的不好打聽，但他還是忍不住悄悄問魯良。「這段時間，沒人上門給你家姑娘提親吧？」

魯良在心裡揣摩著于管家問這話的意思，一面含糊道：「這種事，即便是有，也是跟我家老爺、太太說，我一個做下人的怎麼會知道呢？我又不像于管家你，是府裡的管家，還是羅夫人和羅公子的心腹，能知道別人不知道的事。」

這馬屁拍得好，于管家受用之餘，也覺得魯良一車伕，在府裡本不受重用，這等事不知道也正常，便息了從他嘴裡套話的心思。「那我回去了，公子還等著我消息呢。」

半個時辰後，夏衿扮成夏祁到了城南小院，而院子裡棗樹下，羅騫已等候多時了。

夏衿眉毛微挑，走了過去，抬手作揖，用男聲朗聲道：「羅大哥，好久不見。」

羅騫到得早，坐在這裡早已望眼欲穿，夏衿一進門他就看到了。此時看著神采奕奕的夏衿，沒有因為兩、三個月不見他而有一絲憔悴，眉宇間也沒有半分愁緒，他的心裡湧上一股失落感。

以前雖十天半個月見不上一面，但因為知道她就在不遠的地方，他很安心；可這兩、三個月來，他對夏衿卻想念得緊。

「好久不見。」他回了一禮，請夏衿坐了，又親手給她斟了一杯茶，抬起眼來凝視著她，半晌沒有說話。

夏衿饒是臉皮厚，也被他灼灼的目光看得頗不自在，端起茶來輕呷一口，含笑道：「你外祖母她老人家，身體還好吧？」

羅騫點點頭：「還好。」又輕聲問：「妳可還好？」

「吃得香、睡得著，沒什麼不好的。」

「可我不好。」

夏衿吃驚地抬眼看他，上下打量了一遍——除了因為長途跋涉，精神有些疲憊，並沒看出羅騫有不好的地方。她疑惑地問：「哪裡不好？」

「我吃不香、睡不著。」羅騫的聲音輕柔而低沈，還帶著孩子般的委屈。

夏衿愣了一愣，才聽出羅騫是在訴衷腸。即便她對這段感情已心生退意，仍不由得被感動了。如果羅騫是朱友成那種花花公子，他說這話自然是哄小姑娘的小手段，可她知道羅騫是怎樣的人，他這話便帶了濃濃的思念。

去了京城一趟回來，他仍跟她說這樣的話，就說明他沒有跟別人訂親，而且也不打算跟人訂親。在這其間，他不知道多努力反抗父母的要求。

無論如何，這個男人是真心喜歡她，並為了想娶她而努力不懈。除了父母、兄長，他是唯一給了她許多幫助，付出真心的男人。不管以後他們能不能在一起，她對他都充滿感激，願意在心裡為他保留一份情誼。

她的目光柔和下來，嘴角含笑道：「看來京城的飯菜不合羅三公子的胃口啊。」

羅騫展顏一笑，俊朗的笑容差點迷花了夏衿的眼。

「你爹的事，運作得怎麼樣了？」夏衿轉換了話題。

羅騫點點頭。「任命已下來了，這件事還得多謝妳。」

夏衿避開他的目光，笑道：「我不過是適逢其會罷了。不作死就不會死，朱家人要作死，我也攔不住啊，只能說羅大人官運到了。」

「可沒有妳的狀紙，這件事也不會如此順利。我爹很感激妳。」

「哦？」夏衿一挑眉。「能被知府大人感謝，我榮幸之至。」

說著，她頑皮地歪了歪腦袋。「既如此，我能不能討個人情？」

羅騫笑了起來，望向夏衿的目光裡全是寵溺。「妳說。」

「我看臨江府的衙門又狹窄、又陳舊，令尊大人就不想擴展重建嗎？」

羅騫一愣，本以為夏衿會讓羅維韜照顧一下夏祁，或是給夏正謙多行方便，又或是他們的婚事……沒想到她卻說了跟切身利益毫無關係的話題。

「當然想，作夢都想；不光是我爹，歷屆知府都想的。」

臨江城的衙門，是三十多年前建起來的。那時臨江還是個地處偏僻的小縣城。後來延江改了道，這裡成了必經要地，才慢慢繁榮起來。

因為當地發展得快，每一屆知府在這裡待上幾年，就會有足夠的政績，或謀得更好的官位；對他們來說，衙門只是暫時落腳之處，擴建又要花錢，大家乾脆把這事交給下一任同僚苦惱，自己立完政績、撈完錢，拍拍屁股就走。

所以這麼多年，衙門一直沒人修，待察覺這衙門太過陳舊窄小，已不堪再用時，城東已寸土寸金，有價無市了。想要找塊地重建衙門，就必須從當地權貴手裡搶地盤，還要增加賦稅，以獲得建造費用，誰願意做這種得罪人卻造福後任者的事呢？所以這件事就一拖再拖。

「我有辦法把衙門建得又寬敞、又氣派，還不需要知府大人花費一文錢。」夏衿道。

「什麼？」羅騫大吃一驚。

如果換作別人這樣說，羅騫完全是一笑置之；可從夏衿謀劃分家，到為羅維韜謀得知府之職，沒有哪件事不展現出她的智慧與眼光。而且夏衿從不無的放矢，羅騫可不認為她是信口開河，口出狂言。

「妳打算如何做？」

第六十七章

「塘西。」夏衿道：「只要買下塘西那塊地，我可以給知府大人一處寬敞氣派的衙門。」

「塘西？」羅騫的眉頭皺了起來。「位置確實不錯，正好位於城東與城南的交界處，但地方雖寬，卻是個臭水湖。而且近幾年環境越發糟糕，附近的居民都搬走了，連無家可歸的人都不願意在那裡落腳，這樣的地方怎麼能夠建衙門？」

「如果把塘填了呢？」夏衿問道。

「填塘？」羅騫苦笑著搖搖頭。「那地方位置好，也沒什麼住戶，地方又寬，地價還便宜。其實臨江城地狹人稠，以至於地價越來越高，這幾年沒少人打那地方的主意；但那片湖挺大的，要想填平，不知要花多少人力、財力。大家都覺得不划算，這才息了這個念頭。」

「這個我有辦法。」

「妳有辦法？」羅騫驚訝地望著夏衿，繼而目光裡露出驚喜。「如果妳真能把這事辦下來，就是臨江城的大功臣，所有官員和老百姓都會感激妳的。」

可不是。夏天炎熱，住在臭水塘附近簡直是受罪，不光是臨江城歷屆官員把這問題當成頭等大事，連省城巡撫也為這事頭疼。如果夏衿能把這事辦成，以羅維韜為首的官員，政績上就能大添一筆。三年後，沒準兒羅維韜就能因為這事而再次升官。

夏衿點點頭。「不過我不能白做事，那片臭水塘，得以現在的地價賣給我。」

「這自然沒問題。」羅騫忙道：「那片地不要說買下，便是送給妳都使得。」

「白送可不敢要。」夏衿笑道：「但我資金不多，能力也有限，再加上女子做事不方便，不知羅大哥對這事感不感興趣？如果林公子和白公子感興趣的話，也可以加入咱們。」

羅騫望著夏衿，目光變得極為熾熱。

這就是他看中的女人，這就是他喜歡的女人！

不光睿智，而且大氣。

那片臭水塘送都送不掉，有人要買，價錢肯定極低。如果夏衿真能把它填平，再在上面建房子，那簡直是一本萬利的買賣。

可這樣一筆大買賣，夏衿卻不貪心。她清楚知道獲利太多會招人眼紅，反而惹來禍端，所以她把好處分了出來。

羅騫是知府公子，林雲是同知公子，還有白家的通判公子，三個內合夥做的事，誰敢多吭一聲？如此一來，夏衿所得的利益就有了保障，三位大人還得承她的情。因為他們不光獲利，還得了名聲，實有政績，虛有好名聲，他們不想升官都難。

羅騫抑制住心裡洶湧的感情，沈聲問道：「如果我們三人都參加，利益如何算？」

「是這樣，你也知道玉膳齋是我跟岑姑娘、蘇公子一塊兒開的。岑姑娘和蘇公子的那份利潤，我一直沒有送給他們。如今便以這筆錢入股，我們只要利益的一成，其餘九成如何分配，自然是你們自己商議了。」

「一成？還是你們三人的？」羅騫大吃一驚。他知道夏衿不貪，可沒想到不貪到這種程度。

「是啊。」夏衿笑道：「我可沒有多少本錢，能占一成股已經很不錯了。」

羅騫深深看她一眼，本來就從未動搖過的心，此時更堅定了。

他有知味齋的五成股份，又因夏衿出門不便，也時常過問一下玉膳齋的情況，對於兩家店的情況，他再清楚不過了。知味齋兩間店，夏衿所得的利潤一年就有三千多兩銀子；玉膳齋只會更多，即便是三人平分，而且開了不足一年，她也有四千多兩銀子的收入，兩項加起來有七、八千兩。

塘西那鬼地方即便地方大，可買下來再建房也不過兩、三萬兩銀子，這錢也不是一次就要投入這麼多，而是陸續投入，即便他們不入股，光夏衿一個人也能扛得下來。

如今夏衿大氣，又想少惹麻煩，他也不會再在這問題上多說什麼。「這件事，我得先回去跟我爹商議一下。」

夏衿點點頭。「應該的。」心裡也無比慶幸，跟她合作的是羅騫。

開發塘西的想法，她早就有了。只是一來她手上的資金少，二來當時臨江知府是朱友成的老爹。

以朱友成那貪婪的個性，肯定會用權勢逼著她把改建臭水塘的方法說出來，然後一腳踢開她。

說完這件事，夏衿便要告辭。「天色不早了，你也舟車勞頓累得很，不如早些回去歇息吧。」

「嗯。」羅騫站了起來。「走吧，一同出去。」

兩人並肩走出城南小院，各自上了自己的馬車。

羅府裡，羅夫人正斜躺在軟榻上，一個丫鬟在她身後用乾布給她絞著剛剛洗過的長髮，另一個丫鬟則跪在她面前，給她捶打因舟車勞頓而痠痛的腰背。

過了一會兒，羅夫人對站在一旁的婆子道：「今天大家都累了，去公子那邊，叫他不用過來吃飯了；再問問他晚上想吃什麼，吩咐廚房好好做了送去。」

婆子答應著出去了，可過一會兒又回來了，神情忐忑，欲言又止。

「怎麼了？」羅夫人問道。

「公子他……」婆子吞吞吐吐道：「他回來匆匆沐了個浴，就出門去了。」

羅夫人沈默了一下，猛地坐直，把那兩個丫鬟嚇了一跳。

「去守著，他回來叫他馬上到我這裡來。」她冷聲道。

「是。」婆子答應一聲，轉身出去了。

過了大約一頓飯工夫，婆子進來稟道：「夫人，公子回來了，不過一回來就去了老爺那裡。」

「梳個簡單的頭。」羅夫人吩咐丫鬟。

等梳好頭，她匆匆去了羅維韜的內書房。

看到羅夫人進來，羅騫連忙站了起來，叫了一聲。「娘。」

羅夫人「嗯」了一聲，冷著臉坐了下來。

羅維韜看了妻子一眼，轉過臉對羅騫道：「你繼續說。」

羅騫便把剛才夏衿的提議說了一遍。

羅夫人一聽兒子果然一回來就去找夏衿，心裡極不高興，冷哼一聲道：「多少人都想不出好辦法把塘填平，她一個小姑娘能有什麼好辦法？別是騙你們的吧？」

羅維韜臉一沈，喝斥道：「她騙得了一時，還能騙得了一世不成？沒見識！」

羅夫人哪裡受得住這種喝斥？張嘴就要爭吵。

一旁的羅騫忙拉住她。「娘，自然是她拿出辦法來，我們才出錢，我們不會被人騙的。」

羅夫人年輕時脾氣比現在還要強硬，時常跟羅維韜吵架，這幾年已經吵疲了，彼此都懶得吵了，見兒子打圓場，她哼了一聲，不再說話。

羅維韜也不理她，轉頭問羅騫。「這麼說，她是想用低價將塘西買下來，填平後，或建房子出售、或賣地，賺上一大筆錢？」

「她說，讓我、林雲和白霆一起來做這件事，而她則用玉膳齋的利潤入股，只占一成股。」羅騫說著又補充了一句。「玉膳齋是她跟宣平侯岑姑娘、武安侯世子蘇公子一起開的。這一成股，算是他們三個人的。」

羅維韜一愣，拍著案子，長嘆一聲。「奇女子啊！這樣的氣度，便是許多男子都趕不上。」

說著，他看了羅騫一眼，目光裡全是惋惜之色。

他跟羅夫人不同，羅夫人是內宅婦人，看的只是眼前利益，而他看的卻長遠得多。由狀紙和塘西這兩件事看來，夏衿絕不是一般閨閣女子能比的。她既不尋常，跟她一母同胞的夏祁也絕不會遜色，夏家有這兄妹倆，還怕以後不能光耀門楣？

可惜此次他升官，已承了吏部尚書的情。兩家之所以還未提兒女親事，只是因為女方那頭還有些事擺不平而已。

羅騫卻不知道他上京跟著父母去吏部尚書家，已被人相看過了。此時看到父親對夏衿讚嘆有加，他心裡大喜道：「爹，我想娶夏姑娘為妻。」

狀紙一事，他就直接告訴羅維韜，出主意的是夏衿；這一次，雖然與他見面的夏衿假扮為夏祁，他依舊沒有隱瞞。

之所以如此，是想得到父親的支持。如果羅維韜支持他娶夏衿，羅夫人想來也不好反對。

「這件事以後再說。」羅維韜含糊道。

如果吏部尚書家考慮之後，並不想跟他家結親，倒是可以考慮夏姑娘。如果跟尚書家結親，而新娶的兒媳婦賢慧的話，也可以納夏姑娘為妾嘛。

羅維韜這麼說，羅騫也不好再說什麼。父親不反對，對他而言就是大驚喜了。

「那你現在打算怎麼做？」羅維韜將話題扯了回來。

羅騫凝凝神，道：「這件事想要做成，最關鍵的不是地權，也不是資金，而是夏姑娘那個填湖的主意。而且做成這件事，爹爹和幾位大人就已得了名聲上的好處，咱們占得利益太多，被人知曉反倒於名聲有損。

「再者，夏姑娘的股份，不是代表她自己，而是包含了宣平侯和武安侯兩大侯府，如果只給他們這麼一點股份，即便兩府大度不追究，也不妥當。我看，我們三府各要一成半，剩下的五成半，由夏姑娘和兩個侯府分。爹爹覺得如何？」

羅維韜大為欣慰，讚道：「不錯，『捨得捨得』，有『捨』才有『得』。君子愛財，取之有道。不是自己的，絕不要伸手，否則就會招來禍端。你能不貪，懂得取捨，很好！」

他揮了揮手。「這件事，等我明日跟幾位大人通了氣，你們就辦起來吧，趁著現在雨水還不多，趕緊把塘填平了。你先回去歇著，等我消息。」

「是。」羅騫喜答一聲，退了出去。

這樣的大好事，羅維韜自然積極。第二天早上一上衙，就將這事情商議了一番，之後便派了長隨回去，告訴羅騫。「老爺已跟林大人、白大人商量妥當了。老爺說，就照公子所說的辦。」

羅騫大喜，當即將林雲、白霆叫來，將事情跟他們說了。

平白無故大賺一筆銀子，還能為父親掙政績、賺名聲，這樣的好事哪裡找？林、白兩人連聲答應，又感謝羅騫有好事不忘他們。

「讓你們入股可不是我提的。」羅騫自然不肯將這人情攬到自己頭上。「是祁弟提出來的，而且他當時說只要一成股份，其餘的由我們三人分。不過他所投的錢是玉膳齋的利潤，這裡面包含岑姑娘和蘇公子的股份，我爹覺得不妥當，這才將分成改為現在這樣。」

他本是想給夏衿賣人情的，只可惜夏衿顧著兄長，準備把塘西開發的大功勞歸在夏祁頭上。

林雲和白霆本就對夏祁印象極好，此時不由大讚。「夏公子夠義氣。」

「不如現在就叫他過來，咱們四人商議一下，趕緊把這事做起來。」林雲是個說風就是雨的。

羅騫卻道：「你們先回去跟長輩商議一下再說吧。」

這倒是應該。

林雲和白霆回去跟彼此的父親商議了一下，當天下午便又到了羅騫家裡。「這是大好事，我父親沒有不同意的，股份的事，也該夏公子他們拿大份。」

待商議妥當，夏衿便著手收購房產、地皮。因這是私人投資的房產，她也沒借助官府力量，而是直接透過劉三，召集地痞閒漢幫著收購。

那處臭水塘早就沒人居住，遷走的居民想賣那塊地也沒人要，此時見有人收購，自然巴不得脫手。夏衿開的價格又十分公道，不過幾天就收購了三分之一。

只是後來有人見此情形，便哄抬地價，夏衿請來地痞閒漢的好處就出來了，弄點小手段，或是放出風聲說不再收購了，不消幾日又收了一部分，如此差不多有三百家的房產、地產了。

帳房先生用算盤撥拉一算。「還剩四十一戶沒有收回，其中有二十八戶找不到戶主，十三戶不願意賣。」

夏衿點了點頭，對劉三道：「那十三戶就拜託你了。」

至於那二十八戶，派人查訪一遍找不到主人，她便打算交給羅騫處理——在衙門裡備個案，以後有人找上門來，或給錢補償，或讓其回遷。因數量少，即便補償的錢多些，也影響不大。

把這些房產一處理完，填湖工程就可以開始了。

次日人們上街，就發現各街口最顯眼之處貼了新告示，旁邊還有衙役向眾人解釋道：「如今春天很快就要到了，連綿的雨水一下，塘西那邊的臭水塘就要滋生蒼蠅、蚊子，郎中說這樣很容易讓人染上疾病。

「為了大家著想，也為了夏天時不臭氣沖天，同時也給大家找點樂子，知府大人準備舉辦投擲大賽，無論男女老幼，可十人一隊報名參賽。一等獎一名，獎金五百兩銀子；二等獎兩名，獎金二百兩銀子；三等獎三名，獎金一百兩銀子；進入決賽的小隊都有紀念品一份，大家快來報名啊。」

原本大家還不在意，等一聽這獎金，頓時如馬蜂窩被捅了一般，嗡嗡嗡議論起來。

「我的天啊，這麼多錢，要是我能拿到第一名，豈不是發大財了？」

「什麼？五百兩銀子？我沒聽錯吧？」

「趕緊，趕緊去報名！」

「到底什麼是投擲大賽啊？」

「管它什麼大賽，這麼多錢，報了名再說！」

第六十八章

議論了一陣，待激動的情緒平復了一些，便有人高聲問道：「差役大哥，到哪裡報名啊？」

「五日後在這裡報名。」衙役高聲道。

「啊？還有五日啊？」有人哀嘆。

又有人問道：「什麼是投擲大賽？怎麼個比法？」

「大家往塘西方向走，沿塘設有十個投擲點，大家可以先去看一看。塘中遠遠地豎著一根旗杆，大家可以拿東西朝那旗杆投，投中者為勝。不過這個比賽是組隊進行，十人一隊，甲、乙兩隊相比，甲隊投中者多，乙隊投中者少，即以甲隊為勝。」

這下大家大致明白了，當即就有人呼朋引伴。「走，咱們先去看看。」

於是這告示貼出來不到一個時辰，塘西周圍就熱鬧起來，大家三三兩兩跑到塘邊，看那旗杆豎得有多遠、自己能不能投中。當然，這個不能「看」，得「試」。又有人在那裡解釋，說必須站在劃線的範圍內才能作準。衙門早已有人在此用白石灰劃了一條線，與水中的旗杆全都保持同等距離。

臭水塘邊，開始有許多人撿了石頭、磚頭，往水塘中的旗杆擲去。

為讓大家參與出興趣，這旗杆的距離也是有講究的。中等力氣的男人，只要準頭夠，十投裡總能中上四、五投；但準頭這東西，卻不是人人天生就有的，這便讓大家更有興趣了，還沒比賽，一群人就大呼小叫，拚起輸贏來。

到得第二天中午，出去打探情況的下人回來稟報羅維韜。「大人，旗杆下面的地方，已被各色東西填了大半，應該還有半天就能填滿。塘西那邊的臭磚頭、碎石塊，都已被撿沒了，現在已有人在城裡四處撿碎磚頭呢。」

「真的？」羅維韜坐直身子，轉頭對林同知、白通判哈哈大笑道：「看來，這方法還真行啊。」

「我還說幹啥要五日後才可以報名，報了名後半個月才開始比賽，而且比賽還要分海選、初賽、預賽、決賽，每一次比賽還要隔上十日，原來奧妙在這裡啊！」白通判恍然。說完他又嘆道：「就是這獎金太高了。雖說重賞之下必有勇夫，但這些獎項加起來也有一千二百兩銀子了。」

羅維韜看看屋裡除了他們三個，沒有別人，笑道：「你們家功夫最厲害的那幾個護院，這兩天在家嗎？」

白通判一愣，不明白羅維韜為何說到此。不過他還是想了想，疑惑道：「你不說，我還真沒注意，只是這兩天都沒見他們。」

林同知倒是反應過來了，他猛地一怔。「大人是說，那幾個臭小子也要組隊爭那第一名？」

這下白通判也明白了。

他們這幾家的護院都是從武館精心挑選出來的，手上都有真功夫，射箭的準頭不說百發百中，也是十中八九。如果由他們組隊比賽，第一名豈不是手到擒來？

想明白這些，他好笑地搖搖頭。「這幾個小子，還真有一套。」

羅維韜道：「這也是那『夏家小子』提出來的。另外她要求半個月後才比賽，還有一個用意，就是她需要在靠近延江的地方挖一條渠，今天已組織兩百人開挖了。」

林同知皺眉想了想，試探著問：「他是要引水塘的水入延江？」

羅維韜點點頭。

「這邊一填，塘裡的水位勢必升高。到時水塘裡的髒水就可以沿著那條渠流到延江，而挖出來的土，正好用來抹平被磚頭、石塊所填滿的地方。」

林同知想明白之後，長嘆一聲。「夏祁有大才啊！」

到了那天傍晚，旗杆下的水塘已被各色磚頭、石塊填滿了。立刻有人從挖渠之處拉了幾車泥土過來，倒在上面，再讓騾子拉著車來回滾上幾滾，那地方便被填平了，人可以在上面行走。旗杆被重新往湖心方向移了移，岸上也重新劃了線。抽時間來練投擲和看熱鬧的那些人，在填了土的地方走來走去，很快就把那個地方給壓實了。

老百姓做一天工下來，也就收入幾十文錢，而一旦進入決賽，就能拿到五十斤米的紀念品，如果拿到前幾名，根本就像發了大財。

因此到了報名那日，報名處簡直人山人海，大家都往前擠，生怕報不上名。衙役全員出動維持秩序，又增加許多報名點，報名才得以順利進行。

五日後，報名截止。人數統計之後，大家都嚇了一跳。

除了老人、小孩和女子，幾乎臨江城所有男丁都報了名，除此竟然還有鄰近縣鎮的人跑來參賽，甚至還有女子隊。

「沒想到啊，沒想到。」林雲興奮得在屋子裡來回轉圈。「當時我還以為沒人參加，沒想到人這麼多，而且才剛報名，就填了周圍一圈了。」轉到夏衿面前，他伸手拍拍她的肩膀。「夏兄弟，你這方法真是太好了。」

夏衿肩膀微動，就讓他的手落了空。

「喂，別動手動腳。」羅騫一把將他的手拍開。

林雲朝他翻了個白眼，沒形象地趴在夏衿前面的桌子上，問道：「可城裡的磚頭、石塊都要被撿完了，怎麼辦？比賽的時候，去哪裡弄這些東西來投？」

「可不是？」白霆也笑道：「以前巷角路旁隨處可見的髒石頭、爛磚頭，都被撿了個精光，今兒早上我還聽一老頭兒站在院門前罵呢，說他兒子不孝，把他蹲牆腳曬太陽要坐的磚頭都給拿去填湖了。」

大家哈哈大笑起來。

這個問題夏衿早就想過了，她不慌不忙地道：「湖邊不是還有八百間舊房子嗎？除了材質好的青磚房外，其餘的發出話去，都讓他們拆了，免得以後拆房還要錢，廢料還不知道往哪兒扔。」

白霆點頭讚道：「這個辦法好。」

夏衿又道：「咱們還可以讓人放話，說若是自己曬土磚，大小、重量都合意，投中的機率還比爛磚頭高。」

林雲一拍桌子。「好主意。」

曬土磚要求也不高，只需要做個木框，下面用稻草等雜物墊一墊，然後往木框裡添半濕泥巴，壓緊後將木框提起來，地上就是一塊土磚，曬得大半乾，就可以用了。

這方法最妙的就是既不用他們花錢，也不需要費力，那些參賽的人自己就可以做。

林雲越想越妙，笑著對夏衿道：「最妙的還是報了名十天後才海選；海選完又隔十天才預賽，有這十天時間，不知又要有多少面積被填滿了。」

說著他禁不住又拍了拍夏衿的肩膀。「服了，我林雲真的服了你了。」

羅騫眼明手快，林雲的手還沒碰著夏衿衣服，就被他一把撥開，嘴裡還喝斥道：「說了別動手動腳，你怎麼偏不聽？」

「我跟我兄弟親熱，關你啥事？」林雲是跟羅騫打打鬧鬧慣了的，嘴裡雖氣勢洶洶，卻不怎麼生氣。

他看了看羅騫，又看了看夏衿，怪聲怪氣地指著兩人道：「你們倆……你們倆不會是……哈哈哈哈。」

「胡說八道什麼？」羅騫給了他一拳，而後擔心地看了夏衿一眼。

不管夏衿再能幹，也是個還未出閣的女孩子，這種男人間的玩笑，他生怕夏衿受不住。

夏衿上輩子整日在男人堆裡廝混，什麼葷話沒聽過？她面不改色地翻了個白眼，轉過頭去對白霆道：「我把周邊的房子劃分出來，咱們四人各管一塊。拆房子的時候派人盯著，拆完一間再拆另一間，千萬別弄出推塌房子砸死人的事。」

這事重大，羅、林兩人也不鬧了，停下來商議著如何劃分。之後，羅騫說夏衿人手少，硬是從她手裡再劃了一大片歸自己才作罷。

這事關係著羅維韜等人的政績與名聲，他們自然不會不管。

得知夏衿的顧慮後，直呼她想得周到，又出了一次告示，告訴大家拆房時要注意安全，聽從指揮。

這次的事聲勢如此浩大，夏衿不可能不跟家人說。不過她跟父母說這事由羅騫、林雲等人主導，她只是拿錢湊股份而已。

既能賺錢，又能為夏祁賺名聲，夏正謙和舒氏自然不會反對。只有夏祁，覺得夏衿每日辛苦，他卻在家裡坐享其成，於心不安。被夏衿開解了幾次，他才安下心來，發誓一定要好好唸書，等中了進士、做了官，好好回報妹妹。

投擲比賽轟轟烈烈地進行著，海選之後，臭水塘就被填了一半；待預賽過後，未填部分只餘四分之一了。相信決賽進行完，剩下的那點也不多了，到時候再請人開山石填滿，也花不了幾個錢。

就在大家為決賽奔忙的時候，羅夫人接到宣平侯老夫人的來信，說吏部尚書府已同意羅騫的親事了。

她高興得不行。

那位鄭姑娘端莊大方，溫柔嫻靜，她很是喜歡，一心想讓她成為自己的兒媳婦。現在鄭家同意這門親事，她也算是得償所願了。

打聽到羅維韜在家裡，她迫不及待地將信拿給他看。

羅維韜看了信，長嘆一口氣。「這件事，妳好好跟騫哥兒說，並且向他保證，待娶了鄭姑娘後，我們同意他把夏姑娘給納進門來。」

「納夏姑娘？」羅夫人愕然，垮下臉來。「為什麼要納她？騫哥兒說了，他不納妾的！」

羅維韜的臉色也沈了下來。「妳兒子的性子妳也知道。他喜歡夏姑娘，定然不樂意鄭家這門親事，如果不同意他納夏姑娘，恐怕妳逼不了他成親。」

「他性子再拗，還不至於違背父母之命。」羅夫人倒不是不願兒子納妾，只是單純不喜歡夏衿。

羅維韜厭惡地看她一眼，壓著脾氣道：「夏姑娘之睿智不輸男兒，騫哥兒有她輔助，定能前程似錦。」

羅夫人一聽這話，硬著脖子道：「鄭姑娘性情溫柔，夏姑娘性子強、心機重，還深得騫哥兒喜歡，你想讓鄭姑娘又成為一個我不成？」

羅維韜大怒。「簡直不可理喻！」轉身拂袖而去。

進了外書房，羅維韜便吩咐下人。「去看看三公子在哪裡，叫他過來。」

這段時間羅騫忙得昏天暗地，但能跟心愛的人一起，每日他都精神抖擻。

此時他正在塘西巡視，聽到下人傳訊，他吩咐手下幾句，便回了家。

「爹，您找我？」

羅維韜親手給他倒了一杯茶，看著瘦了一圈卻神采飛揚的兒子，一下子說不出話來。

羅騫將茶飲盡，又倒了一杯喝了，這才發現父親欲言又止，他不禁奇怪地問：「爹，怎麼了？」

「沒事。」羅維韜露出個僵硬的笑容，他將身子往後一靠，長嘆了一口氣。「騫哥兒，爹對不住你。」

「到底什麼事？」羅騫一臉疑惑。

羅維韜沈吟了一會兒，這才道：「上次在京城，你跟爹去了兩次吏部尚書府，你還記得吧？」

「記得。」羅騫點點頭。

那兩次在吏部尚書府的經歷，讓他印象深刻。主要是吏部尚書鄭大人本人態度淡淡的，倒是他的姪兒禮部祠祭清吏司的主事鄭玉明似乎對他們父子極感興趣，說不了少話。鄭玉明的夫人還出來客套了幾句，完全讓人摸不著頭緒。

更奇怪的是，第二次羅維韜不光帶他，還帶了羅夫人去鄭府，鄭家竟然還留了飯。

京官一向看不起地方官員，尤其是鄭大人這種掌管官員命運的大官，他手下的一個管家就能夠讓下面官員極力巴結了，像羅維韜這樣的地方小官，實在入不得眼，所以鄭家這樣，極為反常。

「那時你問我，為何鄭家那麼熱情，我跟你說，是宣平侯的面子。」羅維韜道。

羅騫點點頭。

「其實，是鄭家看中了你，想讓你作鄭大人的姪孫女婿。」

第六十九章

羅維韜這話說得很輕柔，但聽到羅騫耳裡卻不亞於一聲炸雷。

他驀地挺直身子，聲音都變了。「您是說……您能當上知府，是因為您答應了鄭家的親事？」

「當時還沒有提及親事。」羅維韜道：「當初宣平侯老夫人來臨江時，你娘曾託她在京城給你尋一門親事。宣平侯老夫人後來來信，給你說的就是鄭主事的女兒。不過鄭家想見一見你，所以我們才一同去了京城。」

羅騫的臉色更黑了。「所以我兩次去鄭府，是給人相看的？」

羅維韜長嘆一聲，點了點頭。

羅騫冷聲道：「我明明告訴過你們，我要娶夏姑娘，你們竟然還要給我另外訂親？你們把我當什麼了？我就值一個四品知府官職？你們可別忘了，要不是夏姑娘出的主意，讓我刻印科舉文集，為您積累名聲；後又有她拿了狀紙，讓您上京運作，即便把我賣了，您這知府之位也謀不到吧？現在你們讓我背信棄義，另娶他人，你們打算將夏姑娘置於何地？」

羅維韜嘆息道：「當時我不知道夏姑娘有這樣大的本事，否則我定會支持你的。」

他看向羅騫，目光裡充滿歉意。「可現在說什麼都晚了。今天宣平侯老夫人來信，說鄭家已答應親事，讓我們派人去提親。我們上京相看便已算是應了親事，我的上位又承了鄭家的情，這其中還有宣平侯老夫人的面子，這門親無論如何是不可能推託的。得罪了鄭大人，我此生止步於此倒也罷了，你這一輩子還沒開始，可就要被毀了啊！」

「我不怕。」羅騫眸子一冷。「中了進士，難道他還敢一手遮天，不給我官做不成，大不了派的偏遠些；實在不行，這官不做也罷；更何況，他也不可能在那位置待一輩子。鄭大人如今也有五十好幾了，我才十幾歲，誰熬得住誰？」

「騫哥兒，話不是這麼說的。咱們承了鄭家的情卻過河拆橋，這事放在哪裡，都是被人齒冷詬病的。往後哪個上司還敢提拔你，又有哪個親戚朋友敢幫你說話？咱們要落得眾叛親離的下場呀。為了個女人，你就忍心看著父母橫遭白眼？這樣的日子，你能過得下去？」

不待羅騫說話，羅維韜放緩了語氣，又道：「爹是過來人，我明白你此時的心情。當初我父母給我訂你娘的時候，我也恨不得放一把火以洩心頭之憤。可當歲月過去，年少的熱血不在，我才知道，男人應該專注在建功立業上，而非兒女情長。等你再過五年、十年，就能明白我今天所說的話。」

羅騫緊抿著嘴道：「不管怎麼說，我是不會答應鄭家這門親事的。」

看著羅騫這油鹽不進的樣子，羅維韜心火直冒。

這個兒子，固執起來跟他娘一樣讓人生厭。

他壓下心頭的火氣，緩聲道：「我也不是讓你放棄夏姑娘，你執意要娶她，應該跟她是兩情相悅吧？她既然心悅你，也不忍你為了她而自毀前程吧？你能不能跟她商量，在名分上受點委屈？只要你對她好，名分上忍讓一下又何妨？」

羅騫抬起眼來，看向羅維韜，那眼神既銳利又冰冷，聲音也極低沈。「您是說，讓她作妾？」

羅維韜點了點頭。「事到如今，只能如此。總不能讓她作妻，鄭姑娘作妾吧？」

羅騫忽然笑了起來，笑容極盡嘲諷之色。「打的倒是好算盤，只可惜，像夏姑娘那樣的人，她豈會給人作妾？爹爹您還是別作夢了。」

「她如果對你有情的話，不會太在乎這些的。女人嘛，都是以感情為重，你多跟她說些好話，沒準兒她就答應了。」羅維韜極有把握地道，當初他對章姨娘就是如此。

羅騫斂起笑容，看向羅維韜的眼神又冰冷下來。「我絕不會做這種侮辱她的事。想當初我病入膏肓，是她把我從鬼門關裡拉出來；我科舉回來，被人追殺，也是她的藥救了我。兩次救命之恩，便是她要我的命，我也會義不容辭給她，這樣的人，您叫我開口勸她給我作妾？」

羅維韜被嗆得啞口無言，而且羅騫那語氣、那眼神，像在嘲諷他當初納章姨娘的舉動。

他站起來，眼裡盡是寒光。「隨便你吧。反正，鄭姑娘你娶也得娶，不娶也得娶，我言盡於此。」說著，大步朝門外走去。

羅騫望著父親的背影，眼裡的冷意漸漸褪去，取而代之的是無盡的悲涼。

在外書房裡坐了良久，羅騫才拖著沈重的腳步，回到內院，而羅夫人早已等候多時了。

不待她張口，羅騫就問道：「您也是來勸我讓夏姑娘作妾的？」

「作妾？」羅夫人不悅道：「作什麼妾？你不是說此生不納妾嗎？娶了鄭姑娘就好好待

人家，休得再起納妾的心思；即便要納，也得選個好姑娘，像夏姑娘那般整日穿著男裝在外奔走，跟男人廝混在一塊兒，根本就是不守婦道，這樣的女人怎麼能要？」

羅騫冷冷地看了母親一眼，扭頭就進了自己的寢室。

羅夫人見他不說話，連忙跟了進去，嘮叨道：「騫哥兒啊，那鄭姑娘我見過，長得那是花容月貌，性子也溫柔嫻靜，而且聽說琴棋書畫無所不通，娶了她，定能跟你琴瑟相調……」

羅騫停住腳步，轉過身來，打斷她的話。「夏姑娘救了我兩次命，還幫父親謀了官職，我本想娶了她，一輩子對她好，以報答她的恩情，但看來已是不行了。這命是她救的，也是你們給我的，我不能拿你們給的命還她，但我可以賠她個前程。你們想讓我娶鄭姑娘，可以，但從此以後，我不會再參加科舉！」

羅夫人起初還沒反應過來，等聽清楚羅騫說的話，大驚道：「你說什麼？你不參加科舉？你你你……」

她指著羅騫，吃驚得說不出話來。

羅騫轉過身，把門拉過來，當著母親的面關上。

羅夫人的鼻子差點被門撞著，她下意識後退一步，這才反應過來，用力地拍著門道：「騫哥兒，你關門幹什麼？你可別做傻事，為了一個女人，值得這樣嗎？實在不行，大不了我同意你納她作妾就是了，你趕緊把門打開！」

屋子裡，羅騫無力地倒在床上，幾滴清淚從眼眶裡滾落下來。

夏衿那裡，並不知道羅家已發生了這樣的事。眼看天色已晚，塘西已沒什麼事，她便乘馬車回了家。

舒氏聽聞她回來，趕緊過來，親手絞了一把熱水帕子遞過去，看著女兒變尖的下巴，心疼地問道：「塘填得差不多了吧？還有多少？」

「差不多了，後日決賽完，應該就能填得滿。」夏衿笑道。

她細細地洗乾淨臉，將帕子放進盆子裡，坐下來喝了一口熱茶，對舒氏道：「因為填湖的主意是我出的，羅公子他們堅持要分給我緊靠著書院的地。娘，待所有地方都填好，咱們就有兩百畝地了。到時候我給你們建一處跟宣平侯府那樣寬的宅子，裡面不僅大，屋舍多，還有一個小湖和一個大花園，您無事的時候就可以去花園裡走走。」

「我可不要那麼大的地方。」舒氏嗔道：「宅子大了，咱們家這麼點人，哪裡顧得來？別到時候那些顧不到的角落藏污納垢，生出別的事端來。」

「多買幾個下人不就行了？」夏衿財大氣粗地道。

「買那麼多下人幹什麼？每個月穿衣吃飯、發月錢，多出多少開銷來？有那麼些錢，不如買些田地、鋪子，田地、鋪子不光不花錢，還能生出錢來；再說咱們家有妳爹賺的錢已經夠花了，妳的錢自己留著，以後作嫁妝，可不許胡花掉了。」

舒氏說著將女兒的頭巾解開，給她梳著頭。「今年妳就要滿十六歲了，妳的親事，妳到底是怎麼想的？給娘好好說說。」

「十八歲再成親，不著急。」眼看著舒氏還要嘮叨，夏衿連忙叫道：「娘，我肚子餓扁了。有什麼吃的，趕緊叫她們端上來。」

她這一叫喚，舒氏頓時轉移注意力。「我熬了雞湯。妳臉都小了一圈，得好好補補，一會兒多喝兩碗。」又叫丫鬟、婆子。「趕緊把雞湯端上來，給姑娘先喝著。去看看老爺那裡忙完沒有，忙完了就擺飯。」

見她張羅吃的去了，夏衿鬆了一口氣。

可她的雞湯才喝了兩口，二門處守門的婆子就跑了進來，稟道：「姑娘，門口來了個羅府的下人，說是羅夫人約您去銀樓，有話要跟您說。」

「羅夫人？」夏衿眉頭一皺。想起上次見面時的不愉快，她就不樂意去見這個不好說話的女人。

她放下碗，站了起來。「我知道了。」接過菖蒲遞過來的手巾擦了臉手，進房去換了女裝，又梳了頭髮，叫薄荷道：「去跟太太說一聲，我出門一趟，吃飯別等我。」接著帶著菖蒲便出了門。

到了銀樓，羅夫人已等候多時了。見了她，也不客套，單刀直入道：「夏姑娘，宣平侯老夫人給我家騫哥兒作了媒，說的是吏部尚書鄭大人的姪孫女。我家老爺之所以能當上知府，多虧鄭大人幫忙，所以這門親事我們不好拒絕，否則得罪了鄭家，騫哥兒以後當官就難辦了。」

說到這裡，她停了下來，看向夏衿，卻見夏衿仍跟進來時一樣，沒什麼表情，只靜靜地望著她，等著她說下去。

她只得又道：「上次我問妳，妳說妳跟我兒子沒有私情，那妳能不能幫我勸勸他，叫他答應這門親事？」

「這關我什麼事？父母之命、媒妁之言，您直接叫他答應不就行了？」夏衿淡淡道。

羅夫人那心眼，十個她都比不上夏衿，夏衿這麼一激，她就被套出實話來。「可我家騫哥兒說，他要娶妳，不答應鄭家的親事；要是我們不同意，他就不參加科舉了。」

聽得這話，夏衿心裡嘆息，面上仍是淡淡的。「這便是你們家的事了，跟我可沒關係。」

「怎麼沒關係？我家騫哥兒鬧著要娶的可是妳！」

「這個我不能勸。」夏衿搖搖頭。「他一個大男人，願意娶誰不願意娶誰，你們做父母的都勸不住，我又怎麼勸得住？」

「也不要妳勸什麼，只要妳拒絕他，他自然就答應那頭了。」羅夫人忙道。

夏衿深深地看了她一眼。「他又沒來向我求親，我怎麼拒絕？夫人您說這話，實在叫我不知說什麼好。」

羅夫人一呆，還真是這樣。

她自小就是唸女四書長大，腦子裡根本沒有現代婚前談戀愛這一環節。同齡男女的來往，她的印象裡就只有兩個——一是求婚，二是答應或拒絕。最多在答應或拒絕前，女方躲在屏風後面偷看男方一眼。

「可、可他說喜歡妳呀，說定然要娶妳。」她結結巴巴地道。

夏衿無奈道：「難道您要我跑到羅公子跟前，對他說：『聽你娘說你喜歡我。抱歉，我不喜歡你，所以不願意嫁給你，你還是歇了這門心思吧！』」

羅夫人一下語塞，不由得脹紅了臉，尷尬道：「對不住，我不是這個意思……」

夏衿知道羅夫人為何會對她說這樣的話。貴族、世家子弟，總覺得自己高人一等，出身寒微的人哪怕再能幹，也要被他們看不起。所以她並不如何生氣，羅夫人希望兒子能娶個名門閨秀，確實無可厚非。

不過即便不生氣，她仍是十分不高興的。說到底，她是個心高氣傲之人，以她的性子，她早兩句話頂得羅夫人氣得吐血了；但羅騫頂著巨大的壓力，竭盡心思爭取著他們的將來，她也不能在這種時候在背後來一槍。

但要她去討羅夫人的歡心，夏衿是做不到的。

說到底，她對羅騫，還沒到非君不嫁的地步。

「羅夫人，我也是好人家的女兒，自小被父母捧在手心裡長大的。您剛才說的話，要是被我娘聽到了，為了女兒的聲譽，非得找您拚命不可；所以您的要求，無論如何我都不能答應，否則就是給我父母丟臉。這樣說，您能理解吧？」

羅夫人更加羞愧了，點點頭道：「我理解，我能理解。」

「既能理解，我也不多說什麼了。天色不早了，家裡人還在等我吃飯，我就先告辭了。」夏衿起身，福了一福，便快步走了出去。

羅夫人也站起身來，準備離開，可走了兩步她就停了下來。
她總覺得哪裡不對。
可哪裡不對呢？直到馬車在羅府前停下，羅夫人都沒想明白。

第七十章

投擲比賽的決賽如期舉行。

這幾日，羅騫如常吃飯，如常睡覺，對父母也恭敬有禮，但無論是羅維韜還是羅夫人，都發現兒子的變化。

首先，他再沒有了以前的孺慕之情，目光疏離，如同看一個陌生人；其次，羅騫變得沈默了，從早到晚不說一句話。即便是在跟夏衿、林雲和白霆相處時，也是能不說話就不說話，完全沒有了前一段時間的神采飛揚。

這叫羅維韜夫妻倆害怕。他們知道羅騫是個固執的，他說不參加科舉，就一定會辦到。

夏衿與羅騫兩人之間，如同什麼事都沒發生一般。羅騫為父母的做法感到羞愧，同時也不願意以後成了親，夏衿跟自己父母有隔閡，更擔心她會因此而看不起他父母，所以並沒有把事情說出來。他覺得，只要他默默抗爭，父母總會屈服的——父親就剩他這麼一個能指望得上的兒子，絕對捨不得自己不去考功名。現在要比的，只是誰更堅持而已。

夏衿面對羅騫時，也不知道該說什麼。那一邊是他的父母，她總不能對他指責他父母的不是；而鼓勵羅騫為他們的親事堅持到底，她做不到，也不願意做。

年慕少艾，覺得愛情比什麼都重要；到漸漸年長，方知愛情既不能當飯吃，也不能當衣穿，更是如雲如煙，留都留不住。

她不知道羅騫為了她放棄仕途，以後會不會後悔，因此她不能勸，只能等。

然而羅維韜終是坐不住了。在一個傍晚，他下了衙，估摸著夏正謙也從醫館回來了，便直接從衙門去了夏家。

「知府大人求見？」夏正謙聽到下人稟報，驚得連筷子都掉了。

「是，老爺。」守門的下人道：「羅叔已陪著他到前面廳堂去了。」

夏正謙站了起來，對舒氏道：「快，快給我拿件衣服來。」他從醫館回來，都是淨了手臉，換上家常服才進後院的。

呆愣著的舒氏這才反應過來，連忙拿了件見客的衣服給夏正謙換上。

夏祁則和夏衿對視一眼，低聲問道：「妹妹，羅大人來幹什麼？」心裡猜測著是不是上門來提親的。

夏衿自然知道是跟羅騫抗婚有關，但羅維韜要來幹什麼，她卻猜不出來。

她往嘴裡扒了一口飯。「一會兒去聽聽不就知道了？」

於是夏正謙快步去了前頭，後面就跟了兩個聽牆根的。

夏正謙進了廳堂後，羅維韜只問他醫館的情況，又問夏祁的學業，東拉西扯了好一陣，這才道：「夏兄不光生了個好兒子，也生了個好女兒啊。塘西那邊一直都是歷屆大人頭疼的事情，沒想到令嬡一個主意就把這事解決了。」

這話一出，不光是屋裡的夏正謙，便是窗外的夏祁都嚇了一跳。

夏衿女扮男裝的事，除了府裡一些心腹下人，其餘人都不知道，羅大人又是怎麼知道的？填湖之事，打的可是夏祁的名義。這要是追究下來，往大了說是欺君，往小裡說是欺上，一旦上報，夏祁的前程就完了。

夏衿則猜到羅維韜的來意，眸子不由得一冷。

「這、這……羅大人……」夏正謙一腦門子的汗，急得說不出話來。

「夏兄別急。這事我要真想追究，也不至於跑來，早把夏祁拿到衙門裡去了。」羅維韜笑著安撫。

待得夏正謙情緒稍安，他這才拋出來意。「令嫒如此能幹，犬子心儀之，託我來求娶令嫒。只是我早已為犬子訂了吏部尚書姪女為妻，令嫒這裡，恐怕要在名分上受些委屈。不過你放心，犬子不光心悅令嫒，更因她的才幹而敬重她，定會如妻子般對待她，絕不會讓她受一丁點委屈。」

好半天，夏正謙才反應過來。「你們想讓我家衿姐兒為妾？」

羅維韜點點頭，唏噓道：「當初你們要是能同意讓令嫒給犬子沖喜，這樁姻緣就圓滿了。如今宣平侯老夫人給作了媒，在京城裡訂下了親事，即便犬子喜歡令嫒，那頭我們也不好推辭。吏部尚書手裡握著我們的烏紗帽，以後犬子的前程，還得維繫在尚書大人身上，我們也是沒辦法，只能委屈令嫒。」

窗外，夏祁的拳頭握得死緊。

屋裡，夏正謙想都沒想，就直接道：「我們家女兒不作妾。」

夏祁聽得此話，心裡稍安；而夏衿冰冷的眸子漸漸柔和下來。

羅維韜詫異地望著夏正謙，沒想到他會拒絕得如此乾脆。要知道，他可是知府，羅騫又一表人才，即便是作妾，這城裡不知有多少人家想都想不來。

「不如夏兄問一問令嬡？她不是一般的女子，想來在終身大事上，也會有自己的主張。」

他不似羅夫人。夏衿一口咬定跟羅騫沒有私情，羅夫人以己度人，便相信了。但在羅維韜看來，既然早在認識之初，給羅騫治病的是夏衿，後來兩人又合夥開店；他兒子英俊有才，還是位官宦子弟，且小小年紀便已中了舉人，夏衿怎可能不芳心暗許？這兩人定是私下定了終身，羅騫才死活要娶夏衿，不肯另聘他人。

夏衿既對羅騫鍾情，又豈會一口回絕婚事？一旦她猶豫，此事就有了轉圜的餘地。

夏正謙可不知道眼前這位羅大人打的一手好算盤，不過說到要問一問夏衿，他倒是躊躇起來。他那女兒一向有主見，如果她真跟羅公子有了首尾……

這麼一想，他就不淡定了。「既如此，那我便跟家人商量一下，再回覆羅大人。」

「應該的、應該的。」羅維韜見事情按著自己的預想走了，很是高興。又跟夏正謙閒聊了幾句，便告辭離開了。

羅維韜回到家裡，正好在家門口與剛從塘西回來的羅騫相遇。

羅騫看羅維韜竟然是步行，而且是從夏家的方向過來，心裡狐疑。待一回到自己的院子，便叫人打聽老爺剛才去了哪裡。

「你是說，老爺剛剛去了夏家？」聽到這句話，羅騫差點要窒息。

「是。」于管家道。

羅騫抬腳就往外走。

「公子，外衣、外衣。」尺素忙追了出來，將羅騫剛脫的外衣遞給他。

羅騫接過外衣，正要穿上，動作卻在半空中停了下來。面對夏家的方向，他愣愣地站了好一會兒，最後用力地閉了閉眼，轉身回了屋子。

父親去夏家，說的無非兩點，一是他已幫自己兒子訂親；二是希望夏家把女兒嫁過來作小妾。既如此，他有什麼臉面面對夏衿？

他信誓旦旦地說讓夏衿相信他，他定然會讓父母答應親事。結果呢？卻讓她受辱至此！

他張開嘴，似乎無聲地笑，兩行眼淚卻一滴一滴落在前襟上。

夏正謙匆匆進了後院，看到屋子裡只有舒氏一人，忙問道：「衿姐兒呢？」

舒氏卻顧不得這個，問道：「羅大人過來幹什麼？是不是咱們衿姐兒差事幹得不好，羅大人過來問罪來了？」

夏正謙正轉頭要去清芷閣，聞言停住腳步，回身道：「羅大人過來替他兒子求娶衿姐兒作妾。」

「啥？」舒氏一下子沒反應過來，待聽明白這句，她臉色一變。「我家衿姐兒不給人作妾。」

「我也這麼說。」夏正謙掀簾出去，一面道：「我去找衿姐兒。」

舒氏追出門去。「她和祁哥兒跟在你身後出去的，說是去偷聽你們說什麼。」

夏正謙腳下一頓，臉色驟變。「我過來時怎麼沒見著他們？」

舒氏臉色也是一變，嘴裡安慰丈夫。「有祁哥兒跟著，她不會有事的。」自己卻飛快地衝了出去。

夫妻倆趕到前院時，便見夏衿和夏祁兄妹倆拉拉扯扯，夏祁一面掙扎著要往外走，嘴裡一面嚷道：「我非打得他滿臉開花不可……」

「你怎麼說不通呢？」夏衿則緊拽著他的胳膊，生氣道：「待明日滿城的人都說你因為妹子做不成羅少奶奶，所以把知府公子打了，到時候我還要臉不要？」

夏正謙上前喝道：「祁哥兒，你幹什麼？」

夏祁這才停止掙扎，夏衿也將他放開，兄妹兩人老老實實站在那裡。

舒氏疼孩子，捨不得讓他們被父親訓斥，忙上前打圓場道：「祁哥兒，你妹妹說得對。咱們只要不答應這門親事就行了，你去打人，到時候被下大獄不說，還連累你妹妹的名聲。」

夏祁嘴裡嘟囔了一句，低下頭去不說話了。

夏正謙卻耳尖。「你罵誰王八蛋呢？」

夏祁趕緊站直，生怕父親誤會，解釋道：「我罵羅騫。那小子說他喜歡妹妹，要娶她為妻，如今卻另外訂親，還想享齊人之福，我要不打他，都沒法洩心頭之憤。」

夏正謙最擔心的就是夏衿跟羅騫有了私情。

他不再理夏祁，轉過頭去問女兒。「衿姐兒，這門親事妳怎麼說？」

「當然是不答應了。我吃飽撐著才去給人作小妾，受人折磨。」夏衿道。

夏正謙滿意地點了點頭，舒氏也把心放回肚子裡。

「行了，就當沒這回事。」夏正謙一揮手。「我明兒一早就去回絕羅大人。」

看到夏衿平靜地回了清芷閣，舒氏不放心，偷偷叮囑菖蒲。「一定要看好妳家姑娘，千萬別離了眼。」

羅騫那裡，雖說萬分羞愧，感覺沒臉再見夏衿，但事情鬧成這樣，他不來解釋一聲，更是對不住夏衿。

待得夜深人靜，他來到夏衿所住的屋子上，輕輕敲了敲瓦片。夏衿躺在床上，聽到有人到屋頂上了，便猜到是羅騫，起身穿了衣服，躍上屋頂。

「衿兒。」羅騫迎了上來。

夏衿卻道：「去那邊說吧。」率先往羅騫那處空宅子去。

到了那裡，她吹燃火摺子點了燈，坐了下來，這才看向羅騫。

「我爹娘給我訂了親事，我也是今天才知道。」羅騫道。

夏衿點點頭。「我相信你。」

羅騫既感激又心喜，正要說話，夏衿卻繼續道：「還記得我問你難產時保大人還是小孩嗎？你現在面臨的就是這樣的處境。我問你，你是準備不顧父母傷心難過，拚著有損你父親和你的前程，堅持要娶我作妻呢？還是想讓我後退一步，受些委屈給你作妾？」

羅騫望向她的眼眸十分堅定。「納妳作妾，是汚辱妳，我怎麼可能置妳於那樣的境地？」

夏衿心下感動。

「但枉顧父母，我也會愧為人子。」羅騫堅定道：「所以我打算從軍。待我拿到軍功，站到高位，我就能主宰自己的命運，到時候，我再回來娶妳，可好？」

「從軍？」夏衿大為驚訝。「你怎麼想到從軍？武職向來低文臣一等。中了進士、做了官，你同樣可以身居高位，為何要從軍？」

「後年才舉行院試，我等不及了；而且，中了進士，怕是要被鄭尚書所制。我倒不在乎做不做官、做什麼官，只是被人所挾，心有不甘。」羅騫沈聲道。

夏衿望著他，久久說不出話來。

其實聽了羅維韜的話，她覺得羅騫最好的選擇，就是順從父母之意，如此一來，既能家宅和睦安寧，他以後的仕途也會走得更順。

一邊是父母與仕途，一邊是她這麼個才相識一年多的女子，孰重孰輕，一目瞭然。但她沒想到，羅騫竟然選擇第三條路，就算迂迴，也要跟她在一起。

感動之餘，她忽然一陣恐慌，竟然有一種不堪重負的感覺。

她生性涼薄，不會把自己的性命、前途甚至感情託付給任何人。前世看多了夫妻之間互相謀算，甚至殘害，她不會相信任何人，即便那個男人再優秀，她或許會心動，但絕不會傾心相付。只要他稍有退縮，她就會立刻抽身離去，不會有一絲留戀。

她將自己保護得很好，不會讓自己受傷害。

她就是這麼一個自私而淡漠的人。

這樣的她，又豈會讓羅騫為了她，一時衝動從軍？要是他在前線有個三長兩短，她豈不是一輩子良心不安，還得承受羅家的報復？

「從軍又豈是那麼容易？」她勸道：「戰場上生死難料。上了戰場，或許就看不到明日的太陽了。你母親視你如命，你上了戰場，可想過她如何寢食難安？如果你有個三長兩短，她又如何能活下去？」

「衿兒。」羅騫深深動容。

他的母親總看不上夏衿，百般挑剔；可夏衿呢，卻站在他母親的立場上為她說話，這個女子心胸何其大度？

「如果我娘聽了妳這番話，一定會知道妳的好的。」他感慨道。

夏衿沒想到自己一番話沒勸住羅騫，反而起了反效果，不由得有些頭疼。

「還有我……」她又道。

羅騫眼眸一亮，滿臉期盼地望向她，希望從她嘴裡說出離了他，她也寢食難安的話來。

沒承想夏衿道：「你去從軍是因為我，如果你有個三長兩短，你家人會怎麼待我，世人又會如何說我，我又如何自處呢？」

第七十一章

戀愛中的人，敏感而彆扭，尤其像羅騫這般，全身心投入這份感情中，更希望對方能以同樣的感情回應自己。

夏衿這話，聽到別人耳裡，只是大實話；可聽到羅騫耳裡，卻有著別樣的意味。

他的笑容漸漸淡去，盯著夏衿，目光有些犀利。「妳的意思是……讓我別去從軍？那妳告訴我，我應該怎麼做？」

「還能怎麼做？」夏衿嘆了一口氣，嘴角露出一抹苦笑。「自然是父母之命、媒妁之言。那鄭姑娘想來也是個好女子，你娶了她，定然也會幸福的。」

羅騫嘴角的最後一絲柔和終於消失，他望著夏衿，臉上全是痛苦失望。「為了妳，我違背父母之命，選擇從軍，將生命置之度外；妳連為我揹負些罵名都不肯？讓我娶鄭家女，這話妳說起來如此容易，我在妳心裡，算得了什麼？」

夏衿垂著眼沒有作聲。

她很羞愧，她對羅騫，確實愛得不夠深。

羅騫沈默片刻，張了張嘴，似乎還想說些什麼，可好一會兒，一個字也沒有說出來。

他一拳擊在桌面上，站起身來，快步走了出去。

夏衿抬起頭來，望著他高大的身影漸行漸遠，深深地嘆了一口氣。

這樣，或許是最好的結局。

她緩緩站了起來，走了出去。

回到家裡，夏衿輾轉良久，平生第一次失了眠。她乾脆坐了起來，披上外衣，走出門去。

月亮照著地面白晃晃的，門前幾株修竹，在地面上映出斑駁黑影，於微風中搖曳生姿。不知名的小蟲在竹根下吱吱叫著，為靜夜平添了幾分生氣。

夏衿走到竹下的石凳前坐下，兩手托腮，抬眼朝天上望去。

這一望，她怔了一怔。

只見對面外院的屋頂上，不知何時坐著一個人。那人穿著白色衣衫，在月光的映照和黑色屋頂的襯托下，十分顯眼。那人應該也看到她了，動作明顯怔了一怔。

看著那個熟悉的身影，夏衿的心翻滾起來。

那是羅騫。

他對她的感情，比她要深，所以受到的煎熬，想來也比她更難受。他睡不著，所以跑到這裡來對著她的院子發呆。

夏衿猶豫著，不知要不要過去跟他說話，可她真不知道還能說什麼。

對面的羅騫似乎很明白她的心意。他靜靜地望著這邊，隨即站了起來，轉身一個縱步，便消失在月夜中。

夏衿想了想，卻是不放心，跳上屋頂追著羅騫而去。直到遠遠地看到他進了羅府的院子再沒有出來，她這才放心地回了家。

第二日一早，夏衿便拿了二十兩銀子給菖蒲。「叫妳爹去找幾個人，日夜看著知府家宅子，盯緊羅三公子。如果他有打包離家的跡象，立刻通知我。」

菖蒲詫異地睜圓了眼睛。「姑娘……」

夏衿揮揮手。「快去。」

菖蒲不敢耽擱，拿了銀子飛快地去了。

夏衿頭疼地嘆了一口氣。

結果她洗漱完，正要到正院去吃早飯，就有婆子飛快地跑了進來，喘著粗氣道：「姑、姑娘，您快去，知府夫人來了，指名要找您。」

「知府夫人？找我？」夏衿吃了一驚。心道不好，提起裙襬就往外跑。

到了前院門口，就聽到羅夫人帶著哭腔的聲音。「……要不是妳女兒，我兒子怎麼想著去從軍？我就這麼一個兒子，要是他有個好歹，我該怎麼辦？妳也是做人母親的，要是妳兒子為了個女人把母親拋在腦後，連性命都不要，妳心裡是什麼滋味？」

夏衿急了，三步併作兩步跑進去，問羅夫人道：「羅大哥從軍去了？他昨晚走了？」她明明看到他回了家啊！

「就是妳、就是妳！」羅夫人一看到夏衿就衝了過來，形若癲狂。「妳這狐狸精！到底是怎麼勾引我兒子的？讓他連父母都不要了，啊？妳好好的家裡不待，非得穿著男裝到處跑，勾引男人。現在好了，我兒子連父母都不要了，跑去打仗，要是有個三長兩短，嗚……我打妳個不要臉的、打妳個不要臉的……」

「妳幹什麼？」舒氏一見羅夫人往女兒身上招呼，不顧一切衝上前，攔在夏衿面前就跟羅夫人對打起來。「妳少嘴裡不三不四的，罵誰狐狸精？妳自己的兒子管教不了，還有臉跑別人家裡來鬧！虧妳還是個官家夫人，我呸！」

夏正謙則被這大打出手的場面嚇得目瞪口呆，站在旁邊拉也不是，不拉也不是，急得直叫丫鬟、婆子。「趕緊把她們給拉開！」

丫鬟、婆子礙於羅夫人是官夫人，生怕弄傷或弄疼她，俱都縮手縮腳不敢去拉羅夫人。舒氏這邊倒是有兩個下人去拉，但她兩個胳膊被這一拉，羅夫人那兩隻手就伸過來，要不是一個婆子拿自己的臉去擋，舒氏就要被她撓花了臉。

夏衿一腳將旁邊碗口大的榕樹踢斷，大喝一聲。「都給我住手！」那榕樹轟然一聲往一邊歪倒下去。

立在那邊的下人連忙往一旁避了避，樹幹帶著樹葉落到地上，發出一聲巨響。

這一變故，頓時把舒氏兩人嚇了一跳，各自往後連退了幾步。

羅夫人帶來的丫鬟這才戰戰兢兢地上前扶住自家主子。

「羅大哥真的走了？他留了紙條沒有，說往哪個方向去？」夏衿問道。

羅夫人被夏衿這氣勢嚇住了，怔怔地搖搖頭。「沒、沒走。」

「沒走？」夏衿的眉頭皺了起來。「那妳剛才為何說他從軍去了？」

「他昨晚叫樂水收拾東西，又給了他銀子叫他回去安排好家人，說今天一塊兒去西北。樂水覺得不妥，今兒一早就來稟告我。」羅夫人一五一十一道。

夏衿長吁了一口氣，原來是虛驚一場。

「那妳不在家看著兒子，跑到這裡來鬧什麼？」她又冷聲問道。

一說起這事，羅夫人又指著夏衿罵個沒完。「妳還問我，我還沒問妳呢！妳幹啥要挑唆我兒子去從軍？妳知不知道打仗會死人的……」

「娘！」一個高聲在眾人背後響起。

大家轉頭一看，院門口站著滿臉羞憤的羅騫，他手裡還扶著個羅維韜。

「拙荊乍聞犬子從軍，情緒激動，剛才如有冒犯之處，還請見諒。」羅維韜朝夏正謙拱了拱手。

夏正謙被羅夫人剛才話裡透出來的意思砸得有些發懵，一時還不知道自家女兒在羅騫從軍一事上扮演什麼角色，以至於讓羅夫人說出如此難聽的話來。

他心裡雖惱恨羅夫人罵得難聽，但他在夏老太太面前禁受多年，知道女人一旦生起氣來往往口不擇言；而且羅夫人是知府夫人，羅維韜又做足了禮數，他即便心有不滿也不好發作出來了。

他亦拱了拱手，道：「羅大人言重了，夫人也是一片慈母之心。」

羅維韜見夏正謙還算理智，鬆了一口氣，轉而一揮手，喝道：「還不扶著夫人回去？」

他身後的幾個健壯婆子連忙上前，貌似攙扶，實則架持，將羅夫人連拉帶扶地拉著往門外去。

羅夫人雖不懼丈夫，卻有些擔心兒子會再生氣，也不掙扎，由著那些婆子將她拽走了。

「打擾了。」羅維韜又拱了拱手，轉身便要離開。

「羅大人，且等等。」一個清脆的聲音響起。

羅維韜轉過身來，饒有興致地望向夏衿。

剛才他那夫人罵得難聽，換作別的女子，怕是不撞牆明志，就哭得淒慘之極，要死要活了；可眼前這姑娘卻沒有一絲惱怒之色，這讓羅維韜對她越發好奇，想知道她接下來要怎麼做。

「羅大人，我能不能跟羅公子說幾句話？」夏衿不管眾人看她的是什麼眼神，神情依然平靜。

羅維韜沒想到夏衿會提出這樣的要求，他訝然地看了羅騫一眼，點點頭。「請便。」

「羅公子，這邊請。」夏衿往角落走去。

羅騫只覺得心裡發涼。夏衿越平靜，他就越害怕。他隱隱猜到夏衿會跟他說什麼；而且，她叫他「羅公子」而不是「羅大哥」。

他硬著頭皮跟著她走到院子的圍牆下，這裡既能讓大家看到他們倆，兩人說的話又不會被人聽見。

「羅大哥。」夏衿一站定便開了口。「我自小在祖母跟前長大，跟我娘終日被祖母打罵，那時我唯一的念想，就是搬出去，再不受別人的氣，而且將來也不嫁家境複雜的人家。

因為祖母也好，婆婆也罷，她們都是長輩，打我、罵我，我不能還嘴，只能默默忍受，那樣憋屈的日子，我受不了。

「你母親不喜歡我，咱們即便經過千辛萬苦成了親，也不會幸福的。因為婚姻向來不是兩個人的事，而是兩家人的事。後宅是女人的天下，媳婦不得婆婆歡心，縱然有丈夫寵愛，日子依然不好過。我不是個受得住委屈的人，也不想委屈自己如此。」

她抬起眼來，認真地望著羅騫。「所以咱們的事，還是算了吧。」

羅騫看著夏衿，喉結上下動了動，卻什麼話都說不出來。

他愛眼前這個女人愛得刻骨銘心，為了她，他寧願忤逆父母的意願，放棄安逸的生活去從軍。所以，他從沒想過放開她。

但他又十分清楚，他跟夏衿，終會走到今天這一步。

她不甘居於人下的，即便不凌駕於別人頭上，卻也輕易不受人閒氣。這天底下莫說一個知府夫人，即便是皇帝、皇后，恐怕也不能給她氣受。她忍他母親忍到如今，已是看在他的面上；但也只到這一步了，她對他再有感情，也絕不會伏低做小任由婆婆喝斥。

而他的母親固執不懂退讓，他父親沒辦法改變。他不能選擇出身，更不能將生他、養他的母親棄之不顧，那麼他與夏衿，就只能分道揚鑣。

一時之間，他心如刀絞。

這種事，只要單方面作了決定，便已成定局。夏衿並沒想讓他說什麼，她說完這幾句話，便回到夏正謙和舒氏身邊。

羅維韜看兒子呆呆地站在那裡，就如同失去了靈魂一般，目光空洞，臉色蒼白，他忍不住問夏衿。「夏姑娘，妳跟犬子說了什麼？」

「我乃蒲柳之姿，又出身寒微，配不上令公子，勸令公子在婚姻上聽父母之命。」夏衿淡淡道。

聽得這話，夏家其餘三口都鬆了一口氣。

見夏衿落落大方，處理這等事情也乾脆索利，羅維韜禁不住在心裡感慨惋惜。

第七十二章

羅維韜想說兩句歉意的話，可張了張嘴，卻發現說什麼都不妥當。他輕咳一聲，只說了一聲「多謝」，便喚羅騫。「騫哥兒，回去看看你娘如何了。」又對于管家使了個眼色。

于管家連忙過去把羅騫拉了過來。羅維韜對夏正謙說了兩句客氣話，便帶著兒子、下人回去了。

「衿姐兒，妳做得對。羅家雖是好人家，羅公子也一表人才，但羅夫人看不上妳，嫁過去終是不順的。」舒氏過來安撫夏衿。「咱們現在什麼都不缺，何必去受那份苦呢？」

「對，那樣的人家，咱們不高攀。」夏正謙也道。

夏衿對父母一笑。「放心吧，這些我都明白。走吧，咱們回去吃飯。」

夏祁狠狠地瞪了羅家人背影一眼，對夏衿道：「妹妹放心，等我考上進士做了官，定會給妳選個好人家。」

舒氏拍他一巴掌。「少添亂。等你中進士，你妹妹都幾歲了？你還想把她留成老姑娘不成？」

吃飯的時候，夏正謙忽然對夏衿道：「妳看妳邢師兄怎麼樣？如果覺得合意，我便讓他來家裡提親。」

夏衿一愣，抬起眼來望著夏正謙。

她的親事，舒氏是常掛嘴邊的，也整日裡嘮叨著邢慶生的好；但夏正謙卻從未有過表示，他這會兒提起這事，是不是剛才受了刺激？

她低下頭，用筷子戳了戳碗裡的白米飯，搖了搖頭。「這事不急。」

舒氏張了張嘴，想要勸一勸夏衿，卻看到夏正謙對她擺了擺手，只得把話又吞了下去。

一家人沈默地吃完了飯。

外面還有許多事要辦，夏衿回到清芷閣，本想換了男裝出去，薄荷卻進來稟道：「少爺來了。」

「請他進來吧。」

夏祁在外面聽得這話，自己掀了簾進來。「妳要做什麼？我代妳去吧。」

夏衿不想再跟羅騫見面，見夏祁這樣說，她便點點頭。「好。」把事情細細地交代了一遍，夏祁便出了門。

夏衿回到屋裡，拿了一本書坐到窗前軟榻上看了起來，卻見菖蒲拿了針線坐在一旁陪著她。

夏衿奇怪地看著她。「妳今兒怎麼這麼閒？」

「奴婢……」菖蒲為難地看了她一眼。「太太讓奴婢好好看著您。」

夏衿啞然失笑。

舒氏怕她受不住羅夫人說的那些話，會做出傻事來嗎？

笑過之後，她的心裡湧起一股暖流。

這就是她的家人，愛她、疼她、護著她。如果有一天她嫁了，在婆家受了委屈，無論是夏正謙、舒氏還是夏祁，都會很心疼她吧？

哪怕不是為了自己，僅僅是為了家人，她也該找個善良敦厚的人家。

夏祁中午從塘西回來，對夏衿道：「今日上午順利比完十隊，把剩下的那一部分又填了一半。」

「又填了一半？」夏衿有些詫異。「那一部分挺大的，十隊也填不了多少吧？」

「李大戶捐了五萬塊土磚，讓來看比賽的人幫忙往湖裡扔。」夏祁道，看向妹妹的目光裡全是欽佩。

這一招也是夏衿想出來的。

當磚頭、石頭快扔完的時候，她就去拜訪城裡一戶富戶，憑著三寸不爛之舌，硬是讓那個富戶贊助了十萬塊磚。而那個富戶則得到她承諾的回報——羅維韜在公眾場合稱讚他有仁心，雇來扔磚頭的人也一邊扔一邊為他的店鋪宣傳。

大家都覺得這富戶有良心，因此就有意照顧他家生意，讓十萬塊磚的成本一下就賺回來了。夏衿還允諾在新區賣他一塊地建宅子——以後衙門搬過來，衙門裡的大人和小吏們為了上衙方便，都會在新區建房。如此一來，這富戶就能跟衙門的大人們比鄰而居了。

這種又得名、又得利的做法，一下讓城裡其他富戶眼紅了，大家迅速模仿，所以臭水塘才填得又快又好。新區的地還是一片臭水塘時，就已賣出去不少。

「看來決賽結束時，這湖就能全部填完了。」夏衿吁了一口氣。

「如果沒什麼事，我回房去了。」夏祁道。

夏衿點點頭。「去吧。」轉身坐了下來，繼續看書。

夏祁走到門邊，忽然停住腳步，轉過頭來看了夏衿一眼，見她頭也不抬，似乎看書看得很專注，他滿意地出了門。

他可不希望妹妹再想著那個王八蛋。

吃午飯的時候，舒氏對夏衿道：「我一直想去廟裡上香，因為你們都忙，所以一直沒機會。現在妳哥替妳去填湖了，妳在家也沒事幹，不如陪我去廟裡上炷香吧？」

其實夏衿哪兒都不想去，只想在家裡呆著，不過看著舒氏那擔憂的神色，她只好點了點頭。

然而出了城去到山上，看到邢慶生的母親也在廟裡時，她就後悔了。

「衿姐兒今天也有空上山來走走？」邢太太跟舒氏寒暄了幾句，就笑著問道。

「可不是，這孩子整日在家裡悶著，我就拉著她陪我來上炷香。」舒氏笑道，又對夏衿道：「妳讓菖蒲陪著妳各處走走，我跟邢太太在這裡說說話。」

夏衿只得帶著菖蒲去拜佛。

走了幾步，就聽得舒氏在身後跟邢太太說：「我帶她來拜拜，求佛祖保佑她有段好姻緣。」

夏衿苦笑。舒氏這是向邢太太暗示親事了？

拜完佛，夏衿站在山門前，望著連綿起伏的山峰，長長地吐了一口氣。

動極思靜，靜極思動。她前世整日生活在緊張刺激中，身心疲憊，所以當失去了生命，在這世上重新活過來時，她只想安安靜靜地生活。

可現在安靜生活了這麼久，她又有些不安分了。她忽然想去外面走走，看看這世界的風景。

「衿姐兒，走了。」舒氏跟邢太太從裡面出來。

回去的路上，夏衿思索著如何跟夏正謙、舒氏說這件事。他們是定然不會放她一個人在外面亂跑的，但如果她偷偷離開，他們可能會更擔心。

回到家裡，已是傍晚。夏正謙和夏祁都已回來了，兩人正坐在廳堂裡，夏祁正向父親匯報今天填塘的事。

待幾人打了招呼，舒氏又說了在廟裡偶遇邢太太的事後，夏衿便道：「爹、娘，我想出去走走。」

「天這麼晚了，還去哪裡走？有什麼事明兒再說。」舒氏沒明白她的意思。

夏衿只得道：「我想去別的地方看看，長這麼大，我還沒去過別的地方呢。」

大家都被她這話說得一驚。

「去別的地方看看？妳怎麼去？」舒氏問道。

「騎馬，乘馬車啊。」夏衿站了起來，往外面走。「你們出來一下。」

屋裡三人不明所以，跟了出去。

夏衿一個縱身，就躍到門前樹上，再一個縱身，身影就出現在屋頂上。她飛躍下來，對夏正謙和舒氏笑道：「看，這是我的功夫。昨日我還打折了前院那棵樹，力氣你們也知道了，我有這功夫，自保是不成問題的。」

「妳是不是因為羅家那事，才想出去走一走？」舒氏擔心地問道：「他們不知道妳的好，是他們有眼無珠，妳何必為他們傷心？今日邢太太透出話來，想上門提親呢，邢家這門親事我看就挺好的。」

夏衿搖搖頭。「我想出去走走，跟羅家的事沒有任何關係。邢家的親事也別提了，我不想嫁給邢師兄。」

她望向夏正謙和舒氏。「爹、娘，趁著我還沒被別人管手管腳，你們就讓我出去走走吧，我保證去附近的地方走走就回來。」

她說的「別人管手管腳」，夏正謙和舒氏都明白是什麼意思。以後成了親，夏衿要想像現在這般自由自在，怕是不可能了，想到這些，他們的心就軟了下來。

不過，讓夏衿這麼出去，他們終究還是不放心。

夏正謙正要勸，就聽到匆匆的腳步聲從門口傳來。大家抬頭一看，卻是守門的婆子，她身後，跟著兩個風塵僕僕的陌生中年男女。

「老爺、太太，這兩位自稱是宣平侯府的下人，來找少爺的。」那婆子道。

兩人上前給夏正謙和舒氏請安。

「王嬤嬤，您怎麼來了？」夏衿一看那中年婦人，便問道。

這位嬤嬤她在仁和堂和宣平侯府都見過，在宣平侯府似乎有一定的地位。

那婦人一見夏衿認識自己，大喜道：「姑娘，您能認出老奴就太好了，也免得多費唇舌。」

她從懷裡掏出一封信，遞給夏衿。「這是老夫人寫給少爺的信。」

夏衿接過，一看上面還封著火漆，她將信遞給夏祁。

夏祁將信拆開，飛快地瀏覽了一下內容，然後將信遞給夏衿。

夏衿一看，信裡說得簡單——宣平侯得了重病，京中大夫都束手無策，請「夏公子」前去京城為侯爺醫治。

夏祁對兩人道：「老夫人召喚，在下自不敢推辭。但今兒天色已晚，兩位也長途奔波，旅途勞累，不如先下去吃些東西，歇息歇息，咱們明兒再動身如何？」

那兩人立刻跪了下去。那男子道：「侯爺危在旦夕，還請夏公子立時出發，以救侯爺之命。」

「那就請兩位先去吃東西，我總得吃了晚飯、收拾一下吧？」夏祁看了夏衿一眼，無奈道。

兩人磕了一下頭。「謝公子體恤。」這才站了起來。

「羅叔，你帶他們去吃飯。」夏祁吩咐道。

看到兩人出了院門，舒氏趕緊擔憂地道：「怎麼回事？」

夏祁把事情說了一遍，然後看向夏衿。「怎麼辦？」

夏衿也一時為難。

她扮成夏祁填湖的事，羅維韜曾以此威脅夏家；但因這事是在羅維韜監督之下做的，如果這事被宣揚出去，他自己也難辭其咎，所以夏家並不怕他。

但現在到京城給宣平侯治病，如果她女扮男裝的事被人知曉，影響就大了，她的聲譽好壞倒無所謂，只怕會影響夏祁的前程。

但宣平侯府既然召喚她，這病是不能不去治的，而能治病的，又只有她一個。

想通這些，舒氏也是臉色一變。「怎麼辦？怎麼辦？」

倒是夏正謙有決斷，他想了想就抬眸道：「你們兩人一起去吧。」

「我們倆？」夏祁指著夏衿問道。

他點點頭。「你們在一起，也好互相掩護，我們也放心些；而且讀萬卷書，不如行萬里路，祁哥兒在家裡閉門苦讀終不是個事，還得多出去走走才好。」

「謹遵爹爹之命。」夏祁覺得這個主意好極了。

他早就想出去遊歷，只是夏衿老是有事需要扮成他的模樣出門，擔心她不方便，他才忍著沒說。剛才夏衿說起出門，他就想一塊兒去，沒想到轉眼之間，機會就送到眼前了。

夏衿也覺得兩人去比一個人去要好。唯有舒氏，一雙兒女都要出遠門，路途勞頓不說，還有可能遇到危險，這還沒走呢，她就擔心得不得了。

「萬一治不好，他們不會怪罪你們吧？」她憂心道。

「不會的，宣平侯老夫人是個明理的人。」夏衿安慰她道：「而且我會跟她說明白懂醫術的是我，而不是哥哥。」

「可是妳……」舒氏更擔憂了。

「聽岑姑娘說，京城風氣很開放，閨閣女子都可以隨意在街上走動，還可以出城打獵，小戶人家的女子甚至可以做買賣。所以即便我懂醫術，給人看病，也沒大礙的。」夏衿道。說到這裡，她心裡一動，勸道：「爹、娘，要是不放心，你們不如跟我們一起去吧。天子腳下，環境自然極好，對哥哥也有利，如果感覺不錯，咱們乾脆在京城定居。」

夏正謙夫婦詫異夏衿會有這樣的想法，兩人對視一眼。舒氏失笑著嗔道：「妳這孩子，說什麼夢話呢？我們在這裡好好的，田地、鋪面、房產都在這裡，去京城做什麼？」

故土難離，要不是生活所迫，或是像做官一樣要到別處任職，古代人一般都是不願意離開家鄉的。

夏衿也知道這一點，因此沒有再勸，轉身回房去收拾東西。

待東西收拾好出來，飯菜已擺在桌上。

孩子長這麼大，第一次離開家，去那麼遙遠的地方，夏正謙和舒氏都萬般不放心；但侯府來請，他們又不能不去，即便他們不願意……

因為擔心，夏正謙和舒氏哪裡吃得下東西，兩人一直給兄妹倆挾菜，一邊叮囑。

吃過飯，宣平侯府的那兩個下人早已等得不耐煩，不停地讓人來催促。

「爹、娘，要給人治病，就不能拖時間，我們必須走了。」夏衿道。

夏正謙自己就是郎中，舒氏做了十幾年的郎中妻子，自然都很明白這一點。兩人再不捨孩子，也知道不能再依依不捨了。

「唉，走吧。」夏正謙道。

夏衿和夏祁上了路。出了城，夏衿便展示了自己的騎術，並要求夏祁也騎馬。夏祁跟夏衿練了這麼久的武功，倒也躍躍欲試，騎在馬上慢慢跑，不久之後，騎術就嫻熟起來。救人如救火，他們乾脆讓丫鬟和小廝隨後趕來，四人騎馬日夜兼程，五天後的晚上，他們已到了京城的十里亭外。

「大家在驛站稍作休息，天亮後再走。」中年男子道。

十里亭這裡便有驛站，王嬤嬤出示了牌子，驛臣便安排了四間房，讓他們歇息。

夏衿進了房裡，洗漱一下，便抬起頭來，朝窗外望了一眼。只見一匹馬兒馱著個人，已消失在黑夜之中。從背影依稀能辨認出，正是黃玄威，即一路同行的中年男子。

這人去哪兒？夏衿微瞇了眼。

她將窗輕輕關好，走到床邊，和衣而臥。

也不知睡了多久，她猛地睜開眼睛，坐了起來。

外面遠處，傳來幾聲隱隱的貓叫。「喵，喵喵……」

她聽了一陣，推開窗跳了出去。

這是她前世兵團特有的聯絡方法，可以根據特定環境，發出不同的聲音，但聲音的頻率，卻是他們自己才能聽得出的。

這種方法，在這裡，她只傳給了蘇慕閑。

她出了門，循聲而去，便在不遠處看到一個黑影。那黑影見她過來，打了個手勢。

夏衿跟他到了角落，輕聲問道：「蘇公子，你怎麼在這兒？」

第七十三章

許久不見，蘇慕閑像是變了個人。五官輪廓分明，眉宇之間透著堅毅，目光深邃，連聲音也比原來雄渾許多。

他低聲道：「妳一會兒進城要治的病人，不是宣平侯，而是皇上。」

夏衿面上一愣，心裡卻道了一聲——果然，她早就發現蹊蹺之處了。

首先是他們一行人出城之舉異常。

據她瞭解，那位皇帝治理國家十分嚴明。不管是朝廷勛貴，還是地方大員，非正常時間都不能擅自出入城門，也就是說，宣平侯府的人要夜間出入臨江城城門，應該先去徵得羅維韜的同意。偏王嬤嬤和黃玄威掏出一個權杖，那些差役就立刻放行，這不合規矩。

其次，就是黃玄威這個人了。

上次宣平侯老夫人攜女到臨江來，所帶的護院、下人中，武功最高的是王嬤嬤。但這次宣平侯生病，這位嬤嬤不在家裡伺候聽令，反而陪著武功比她高上幾倍的黃玄威來到臨江，就只為請她這小小的郎中，未免太大材小用了。

更何況，黃玄威舉手投足之間，流露出來一種淡淡的威嚴，這絕不是一個普通護院所具有的。夏衿心裡隱隱有個猜測，黃玄威很有可能是大內高手。

正因有了這種猜測，她才不敢隱瞞自己會騎馬的本事，並配合著日夜兼程往京城裡奔；

否則延誤救治時機，讓皇帝喪命，夏家全族定要遭殃。

而到了京城，不直奔宣平侯府，而是在此停留，黃玄威一個人騎馬而去，進一步證實了她的猜測。

見夏衿並不吃驚，蘇慕閑深深看她一眼。「當初羅騫的病，京中人都知道的，御醫都未治好，結果讓妳給治好了。宣平侯老夫人從臨江回來後，又將王翰林夫人的事大肆宣揚了一番，所以大家都知道妳。這次皇上意外中毒，御醫束手無策，便有人想起妳，怕消息走漏引起朝堂震盪，便說是宣平侯生病。」

夏衿的眉頭緊緊地皺了起來。「我對皇上一無所知，他是怎麼樣的人？如果我治好了他或是沒治好，會有什麼樣的後果？」

妄議皇上，是大罪。如果對面站著的是別人，夏衿一定不會問，對方也一定不會說。但她問話的卻是蘇慕閑。蘇慕閑能冒著被人發現的危險，跑來告訴夏衿這樣的事情，自然不怕說得更詳細些。

「聖上今年三十五歲，當今太后所出，雄才大略，登基十年來天下太平，百姓安居樂業。」

夏衿點點頭，她明白蘇慕閑的意思。這樣的皇帝，他希望她能竭盡全力救治他。

蘇慕閑又接著道：「聖上為人剛毅，殺伐決斷；處事公平，為人寬厚，能聽得進大臣的不同意見。」

「如此就好。」夏衿鬆了一口氣。

皇上活著於國有利，這是公；朝廷下令讓她醫治，她一小老百姓又不能拒絕，所以這宮進也是進，不進也得進，這是私。於公於私她都得盡力救治皇帝。

如果治不好，這自然沒話說，她即便不死，下場也好不到哪裡去；但她不希望治好了皇帝，仍要落個身首異處的下場。

皇帝是明君，所用的臣子應該也不是昏庸之輩，只要他們明理，她活下來的勝算才大。問完能不能活的問題，她便要關心其他事了。「我不能欺君，所以我得以女子身分救治皇上，這點無礙吧？」

可別她治好皇上的病，皇上卻把她留在宮裡做妃嬪，這也是很糟糕的後果。

蘇慕閑從懷裡掏出一塊玉珮，遞給夏衿。

「這是什麼？」夏衿接過玉珮，對著月光看了一下。

這玉珮入手細膩如凝脂，在月光下雖然看不清花紋和透明度，但它上面浮現出來的一層瑩光，卻顯示出這玉珮的不平凡。

「我們家的傳家之寶，先皇親手所賜。如果皇上要妳留在宮中，妳就說妳曾救我一命，我許妳武安侯夫人之位。這玉珮，是當時我給妳的聘禮。」

夏衿的手一頓，看了蘇慕閑一眼。「如果走到這一步，這門親事便不能反悔，你可想清楚了？」

蘇慕閑凝視著她。「我一直說要娶妳，從未改變過主意。」

夏衿靜靜地與他對視，過了一會兒，她收回目光，輕輕地點了點頭。「我知道了。」把玉珮慎重地放進懷裡。

蘇慕閑的表情柔和下來。

「你放心，不到萬不得已，我不會走這一步棋的。」夏衿道。

蘇慕閑剛剛柔和下來的表情頓時一變，他盯著夏衿，沒有說話。

夏衿彷彿沒看到他變臉一般，又問：「皇上得的是什麼病，你可知道？」

蘇慕閑搖搖頭。「御醫們都弄不清楚是什麼病。」

想知道的都差不多了，夏衿便開始趕人。「黃玄威大概是去請示了，不久就要回來，你在此待得太久終是不妥，先回去吧。等我從宮中出來，如有機會，再說別的。」

蘇慕閑點點頭。「我現在是御前侍衛，離開太久恐被人發現，我先走了，妳多加小心。」

「後會有期。」

蘇慕閑點了點頭，轉身朝外面縱去，幾個縱步便消失在茫茫夜色之中。

夏衿這才閃身回到房間。

她坐在床邊沈思一會兒，將事情細細思索一遍，這才摸了摸懷裡的玉珮，躺到床上。

雖躺到床上，夏衿卻沒有合眼，她在等著黃玄威回來。

黃玄威果然沒讓她等多久，只一炷香工夫之後，他就回來了。馬蹄上雖包了厚厚的布，踏在地上悄無聲息，卻逃不過夏衿敏銳的耳力。

黃玄威先去了王嬤嬤那裡，跟她說了兩句話，王嬤嬤便跟他一起過來，敲響夏衿的房門。

夏衿知道黃玄威武功高強，屋裡的動靜他都聽得見，便故意在床上翻了兩下，做出剛剛睡醒的樣子，又窸窸窣窣扯了一下衣服，這才頭髮凌亂、睡眼惺忪地開門。

「王嬤嬤，有事？」她半瞇著眼，摀著嘴打了個哈欠。

「侯爺病急，煩勞夏姑娘這就跟我們一同進城。」王嬤嬤道。

夏衿問道：「那我哥哥呢？」

「自是一同去。」黃玄威道。

其實入宮，夏衿一人即可，並不需要其他閒雜人等。只是黃玄威至今還不大相信醫術高明的是夏衿，而不是夏祁。再者，拿夏祁作人質，讓夏衿不得有任何不良企圖，於他而言是最佳的選擇。

夏衿並無異議。病人既是皇帝，不要說夏祁，即便是遠在臨江的夏正謙夫婦，都是朝廷的人質。她轉身往回走。「我收拾一下就來。」

隨後她梳了一下頭，換了一身乾淨衣服，便提著包袱走了出來。

此時夏祁也收拾好了。黃玄威指著一輛馬車道：「上車。」

勞累幾日，好不容易有一張床可以睡，卻只睡了一個時辰便又被叫起來，夏祁滿肚子不情願。但他知道一路奔波是來救人的，此時沒有床，有一輛車也挺好，因此一點意見都沒有，悶不吭聲地爬上車去。

夏衿上了車，便發現車窗用厚厚的布蒙著，還用木條釘死了，讓人想掀開車簾看看外面都不行。

不管事情有多複雜，於她而言都很簡單，那就是給病人看病，不管那病人是宣平侯還是皇帝。所以她也懶得管那麼多，拍拍夏祁的肩膀道：「睡吧。」自己便歪在一邊，心神放鬆地睡了。

聽得車裡兩個長而規律的呼吸聲，黃玄威駕著車，也跟著放鬆了下來。

夏衿睡得極熟，等王嬤嬤進來拍醒她，下了車時，她才發現已立在一座雄偉的建築物前。

「王嬤嬤，妳領夏公子到偏殿去。夏姑娘請跟我來。」黃玄威道。

夏祁此時雖還有些迷糊，但一聽要跟妹妹分開，立刻清醒過來，申明道：「我跟妹妹不能分開！」

夏衿沒有作聲，只看了黃玄威一眼。

黃玄威略微猶豫了一下，就對夏祁作了個手勢。「那夏公子一起來吧。」

一行人進了殿中，夏祁眼睛就直了。裡面屋樑極高，極為寬敞，各處金碧輝煌，屋裡的擺設都是聞所未聞，只覺精緻絕倫，奢華無比。

「這是宣平侯府？」他心裡剛冒出這個疑問，就看到明黃色的帷幄。他的腦子「嗡」地一聲就炸了。明黃、明黃，這豈不是……他緊張得都忘記了呼吸。

屋裡或坐或站有七、八個人，看到黃玄威進來，大家立刻迎了過來，眼睛朝夏祁打量了過來。「便是這位少年？」

黃玄威卻指了指夏衿。「是這位姑娘。」

一位鬍子花白的老頭立刻沈下臉來，斥道：「胡鬧！」

旁邊另一個五十來歲、神態威嚴的老頭則打量了夏衿一眼，問黃玄威。「你是說，一會兒給皇上看病的是這位姑娘？」

黃玄威點點頭。「侯爺，夏家懂醫術的是這位姑娘，而不是其兄。當初給令嬡看病的也是這位夏姑娘。」

看來，這老頭便是傳說中「病重」的宣平侯了。

屋裡都是聰明人，黃玄威只說這一句，大家都明白了——京中盛傳比御醫還要厲害的「夏公子」，原來是這位小姑娘假扮的。

大家不由得看了夏祁一眼。

目前這種情形，並不適合開口，故而夏衿只微低著頭，一語不發，任由這些人商議。要是有人因她年紀小，還是個女子，不相信也不同意她給皇上治病，她還巴不得趕緊回去呢。

可這個願望注定不能實現。剛才問話的那位，是太醫院的院正。不光他們整個太醫院的郎中，便是在民間都請了不少傳說中的「神醫」來，但都對皇上的病束手無策。

在這當口，宣平侯老夫人進宮看太后，無意中說起自家女兒的事，又誇了夏衿幾句。太后就如同溺水之人抓到救命稻草，急急派人去臨江請夏衿過來。

現在要是有誰敢阻攔夏衿給皇上看病，就是不願意皇上活著，是弒君，沒人會跟自己肩上的腦袋過不去。

所以儘管大家看夏衿這性別、這年紀，一個個都在心裡直罵「胡鬧」，卻不敢像國舅那般罵出聲來。

而國舅，即那位花白鬍子的老頭，罵完之後也很後悔。不管怎麼說，死馬當活馬醫，這小姑娘既然來了，就讓她瞧瞧也無妨；至於她開的藥方是否得當，到時候大家一起斟酌看看就是了。

於是夏衿就被國舅和院正領進了內室。

內室亦十分寬大，地上鋪著厚厚的地毯，走在上面靜謐無聲，空氣裡瀰漫著十分好聞的淡淡薰香。

明黃色的龍床上，帳幔用金鈎勾起，一個五旬上下的婦人正坐在床邊，對著床上的人垂淚。

國舅魏良快步走了過去，對著那婦人低低地說了幾句。婦人便轉過身，朝這邊望來。

「還不趕緊給太后請安？」院正方溫德低聲提醒夏衿。

夏衿連忙上前，給太后行了個大禮。

太后示意宮女將夏衿扶了起來，對她輕聲道：「有勞，妳給皇上看看吧。」

夏衿舉步向前，朝龍床上看去。只見床上躺著一個相貌英俊的男子，此時他臉色發黑，印堂發青，嘴唇又十分蒼白，雙目緊閉，只有微微起伏的胸口，顯示此人還活著。

不用夏衿多說，宮女將皇帝的手從被子裡拿了出來，然後在上面蓋上一塊綢緞手帕，退到一旁。

夏衿伸出兩指，搭在皇帝的手腕上。

幾息工夫後，她將手收了回來，問道：「皇上是如何發病的？」

旁邊一個宮女得到太后示意，走上前來稟道：「皇上身體一向康健，半個月前正吃著飯，忽然捣著心口大喊一聲，便倒在地上，昏迷不醒至今。」

夏衿點了點頭，沈吟不語。

「怎麼樣？」太后迫不及待地問道，夏衿是她最後的希望了。

夏衿沒有說話，只望著皇帝的臉沈思著，眼睛微瞇。

跟著一同進來的宣平侯岑宣義皺起眉頭——太后問話，夏衿卻不理會，這表現很是無禮。

夏衿其實並不是不理會太后，而是不知道怎樣回答。

要不是她上輩子走過很多地方，見識過各種奇怪的病症和害人方法，恐怕她也會束手無策。依她判斷，皇帝這不是生病，而中了蠱毒，而她正好對這毒有些研究，知道解蠱的方法。

現在的問題是，她有必要摻和這種事情嗎？這明擺著是有人處心積慮要謀害皇帝，她診斷出來並把皇帝救活，不會成為兇手報復的對象嗎？如果她說診斷不出，想來太后也不會太過為難她吧。那麼多杏林聖手都沒辦法解決的事，她一個小姑娘說不出什麼來也很正常。

可是，這是一位好皇帝。從他登基以來，政治清明，國泰民安，邊境蠢蠢欲動的外敵一直被壓制著。而且皇帝後宮佳麗無數，卻只得了兩兒三女，太子活到十五歲，偏在去年得病死了；剩下的那一個才五歲，一旦他駕崩，皇帝太過年幼，天下恐怕要大亂。

心裡權衡著得失利弊，夏衿終於開了口。「我需要看一看皇上的胸肋。」她要做最後確認。

屋裡人都不約而同地看了太后一眼。

太后一揮手。「把皇上的衣服解開。」

立刻有宮女上前把被子掀開，將皇帝的衣襟解了開來。

夏衿走近，朝皇帝的心窩看了一眼。

那裡果然有一個紅色小點，像是被蚊子咬過的痕跡。

院正忍不住也湊上前來看了看。

待他看過，夏衿點了點頭。「可以了。」

待宮女將皇帝的衣襟收攏，夏衿對太后道：「民女能跟太后單獨談一談嗎？」

說實話，看到夏衿如此年輕，又是個女孩子，太后心裡是極失望的，她根本不相信夏衿能看出什麼。只是千里迢迢把人給召來了，不讓她看一眼，說不過去，這才讓她給皇帝把脈。

沒承想夏衿大大出乎她的意料之外，這女孩相當鎮定，而且一副胸有成竹的樣子，這不由得讓她心裡升出一絲希望。

第七十四章

她揮了揮手。「你們都出去吧。」

國舅和院正、宣平侯都退了出去。屋子裡除了太后和夏衿，只留下幾個宮女、太監，以及躺在床上昏迷不醒的皇帝。

夏衿跪了下去，對太后道：「對於皇上的病症，民女有一些猜測，也願意盡力診治。只是在診治之前，恕民女斗膽，還請太后答應民女兩個請求。」

兒子命在旦夕，不要說兩個請求，即便是十個太后也不會不答應。只是還沒治病就提要求，這便有要脅之嫌，讓她心裡很不痛快。她淡淡道：「妳且說來。」

「皇上的病是人為所致。民女治好皇上，必會被人視為眼中釘，殺之而後快。民女希望太后能下封口令，不要讓人知曉是民女治好皇上的病。」

太后臉色大變。「人為？難道是被下了毒？」

夏衿點了點頭。

太后深吸一口氣。「好，我答應妳。」心裡的不痛快倒去了一大半。

給皇帝治病，卻給自己招來殺身之禍，可這姑娘還願意出手醫治，可見她是個忠心的，所求也極合理，太后完全能理解。

夏衿又道：「一會兒民女給皇上醫治，必要肌膚相觸，甚至得讓皇上裸裎相對。民女是未婚女子，雖有不便，但醫者眼裡無男女，與救人性命相比，男女之別便顧不得了。民女想請太后應允，治好皇上後，仍許民女回到民間自行婚嫁。」

太后盯著夏衿看了一會兒，隨即重重地嘆了一口氣，點點頭。「哀家應允。」

「謝太后。」夏衿磕了一個頭，爬了起來。

太后這才問道：「皇上中的什麼毒？」

「蠱毒。」

「蠱毒？」太后驟然色變。「妳確定？」

「十有八九。」

太后臉色白了一白。她顯然聽說過蠱毒，而且對此頗為忌憚。「皇上目前可有性命之憂？」

夏衿搖搖頭。「十天之內無性命之憂。」

「妳治病需要多長時間？」

「兩個時辰足矣。」

太后望著床上的兒子，靜默了一回，對夏衿道：「這樣，我叫他們進來，妳想個病症，當著他們的面說一說，然後本宮叫人送你們出去。妳且在宣平侯府待上一陣，到得明日晚上，我再讓人把妳接進來，給皇上醫治。」

夏衿大喜。「謹遵太后懿旨。」這樣她就可以完全脫離兇手的視線了，至於太后是否要藉此引出下蠱的人，就不關她的事了。

太后隨即便叫了院正等人進來，對夏衿道：「妳把妳的診斷說一說吧。」

夏衿道：「皇上臉色發黑，嘴角發白，左脈沈而弱，民女覺得此為心疾。」

幾個郎中對視一眼，俱都不以為然。

「妳開個方子吧。」太后道。

夏衿便寫了一個治療心疾的方子。

太后看了，遞給院正，對宣平侯吩咐道：「你且帶他們出去吧。他們千里迢迢而來，勞累得很，讓他們在此多歇息幾日再回去也不遲。」

這便是變相地趕人了。

宣平侯行了一禮，領著夏衿退了出去。

看到夏衿從內室出來，一起出來的宣平侯臉色很不好看，外屋原來正低聲議論著的幾人俱都安靜下來，望向夏衿的目光全是失望之色。

雖說大家覺得夏衿不太可靠，但大多不抱著些希望，總期待她能將皇上治好；但看她這麼快出來，而且宣平侯臉色還不好，顯然是沒辦法啊。

屋子裡安靜得讓人難受。

「各位，我先送夏家兄妹回去。」宣平侯對大家拱了拱手。

大家草草回了個禮，便沒精打采地坐了下去。

夏祁聽說要回去，連忙走了過來。

宣平侯率先出了門。這一回，夏祁和夏衿沒有乘馬車，而是跟著宣平侯步行出去。足足走了一盞茶工夫，才出了宮門，王嬤嬤一直跟在他們身後。

「侯爺。」一路過門房時，一個四十來歲管家模樣的中年人跑了出來。

宣平侯精神不大好，一路都默然不說話。見到自己的隨從，也不搭理，一直往前走，直走到外面大路上，這才問道：「馬車備好了？」

「回侯爺，備好了。」中年人應了一聲，朝一個方向招了招手。

一輛馬車從那裡駕了出來，旁邊一個小廝還拉著一匹馬。

宣平侯對夏家兄妹道：「你們坐車，咱們回府。」說著翻身上馬，待夏祁和夏衿都上了馬車，便朝左奔去，馬蹄聲在寂靜的街道上格外響亮。

一頓飯工夫後，馬車在一扇朱紅大門前停了下來。

「下車吧，到家了。」宣平侯的臉色比在宮裡時緩和多了，他翻身下了馬，便走到車前，和顏悅色地對夏家兄妹道。

夏衿和夏祁下了車，跟在宣平侯身後，進了大門，一直往裡走。繞過影壁，走過長長的甬道，穿過一扇門，再往裡走，便到了宣平侯府的廳堂。

讓夏衿意外的是，廳堂裡燈火通明，宣平侯老夫人和岑子曼竟然都在座。

她不由得回頭看了看外面的月影，發現此時已是丑時了。

「妳們怎麼還沒睡？」宣平侯看到老妻和孫女，也很意外。

「心裡惦記，睡不著。」宣平侯老夫人站了起來，目光投向夏家兄妹。

夏祁和夏衿連忙上前行禮。

夏祁兩人進宮，宣平侯老夫人是知道的，否則也不會三更半夜在此等候了。此時見他們才進宮一會兒就回來了，診治的結果不用說，她心裡也猜到了。

想到朝廷很快要有一場大風波，她心裡擔憂，但面上還是擠出笑容，問道：「一路很辛苦吧？吃過飯了嗎？我叫人做了些宵夜，你們吃過再去歇息吧。」

「多謝老夫人。」夏祁作為兄長，一應都是他在對答。

岑子曼早已跑到夏衿身邊，湊在她耳邊說話。「我叫廚房做了紫蘇梅餅和蟹粉小籠包，妳一會兒好好嚐嚐。」

這兩樣點心，是她在臨江時對夏衿描繪過的，說她家廚子做出來是一絕。

許久沒見，岑子曼還是一樣熱情爽朗，夏衿極高興，笑道：「好，我一會兒定要好好嚐嚐，看看是不是跟妳說的那樣好吃。」

此時宣平侯老夫人已叫了下人打了洗臉水來，給兩人洗臉淨手。而那頭，早已將食物擺了滿滿一桌。

「來吧，坐下。」宣平侯老夫人慈祥地對兄妹倆招招手。「專門給你倆做的，趕緊趁熱吃。」

「大家一塊兒吃吧。」夏祁有些不好意思。

「不用，我們吃過了。」宣平侯老夫人叫下人布了些點心到兩人前面的碟子裡。夏祁和夏衿便不推辭，告罪一聲，便慢慢地吃了起來。

宣平侯老夫人見兄妹倆落落大方，舉手投足並不顯侷促，滿意地點了點頭。

吃過宵夜，宣平侯老夫人便叫人引兩人去歇息。夏祁去了外院的客房，夏衿則跟岑子曼去了她院子。

「妳託人帶來的帳本我都看了，咱們賺了不少錢啊。」岑子曼挽著夏衿的胳膊，慢慢地往她院子方向走。

「因消息不暢，我沒經妳同意，便將咱們賺的錢又拿去做了投資。」夏衿歉然道。

說到消息不暢，岑子曼嘆了一口氣。「這段時日發生很多事，我表哥那邊一樁事接一樁事，所以我就沒顧上給妳寫信。」

夏衿對蘇慕閑的事還是很好奇的。這段時間，岑子曼還來過兩封信，蘇慕閑承了她那麼大的人情，卻是音信杳無。依她對他的瞭解，他不是那等過河拆橋的人。

「妳表哥？是蘇公子嗎？」她問道。

「是啊。」岑子曼點點頭。「妳都不知道，這段時日他真是九死一生。」

說到這裡，她臉上露出極其厭惡的神色。「我真沒想到這世上竟會有這樣的母親，不光把兒子從小就送到寺廟裡生活，還派人追殺他。妳不知道，我表哥渾身血淋淋地出現在葬禮上時，把大家都嚇了一大跳。表哥昏迷前跟我祖母說，他母親和弟弟要殺他，我祖母還不信；結果在我表哥養傷期間，發現藥裡被人下了毒，順藤摸瓜往上一查，發現下毒的竟然是他母親！」

說到這裡，岑子曼似乎有些害怕，身體微微顫抖。

夏衿忍不住問道：「她不是蘇公子的親生母親嗎？」

「是他親生母親。」

夏衿一怔。「怎麼可能？虎毒不食子，蘇公子既是她親生，她為何屢屢害他？」

「我那表姨母，生大表哥時難產，差點喪命。後來又有道士說我大表哥命硬，剋母，表姨母就執意要把他送到寺廟裡，而且這麼些年，一直在表姨父耳邊說，要改封二兒子為世子。世人最重嫡長，沒有嫡長子尚在，卻封二兒子為世子的；而且大表哥的世子之位，早在他三歲時就請封了，他德行又無虧，沒理由改封，所以表姨父一直不同意。這才有了表姨父一死，表姨母就派人追殺大表哥的事。」

夏衿嘆息。

夏老太太一直說是因為難產，所以特別討厭夏正謙。沒想到這事在夏家是虛言，卻發生在蘇慕閑身上。

「他母親現在怎麼樣了？」夏衿問道。

「畢竟皇上以孝治天下，這事鬧了出來，皇上親自出面調解，把表姨母的誥命撤了，又讓太后召她進宮訓斥一番。表姨母消停了一陣，結果過了不久，追殺大表哥的人捉到了，說是二表哥派的。」

說到這裡，岑子曼嘲諷地笑了一下。「我表姨母最是溺愛二表哥，寵出他一身囂張跋扈的性子，整日在外面惹禍。二表哥不承認他派人追殺兄長，跟大表哥在靈堂上爭執起來，一言不合之下，拿箭射傷大表哥。因表姨母是大表哥的母親，皇上不好懲罰她，但二表哥本就聲名狼藉，於是叫人捉拿他後，便將他流放到瓊州。表姨母一來怕被大表哥剋死，二來捨不得二表哥，便跟著他一起去了。」
「現在京城蘇家，只剩妳大表哥一人？」夏衿問道。
「還有兩個庶母和兩個庶妹、庶弟。不過他們早在表姨父去世時就搬離侯府，自立門戶了。」岑子曼長長地嘆了口氣。
「我這大表哥也是倒楣，好不容易送走母親和弟弟，得了爵位。結果陪皇上狩獵卻遇上野豬，他為救皇上受了重傷，在床上足足休養個把月，上個月才能下床行走。」
「原來如此。」夏衿回想一下她見蘇慕閑的情景。因是夜晚，視線不佳，她當時倒沒注意他的臉色是否蒼白。
此時她們已進了一個院子。岑子曼將她帶到一個屋子前，對她一笑。「妳也累了好幾天了，我叫人給妳準備了熱水，妳沐個浴，好好睡一覺吧。明日不必早起，能睡到何時就睡到何時。」
「行，那我就睡個懶覺。」夏衿笑道。
岑子曼回自己屋裡去了，夏衿洗了澡，第二天仍起了個大早，待她梳洗完畢，岑子曼得到下人的稟報，跑了過來。
「妳累不累？如果不累的話，我今天帶妳出去逛逛街。」岑子曼道：「本來妳到京城來，我該設宴招待妳，但現在皇上那裡……」
她話沒有說完，但夏衿明白她的意思。皇帝病重，隨時都有駕崩的危險，京裡哪家還敢開宴娛樂，絕對是找死。

「我先歇一、兩天吧，逛街的事不急。」宮裡隨時會傳召，夏衿自然不敢跑出去遊玩。

「也好。」岑子曼心裡有些遺憾，正欲讓下人傳早膳，就聽丫鬟疾走進來，稟道：「三姑娘、夏姑娘，侯爺來了，在小廳等著。」

岑子曼詫異地站起來，朝外面看了一眼。「奇怪，我祖父怎麼會……」這麼無禮，跑到住有女客的後院來呢？

當然，後半句話她沒好意思說出口。

夏衿卻知道宣平侯來幹什麼。「想來是為了宮裡的事。」

「嗯，定然是這樣。」岑子曼點點頭，看看夏衿身上衣衫整齊，便拉著她道：「走，咱們出去。」

兩人到了小廳，便見宣平侯在屋子裡來回踱步，還不停朝外面張望。看到她們進來，他大喜，正要開口說話，卻看了岑子曼一眼，對她道：「曼姐兒，妳先出去。」又對侍立在一旁的丫鬟道：「妳們也出去。」

岑子曼一陣愕然，雖然她祖父是個正人君子，但即便如此，他和夏衿單獨在一起，也是不合規矩。

她為難地看了夏衿一眼。

「岑姑娘，侯爺怕是有話要跟我說，妳先迴避吧。」夏衿亦道。

岑子曼這才聽話地退了出去。

看到屋子裡只剩他和夏衿兩人，宣平侯禁不住露出興奮的神情。「聽太后說，皇上的病妳能治？」

「願意一試。」夏衿道：「但不敢說一定能治好。」

「能試就好、能試就好。」宣平侯老成持重，但聽到這話，他激動地搓著大掌，在屋子裡來回走了幾步，許久才平息下來。

想了想，他又問道：「太后傳了懿旨，說妳需要什麼，儘管跟我說，我辦不到的，會進宮求助太后。妳可有什麼需要我做的？」

「我需要的都是極常見的，宮裡定會有，就不需要特別準備了。」

宣平侯又跟她商議了一下到時候如何送她去皇宮，這才轉身出去，又跟外面的岑子曼說了幾句話。

岑子曼進來時，便有些怏怏不樂。「我祖父叫我別老打擾妳，妳累了一路需要休息。」

「只要妳不趕我走，我就會在這裡多住幾日。咱們有的是工夫玩啊，不急這一時。」

「那倒是。」岑子曼又高興起來，吩咐傳了早膳。

「姑娘，武安侯爺派人送了早餐來。」一個丫鬟稟道。她的身後跟著一個婆子，手裡提著一個大食盒。

「武安侯爺送早餐？」岑子曼驚訝地重複了一遍。

第七十五章

那個婆子放下食盒，走上前來行了一禮。「我家侯爺說了，在臨江的時候，多得夏姑娘照應。他在宮裡當值不能前來盡地主之誼，便命老奴送了幾樣寶芝齋的點心給姑娘嚐嚐。」

「多謝妳家侯爺。」夏衿客氣道。

岑子曼則一擺手。「擺上吧。」看那婆子將食盒裡的點心一一擺到桌上，她轉頭對夏衿笑道：「要是知道大表哥給妳送點心，妳不知要得罪多少京中閨秀呢。」

「哦？這話怎講？」夏衿跟岑子曼坐到桌前。

岑子曼挾了一塊點心到夏衿的碟子裡。「我表哥年紀輕輕就作了侯爺，又孤身一人沒有長輩伺候，現在京城哪家不想把閨女許給他？他傷好之後出來參加過宴會，宴會上那些閨秀差點沒為他打破了頭！」

說到這裡，岑子曼搗著嘴笑了起來。

夏衿看那武安侯府的婆子已退出去了，便湊近岑子曼，用手肘拐了她一下，小聲道：「結親不是講究親上加親嗎？你們家怎麼不把妳許給他？」

這是她很納悶的地方，岑子曼跟蘇慕閑年貌相當，感情又極好，兩人結親再合適不過了。照理說，宣平侯老夫人應該幫岑子曼抓住這個金龜婿才對。

岑子曼一下鬧了個大紅臉，轉手捶了夏衿一下。「說什麼呀！」

見夏衿仍盯著她不放，她只得紅著臉道：「我十二歲那年家裡就幫我訂了親。」
夏衿恍然。「原來如此。」
兩人說說笑笑吃了早餐，岑子曼又陪夏衿去看了一回夏祁。夏祁由岑子曼的二哥岑雲舟陪著，也已吃過早餐，兩人正在院子裡比劃。
岑雲舟與岑子曼一母同胞，今年十八歲，跟著父親在軍營裡做校衛，是個武癡。聽說夏祁練過武，便死活要跟他交手。
夏祁只學了兩年工夫，對付兩、三個普通人沒問題，但跟打小就學武的岑雲舟相比，卻不是對手，三下兩下就被放倒了。
「你這手法倒是厲害。」岑雲舟將夏祁拉起來，嘴裡卻嘖嘖稱奇。「你要是再練兩年，我絕對不是你的對手。」
岑家的武功都是從戰場上習來的，直來直去；夏衿教給夏祁的，卻是不動則已、一動就要人命的功夫，相比起來，自然是夏衿的功夫更勝一籌。只是夏祁學習的時間較短，十成裡也就學到了一、兩成，故不是岑雲舟的對手。
夏衿會功夫的事，岑子曼並不知曉，蘇慕閑也沒跟她說過；夏祁對岑雲舟不瞭解，自然也不會在他面前提及自己的功夫是妹妹所教。看到妹妹和岑子曼進來，他連忙拍了拍身上的灰塵，向岑子曼問好。
「哥，你又來了。家裡每來個客人，只要會些武功，你都要纏著別人比試一番。」岑子曼嘟著嘴嗔道。

「先生不是說過嗎？三人行，必有我師焉。我這是四處拜師，博採眾長。」岑雲舟理直氣壯道：「夏兄弟的功夫就十分了得，哪怕學得一招半式，沒準兒就能讓我在戰場上保全性命。」

想來這套說辭岑子曼已耳熟能詳了，她絲毫沒有為「在戰場上保全性命」這句話而感觸，對岑雲舟翻了個白眼，不再理會她二哥。

而這邊，夏祁已在關心妹妹了。「怎麼起這麼早？這一路奔波勞累，好幾晚都沒合眼，妳該多睡一下才好。」

「沒事，中午再睡一會兒就沒事了。」夏衿在外人面前還是很給夏祁面子的。

兩對兄妹說了一會兒話，夏衿便跟岑子曼回了後院。

「妳好生歇息，想睡到何時就睡到何時，不必客氣。」岑子曼一回院子，便把夏衿往房裡推。

「行，那我歇息一會兒。」夏衿也不客套，回房睡了下去——晚上還要給皇帝治病，她必須養足精神。

這一覺睡得香甜，等她睜開眼時，已是傍晚時分，連午飯都給睡過去了。

「醒了？我們都吃過晚飯了，特意給妳留了飯菜，妳洗把臉來吃飯吧。」岑子曼見她出來，忙叫人擺飯。

「姑娘。」一個穿蔥綠色衣裙的丫鬟跑了上來，眼睛紅紅地望著夏衿。

「你們到了？」夏衿看到董方，倒是驚喜。

出門在外，沒個自己的丫鬟，做什麼都不方便。她這裡倒還罷了，畢竟跟岑子曼是好姊妹，不分彼此；可夏祁那裡沒個小廝，想來更為不便。

「我們在後面也是日夜不停趕路，所以沒落下多少路程。」

董方看到岑家下人擺飯，她忙去幫忙，將夏衿喜歡吃的菜放到她面前來。

夏衿吃了飯又沐了浴，天已完全黑下來了。她跟岑子曼說了一會兒話，便回到屋子裡，靜等著宣平侯安排她進宮。

沒多久，一個婆子提著燈籠來，敲響她的門。「姑娘，老夫人身子不適，想請您去幫看一下。」

夏衿連忙將門打開，跟著她往外走。

到了外院，宣平侯已等著了，身後還停著一輛極普通的青桐油馬車。

夏衿上了車，馬車便往皇宮方向疾馳而去。

到了皇宮，馬車順利地進了宮門，又往裡走了一段，這才停了下來。

夏衿下了馬車，跟著宣平侯上了臺階，右腳正要邁過門檻，忽然感覺到一道灼熱的目光。

她轉過頭去，看到門口立著一個高大的年輕男子，做御前侍衛打扮。那劍眉星眼、英俊面容，不是蘇慕閑又是誰？

看她望過來，蘇慕閑對她微一頷首。

夏衿也朝他微一點頭，便跟著宣平侯進了門。

「夏姑娘請跟我來。」一個四十來歲的宮女已等在屋裡了。見了夏衿，對她輕輕說了一聲，轉身朝內室去。

夏衿認得這人是太后心腹，昨晚她跟太后密談的時候，這宮女就一直侍立在太后身邊。仍是昨日的那間內室，屋裡除了太后，就只有她的幾個心腹宮女和太監。夏衿朝太后行了一禮。

不待夏衿拜下去，太后就讓人將她扶起來，溫和道：「皇上的性命就交給夏姑娘了。如果夏姑娘能治好皇上的病，哀家必有重謝，天下黎民也會感謝夏姑娘。」

「民女定然盡力而為。」

太后點了點頭。「那就開始吧。」

夏衿沒有動，而是朝床上看了一眼。「因要針灸，皇上須除去衣物，只留腰間一布即可。」

太后眉頭微蹙，疑惑而滿含深意地看了夏衿一眼。

要不是夏衿昨晚就明確表示不願進宮，懇請以後自行婚嫁，太后都要懷疑她是故意提出這一要求，以達到進宮伺候皇上的目的了。

穿著衣物行針，雖不易扎到穴道上，但對醫術高超的郎中來說，這其實不算什麼，只要扎針時固定住衣物，行針的手法穩準有力，是完全不受影響的。

不過還得指望夏衿救命，這些小細節太后決定不多計較。

太后朝宮女、太監們揮了一下手，那些人便給皇上除去衣物。

夏衿連忙轉過身去，背對著龍床。

待太后說「好了」，夏衿轉過身來時，便見皇上光溜溜地仰躺在床上，只有胯間用一塊一尺見方的明黃綢緞遮擋著。

夏衿前世行醫多年，什麼樣的身體她都看過，這本不算什麼，即便蘇慕閑將她上身看光了，她也不覺得有什麼大不了的。生死攸關，誰還在意這些呢？

可此刻，這麼多人怪異而隱晦地看著她，便讓她十分尷尬。

她深吸一口氣，讓自己平靜下來。

她轉過頭，對太后道：「民女還需六個人相助。」

太后掃了屋子裡一眼。

四個宮女、一個太監，再加上她，正好六個人。

她即便身為母親，願意為兒子做任何事，但身為太后做這些雜事，被夏衿指使，總是不妥。

她略一思忖，對那中年宮女道：「去叫蘇侍衛進來。」

中年宮女應聲而去，不一會兒，便領了蘇慕閑進來。

外面有那麼多宮女和太監，還有四、五個郎中以及國舅、宣平侯，但太后只叫了蘇慕閑，看來他上次救了皇帝一命，因而得到太后的信任。

人到齊了，夏衿不再遲疑，從懷裡掏出銀針，對著皇帝身上的幾個穴道扎了下去，扎完之後，她一陣捻針，銀針尾部一一晃動起來。

這時候，她從懷裡掏出六根艾條，遞給那個中年宮女。「把它們點燃，每人一根，對著銀針熏烤。」

這艾條不是普通艾條，裡面加了石榴皮和幾味中藥。因茲事體大，夏衿擔心有人在艾條上做文章，所以這艾條是她親自動手做的。

宮女接過點燃，給其他五人各分了一根，接著大家對著銀針熏了起來。

夏衿緊緊盯著皇帝的身體，對他們道：「從你們手下銀針開始，到皇上胸口為止，此為一條線，每人管一條線。一會兒我下針在你那條線上，艾條就要跟著一路熏上來，定要眼疾手快，不得有半分延誤。」

「是。」幾人低低地應了。

他們話聲剛落，夏衿就叫道：「來了。」

大家驚駭地發現，皇帝身上忽然鼓出一個包，而且這個包還會移動，就猶如一隻蟲在皮下遊走，從右腿根處一直遊走到胯部。

太后目光一緊，這才明白夏衿為何要將皇帝身上衣服除淨。這微微鼓起的小包被衣物一遮擋，根本看不出來。

看到它出現，夏衿飛快地在它後路上扎了一針，分管那條腿的太監連忙將手中的艾條移到新扎的針上。

小包發現後路不通，又朝另一方向遊走而去，夏衿連忙又在另一穴道上扎針，蘇慕閑趕緊將艾條移了上來。
如此下了四、五針，那小包下的東西便被團團圍在皇帝胸口，而且範圍越來越小、越來越小，接著夏衿從懷裡掏出一個銀製廣口小瓶，對準皇帝胸上原先就有的小斑點。
在她下了最後一針，艾條熏上來時，一隻黑色的蟲忽然從那小斑點中蹦了出來，似乎想跳到夏衿身上。夏衿眼疾手快，用銀瓶一罩，將小蟲裝到銀瓶裡，右手上的蓋子立刻蓋到瓷瓶上。
與此同時，噗的一聲，皇帝口裡忽然噴出一口黑色的血。
「皇兒！」太后不由得叫了一聲。
夏衿將瓶蓋用力擰緊，抹了抹額上的汗，對太后道：「蠱蟲已出，取石榴樹皮熬成汁，給皇上服下，他便會醒來。」
太后親眼看到那隻小蟲在皇帝皮下遊走，再從胸口跳出，此時對於夏衿的醫術再沒有任何懷疑。
「阿杏，妳去。」她吩咐道。
那中年宮女答應一聲，急急走了出去。
夏衿將銀瓶遞到太后面前。「這瓶子裡的蟲是子蠱，跟下毒人身上的母蠱是一體的。要知道下毒的人是誰，只要把這蟲子一燒，下毒人就會心痛難忍，吐出血來。」
太后知道這蠱蟲的可怕，哪裡敢接她手上的瓶子，更不敢將這蟲留在宮裡。
「宮裡、宮外我都佈置妥當了。一客不煩二主，還是煩勞妳把蟲子燒了吧。」

夏衿也不敢多留這蟲子在身上，吩咐了蘇慕閑幾句。蘇慕閑拿了火盆來，夏衿用火鉗挾著銀瓶，慢慢擰鬆了瓶蓋。

擰到後面，她用火鉗將銀瓶倒立在火中，另一支火鉗掀開瓶蓋，不一會兒，只聽吱的一聲，紅紅的火焰竄出一股藍色的火苗。渾身繃緊的夏衿這才大大鬆了一口氣，將銀瓶和火鉗都扔到火盆裡。

一條手帕出現在她的面前。

她抬頭一看，卻是蘇慕閑，她接過手帕抹了抹額上的汗，道了一聲「謝謝」。

太后看了他們一眼，沒有說話。

過了一會兒，那叫阿杏的中年宮女端了一碗石榴皮汁走了進來。在太后的示意下，一勺一勺地給皇帝餵了下去。

夏衿這才將銀針一一拔出來。

拔到額頭上最後一根針時，一直注意著皇帝的宮女大喜，低呼道：「醒了醒了，皇上醒了。」

大家轉頭看去，果然看到皇帝緩緩地睜開眼。

首先映入皇帝眼簾的，便是夏衿那張臉；其次才是喜極而泣的太后。

「母后。」皇帝輕喚一聲，便想起身。

太后忙上前阻止。「別動，你已昏迷半個月了。」

這麼一說，她發現自己兒子還光著身子，連忙扯過被子，蓋到他身上。

夏衿已經退到一旁，低聲吩咐一個宮女準備筆墨紙硯。

太后跟皇帝說了幾句話，這才轉頭問夏衿。「皇上現在是醒了，不知後面應該如何調養？」

皇帝也轉過頭來看向夏衿。

這屋子裡的人，宮女和太監都是他跟太后的心腹，蘇慕閑也是他的侍衛，唯有夏衿極為陌生。

夏衿先跪了下去，給皇帝磕了個頭，這才回答道：「民女一會兒開個調養的方子，皇上調養個一、兩日便可下床了。」說完這話，她又補充一句。「其實這調養的方子，太醫院的郎中們比民女更拿手。」

說起那群御醫，太后就滿臉不悅。一群御醫拿著朝廷俸祿，卻對皇帝的病束手無策，還得靠一名小姑娘救場，真是丟死人了。

想起這，她看看夏衿，又看看皇帝，一個念頭湧上心來——如果將這醫術高明的姑娘留在宮中，時時照應，以後她和皇帝豈不是有了保障？

這念頭一起，她就十分鬱悶，直後悔當初不該答應夏衿的請求，允許她自行婚嫁。

待皇帝病好，再商議一下此事吧，她想。

夏衿沒料到太后心裡起了這樣的念頭。她提筆寫了個方子，遞給中年宮女，便想告辭離開。

第七十六章

太后是上了年紀的人，這段時間為了兒子和江山，可謂殫精竭慮，疲憊不堪。如今兒子醒來了，性命無憂，她心下鬆懈，精神上便有些支撐不住。

可宮裡、宮外，還有下蠱毒的兇手等著她料理，皇帝這裡她也放心不下，更何況她還打著讓夏衿留在宮裡的主意。

她便對夏衿道：「如今皇上還未恢復，還得煩勞妳在宮裡多待一、兩天，等我處理好一些事情，皇上也能下地了，妳再出宮吧。」

夏衿只得同意。

看著下人熬了夏衿開的補藥，給皇帝服下，太后便起身，準備去看看後宮。

臨走之前，她看到蘇慕閑總是不自覺地站在夏衿身旁，夏衿並無絲毫不自在，再想起蘇慕閑給夏衿遞帕子的情形，她腳步一頓，不由得問蘇慕閑。「你跟夏姑娘認識？」

蘇慕閑就等著她這一問呢，趕緊答道：「卑職在臨江時被人追殺，恰遇夏姑娘，夏姑娘冒死掩護，卑職才得以逃脫；卑職傷重，險些病死，夏姑娘又為卑職治傷，卑職才能活命至今。所以不光認識，她還是卑職的救命恩人。」

「哦？」太后挑眉。

蘇慕閑的祖母跟太后是堂姊妹，感情極好。他能順利襲爵，其母和弟弟被送去瓊州，這裡面大半都是太后的功勞。

此時聽到蘇慕閑說夏衿是他的救命恩人，太后對夏衿又高看幾分，對她點點頭道：「妳很好。」

太后如此說，已是最大的褒獎了，任誰聽了都受寵若驚，偏偏夏衿只謙虛地笑道：「適逢其會罷了，不敢當太后娘娘誇讚。」

這份無感，看在太后眼裡便成了寵辱不驚。

太后離去，皇帝吃了藥後便沈沈睡去，夏衿則被安排到偏殿休息。蘇慕閑因正當值，便回到皇帝寢宮門口繼續站著。

蟲蟲離體，皇帝這一覺睡得極平穩，夏衿雖在宮中，心裡卻極安穩，在偏殿裡也好好補眠，天亮時方醒。

醒來之後，她問宮女要了水，梳洗一番，這才去了正殿，問侍立在門口的蘇慕閑。「皇上如何了？」

蘇慕閑還沒來得及說話，屋裡有人聽到她的聲音，走出來輕聲道：「夏姑娘，皇上仍未醒，妳看是不是要請個脈？」卻是那叫阿杏的中年宮女。

「好的，杏姑姑。」夏衿答應一聲，跟著她走了進去。

皇帝一如昨晚，靜靜地躺在那裡，臉色卻比昨晚好了許多。

看到夏衿走過來，一個宮女將皇帝的手從被子裡拿了出來。夏衿將微涼的手搭在皇帝手腕之上。

感覺到指下強而有力的脈搏，夏衿收回手，一抬頭就對上一雙深邃的眼睛。

「皇上。」她只得跪了下去。

「皇上，您醒了？」阿杏又驚又喜。

皇帝掙扎了一下，想要坐起來，旁邊的宮女和太監連忙上前扶住。

「妳是……」皇帝卻一直看著夏衿。

「民女夏衿，是太后命人從民間找來給皇上看病的。」夏衿答道。

皇帝又將目光移到阿杏身上。

阿杏忙解釋道：「皇上，您昏迷半個月了，京中御醫和各地名醫都來看過，卻都束手無策。宣平侯老夫人推薦了夏姑娘，說她醫術高明，太后便宣她進宮。結果夏姑娘看一眼就說您被人下了蠱毒，昨晚還幫您把蠱蟲逼了出來。」

皇帝看向夏衿的目光越發深邃，他微一頷首。「起來吧。」

夏衿道了一聲謝，站了起來。

阿杏是太后身邊最得用的奴婢，在皇帝面前也比其他人更敢說話，她問夏衿。「夏姑娘剛給皇上請了脈，皇上龍體如何？」

「皇上已無大礙，只是半個月未好好進食，身體虛弱些，調養上幾日便可康復。」

「如此甚好。」不光是阿杏，屋裡其他人也都喜形於色。

夏衿看了皇帝一眼。看來這個皇帝挺得人心的，也不枉她辛苦一回。

「皇上您還是躺下吧，現在還不宜動彈。」夏衿見屋裡沒個主事的人，只得對皇帝道。

皇帝聽了她這話，很是聽話地又躺了下去。

「杏姑姑，皇上久未進食，須得慢慢調養。妳讓人拿些米湯給皇上服下，再熬了昨晚開的藥來。」夏衿又道。

杏姑姑吩咐人去做了。

夏衿見皇帝躺下合上了眼，便對阿杏點了一下頭，轉身想要到偏殿，沒承想在門口遇上太后，只得陪著她又折了回來。

皇上見母親進來，便重新坐了起來。

太后眼睛裡全是血絲，滿臉疲憊，顯然是整夜都沒有睡。但看到皇帝醒了，精神似乎還不錯，她頓時疲憊全消，連聲囑咐兒子好好歇息，一切有她。

如此，夏衿在宮裡又待了一天一夜，隔半天去給皇上請一次脈，直到第二天傍晚，太后才派人將她送出宮來。

夏衿出宮時，宣平侯已在宮門口等候多時。除了他，等在那裡的竟然還有剛剛下值的蘇慕閑。

「走吧，先回家。」宮門口不宜交談，宣平侯說了一聲，便讓丫鬟扶著夏衿上了車，他則和蘇慕閑騎馬直奔宣平侯府。

進了府，宣平侯並未讓夏衿回後院，而是領著她進了前廳。「武安侯有話要跟妳說。」

夏衿轉頭向蘇慕閑看去。

蘇慕閑的俊顏此時極為嚴肅，直奔主題。「妳治好了皇上的病，立下大功一件。如果太后和皇上問妳要什麼賞賜，妳便要求他們重審邵家一案。」

夏衿心裡一驚，沒有說話，只茫然地望著蘇慕閑，別是她猜想的那樣吧？

蘇慕閑見狀，解釋道：「妳不是說妳那師父姓邵，當年是因為家裡被抄，才賣身為奴的嗎？我一直在查此事，邵姓並不多見，所以線索雖不多，卻也查出一些事情來。三十七年前，曾有一個將軍叫邵文廣，驍勇善戰，極為了得，結果有人告密，說他裡通外國。先皇命人探察，從他書房搜出與匈奴私通的書信。先皇大怒，欲要殺他，幸得有人求情，又念及他屢建戰功，功過相抵，先皇便保全他的性命，全家被流放到北邊極寒之地。」

蘇慕閑說到這裡，朝宣平侯拱了拱手。「當年向先皇求情的，便是宣平侯爺。」

宣平侯撫鬚感慨道：「我跟邵大哥年紀差不多，又同在軍中任職，一起上過戰場，感情極為深厚。邵大哥的為人，我不說十分瞭解，卻也知之甚深。他不是那等裡通外國的叛國者，只是先皇深信不疑，我們也無可奈何，更無立場幫其翻案。妳的醫術既來自邵家，如今又救了皇上一命，想來妳去求情，皇上定能認真對待。」

「可、可是，邵將軍是武將，教我醫術的邵婆婆說她家是御醫，這怎麼會是一家人？邵姓雖不多見，卻也是有的呀。他們要不是一家子，那豈不是張冠李戴了？」夏衿結結巴巴道。

當初她不過是為了給她一身醫術和武功找個出處，才胡謅了這麼一個謊。蘇慕閑說要幫她查邵婆婆家的事，她也只當笑話聽，並不當真。

「我當初聽邵將軍提過，他妹妹善岐黃之術，嫁到了江南。」宣平侯道。

夏衿無言以對。

看來，合該邵將軍這一家子要翻案，否則，怎麼什麼都對得上呢？

反正夏衿也不打算要賞賜。

但什麼都不要，太后和皇帝恐怕要對她生疑，這年頭最怕的是欠人情，想來皇家也如此；倒不如賣宣平侯一個好，拿這功勞來給邵將軍翻案。

「邵將軍真是被冤枉的？你們可有證據？」她問道。

宣平侯手裡還確實有證據，否則也不會讓夏衿提這個要求了。

他點點頭。「有。」

夏衿又問：「先皇辦的冤假錯案，皇上能讓翻案？」

如果是當今聖上辦的錯案，給他指出，尚好說話；但去世的爹辦了錯案，做兒子的要推翻，便有不孝之嫌。想來對這種事，皇帝是很不樂意的吧？

宣平侯原把夏衿當個普通姑娘，最多不過是醫術高明些，可她這麼一問，宣平侯不得不對她正視起來，嚴肅答道：「皇上是明君，即便是先皇所辦之事，只要是錯案，他也會照樣審理，不會為了孝道而將錯就錯。」

「好。」夏衿爽快道：「如果太后和皇上問起獎賞一事，我便跟他們提這個要求。」

宣平侯站起來，對著夏衿端端正正地作了個揖。「老夫在此代邵家幾十口人多謝夏姑娘大恩。」

夏衿連忙避開。「侯爺如此，豈不折煞我？」

宣平侯長嘆一聲。「當年邵大哥與我一同奮戰浴血，救過我的命。這麼多年，我雖查到一些證據，卻沒有立場替邵家翻案，現在妳能跟皇上提上一句，不光於邵家有恩，便是對我來說也是莫大恩惠。不管能不能翻案，我宣平侯也承妳的情，妳家往後有什麼事，我定會傾力相助。」

「侯爺萬莫如此。如果我師父真是邵將軍家人，替邵家翻案，也是我分內之事。」

表明了自己的態度，宣平侯便不再多說此事，對夏衿道：「妳累了幾日，早些回後院歇息吧。令兄在府中一切安好，並已寫信回家報了平安，妳勿掛念。」

夏衿起身行了一禮。「夏衿告退。」

「夏姑娘……」蘇慕閑卻喚了她一聲。

夏衿停住腳步，轉過身來望著他，等著他說話。

「那個……」蘇慕閑卻轉向宣平侯。「侯爺，我能不能跟夏姑娘單獨說幾句話？」

蘇慕閑雖是晚輩，但在爵位上，卻跟宣平侯平起平坐。他提這要求，即便不合禮數，宣平侯也不好不給他面子。

不過，宣平侯還是轉過頭來問夏衿。「夏姑娘，妳看……」

夏衿哪裡顧得什麼禮數？她只滿心好奇蘇慕閑避開旁人，到底要跟她說什麼。她朝宣平侯點了點頭。「武安侯爺有話，我便聽聽他說什麼。」

宣平侯不再多話，對蘇慕閑微一頷首，便走了出去，走到門外臺階處，站在那裡背著手，狀似看風景，實則為屋裡兩人站崗，同時也顧全夏衿的清譽。

夏衿望著蘇慕閑，靜靜地等著他說話。
蘇慕閑倒也不閃不避，與她對視。墨玉一般的眸子再不像以前那般乾淨純澈，而是變得異常深邃，讓人一眼看不見底。
說來也是，蘇慕閑這段時間遭遇了別人一輩子都難遇上的事情。一個人經歷了這麼多，要是再不成長、再不深沈，那根本活不到現在。
「你想說什麼？」見蘇慕閑只默默地看著自己，夏衿忍不住出聲問道。
「我明兒便派人去妳家提親，可好？」蘇慕閑開口了。
夏衿倏地睜大眼睛，隨即眉頭蹙了起來。「幹麼又提這話？皇上的病我已治好了，太后答應我不進宮的。」
蘇慕閑看她這反應，目光更加深邃，劍眉也同樣蹙了起來。
「太后是答應，可皇上不一定這麼想。」
「你多慮了，我又不是絕色美女。」夏衿淡淡道。
蘇慕閑怪異地瞅著她。「可妳看了皇上的龍體。皇上那人雖是明君，卻也極自傲，妳看了他，他要不把妳納入宮裡，成為他的女人，他會很不自在的。」
夏衿不由得懷疑地看著蘇慕閑。「你危言聳聽吧？皇上是明君，想來不是那般小氣之人；而且，我是為了救他的命，事急從權。」
蘇慕閑斜睨著她。「要不妳等著，看看他會不會下旨？」
夏衿瞪了他一眼，氣沖沖地走到椅子上坐了下來，無賴道：「我不管，我本不想救他的，是你一再央求我，現在有了麻煩，你可不能不管。」

「我這不是管了？只要咱們訂親，他即便是皇帝，也不能奪人妻室。」

夏衿瞪著他，半晌沒有說話。

「行不行妳倒是給句話呀。」蘇慕閑也在她旁邊坐了下來，還提起茶壺倒了兩杯茶，一杯放到夏衿面前，自己拿起一杯，呷了一口。

夏衿很想問他，這一切是不是他策劃好的，但這樣問又顯得自作多情。要是人家沒有那個意思，只是出於報恩，為她作出犧牲，她那樣問豈不是很尷尬？

她認真地考慮了一下蘇慕閑的提議。如果只有她自己一個人，這事倒不用考慮，即便違抗旨意，她化個妝往哪裡一躲，以後再找戶合適的人家換個身分，她的日子繼續逍遙自在。但現在有了家人，多了顧慮牽掛，她做事就不能再隨心所欲。

「行。」她乾脆道：「不過你悄悄派人去，跟我爹娘說一聲，交換個庚帖就行了，不要讓別人知曉。」

蘇慕閑奇怪地問：「為什麼要悄悄的？」

侯爺來提親，多榮耀的事啊，何必掩人耳目？

「皇上不下旨，咱們就當一切沒發生；皇上下了旨，等風聲過後，咱們再退親。」

蘇慕閑默默地看著她，半晌，方問道：「為什麼？」

第七十七章

「什麼為什麼？」夏衿沒聽懂。

「為什麼不願意嫁給我？」

夏衿看了他一眼，眉毛微挑，輕鬆地笑道：「你現在可是正正經經的侯爺，我聽岑姑娘說，京中的閨秀都要為你發狂了；我跟你訂親的事要是傳出去，那些小姐們連撕了我的心都有。我無權、無錢、無貌，還是過我小老百姓的日子吧。」

蘇慕閑卻沒有笑，淡淡道：「妳既成了我的妻，便是武安侯夫人，誰敢撕了妳？而且憑妳的本事，還怕那些閨閣小姐不成？」

夏衿再次鄭重申明。「如果你仍為了那次的事而心中不安，覺得要對我負責，那我告訴你，大可不必！我夏衿雖不是不良女子，但也不是那麼重名節的，如果過得不好，即便是成了親我照樣和離，更何況咱們之間什麼都沒有發生。咱們門不當、戶不對，京城的勛貴我一概不知，貴夫人和名門閨秀的話題我也插不進，什麼脂粉首飾，哪家娶了親、哪位生了孩子，我完全沒有興趣。所以你執意要報恩，送我個侯夫人的身分，我也只能說敬謝不敏。」

蘇慕閑的眉頭微皺。「我不是為了那件事，也不是為了報恩，我只是單純想娶妳。」

夏衿一呆，問道：「為什麼？」

她既不是千嬌百媚的大美女，才情也不出眾，性格還有點潑悍，在蘇慕閑面前甚至還慘無人道地折磨過錢不缺，她還教給他許多見不得光的陰私手段。蘇慕閑竟然想娶她，他不會是有被虐傾向吧？

又或許，他還有極厲害的對手要對付，覺得她能給予幫助？或者她的醫術高明，讓他很有安全感？

說來說去，夏衿就是不認為蘇慕閑會喜歡自己。

「這世上，妳是唯一一個讓我相處起來十分舒服的女人。」蘇慕閑一臉認真。

「舒服？」夏衿啼笑皆非。「我第一次聽到有人用這個詞誇我。你就不怕你拈花惹草時，我打斷你的腿，或是下毒讓你生不如死？有這樣的人生活在身邊，你還感覺舒服，你沒毛病吧？」

「我既不會拈花惹草對不住妳，妳也不會輕易打人下毒，妳不是那樣的人！」蘇慕閑的表情仍是淡淡的，目光卻極為堅定。「夏衿，妳雖是女子，卻俠義心腸，令我景仰。」

俠義心腸？

她瞅了瞅蘇慕閑。

或許吧。

夏衿不打算再討論這個問題，她看著蘇慕閑的眼睛，認真道：「你有你的想法，我有我的想法。不管你出於道義，還是為了報恩想娶我，也得我願意嫁給你才行。我這個人，你是瞭解的，不受世俗所拘，隨心所欲，我只過想過的日子，我不會為了躲避麻煩，就委屈自己隨便嫁人。

「所以訂親的事，還請你認真考慮。如果你不願意跟我演這一場戲，我也不會怪你，但既要演戲，那便真是演戲。現在訂親，待風頭過後，就取消婚約，咱們就當這件事從未發生過。」

蘇慕閑的臉色脹得通紅，胸口一起一伏，像是被這話氣得不輕，聲音不由得大了起來。「為什麼？我有什麼不好，讓妳如此不情願嫁給我？」

站在門口的宣平侯似乎被驚動了，他轉過身來，朝屋子裡看了一眼。

「你沒有不好，但你不是我的良人。」夏衿十分冷靜。

「我不是妳的良人？那誰是？羅騫嗎？」蘇慕閑的聲音依然很大。

夏衿眸子一緊。她看了蘇慕閑一眼，眼神變得有些冷，語調卻依然不緊不慢。「他也不是。我要嫁的人，不需要多少地位財富，只須讓我看得順眼，並且對我一心一意即可，三妻四妾，拈花惹草，我是不允許的。還有，我不願意侍奉惡婆婆，不想有複雜的親戚關係，只想簡簡單單，舒舒服服地過日子。」

蘇慕閑在臨江時，就看出夏衿跟羅騫交情匪淺，以為夏衿不願意嫁給他，是因為羅騫的緣故。此時聽她斬釘截鐵地說「不是」，心裡便好受些。

接著再一聽夏衿的條件，他頓時樂了，指著自己的鼻子道：「看清楚了，我，父親不在了，母親即便有也相當於沒有，這輩子不會再出現在我面前，深怕我剋死她。我全家上下就剩我一個，這人口夠簡單吧？親戚雖不少，但我打小就不在京城，跟他們不熟，鮮少來往。我在寺廟長大，向來不近女色，除了妳，別的女施主我都沒看在眼裡過。我也只想簡簡單單、舒舒服服地過日子，誰耐煩整日裡家裡鬧烘烘的，雞飛狗跳？」
說著，他目光灼灼地看著夏衿。
夏衿瞅著蘇慕閑，若有所思。
真要說，如果她要隨便嫁一個男人過日子，蘇慕閑的條件倒還頗適合。
只可惜，她雖對婚姻沒信心，對愛情沒期許，但重生一世，她還是希望能談一場戀愛，跟喜歡的男人共結連理。
蘇慕閑口口聲聲說要娶她，但她認為他是出於感恩、責任、敬佩，甚至是一種習慣，習慣與她相處；他不像羅騫，是男人對女人那種發自內心的喜歡。
如果今天蘇慕閑出於報恩娶了她，以後他一旦遇上真正喜歡的女子，她又該如何自處？更何況，這裡面沒準兒還會牽扯到孩子呢。
「這件事，容我考慮一段時間再答覆你。」夏衿道。
這答案讓蘇慕閑很失望。不過他知道夏衿的脾氣，她既這樣說，那就是認真考慮這件事，而不是像以前，想都不想就直接拒絕，這已是很大的進步了。
「那我明天一早就派人去妳家提親？」他問道。
夏衿點了點頭，對他一笑。「多謝。」
這是謝他肯幫她演戲。
蘇慕閑說不清心裡是什麼滋味。有失落、有不甘，更多的是對夏衿的敬佩。
這世上多少女子成親，對夫婿挑家世、挑相貌、挑財富、挑前程，可夏衿對這些全不放在眼裡，她只求一心一意。

這樣唯求真情的女子，世間難尋。好不容易讓他遇見，他又怎肯輕易放手？

宣平侯站在門口，蘇慕閑和夏衿也不好意思說太久。商議完此事，蘇慕閑便起身告辭，宣平侯送他出院門，夏衿則去了後院。

可轉了個彎，路過宣平侯府的外書房，便聽得兵器的碰撞聲，其間還伴著女子的叫好聲。聽聲音，卻是岑子曼。

夏衿尋聲而去，便看到外書房的院子裡，有兩個身形頎長、相貌俊朗的男子在練武，一個是夏祁，一個則是岑雲舟。岑子曼則在一旁為他們拍手叫好。

夏衿微笑起來，走了進去。

徐長卿也侍立在那裡，見她進來，正要出聲行禮，夏衿作了個手勢，叫他莫要作聲，便立在一旁觀看起來。

那三人全神貫注，絲毫不知道夏衿進來。直到夏祁把岑雲舟打倒在地，轉過頭得意地對岑子曼一笑時，才看到夏衿。

「妹妹，妳回來了？」他顧不上擦汗，跑過來問道，擔憂之情溢於言表。

夏衿掏出手帕遞給他，一面道：「哥，兩日不見，刮目相看啊，你功夫進步了不少。」

夏祁臉色微紅。「是岑大哥讓我。」

「我可沒讓你啊。我岑雲舟是實心眼的人，輸就是輸，贏就是贏，可從來沒有讓過。」

岑雲舟說道。

「真沒讓。」岑子曼在一旁插嘴道：「夏公子只是缺少練習，現在有我哥陪練，他進步神速，我哥已不是對手了。」

「好苗子。」宣平侯不知什麼時候也進來了。

他走過來拍了拍夏祁的肩膀，問道：「想不想到軍中來搏一搏前程？軍中莽漢不少，但缺少你這樣文武雙全的，你只要在軍中歷練幾年，不愁沒有好前程。武職雖不如文職矜貴，但升職很快，而且全憑本事說話，不像文官，即便中了進士，也還得從地方官做起，慢慢熬資歷。」

「這……」夏祁猶豫了一下，拱手道：「多謝侯爺好意，只是我是家中獨子，父母盼我安穩度日，不願意讓我富貴險中求，我不能不孝，違背他們的意思。」

宣平侯倒也不強求，點點頭道：「這我能理解。」

夏衿進宮一事，自不能瞞著夏祁。

前日一早夏祁起來，宣平侯老夫人便將他召去，把實情告訴他。而皇上病了半個月，沒有上朝，宣平侯將夏衿從臨江召來，即便不說，岑家兄妹也能猜到她此來是給皇上看病的，所以對她失蹤兩日做了什麼，心知肚明。

此時看到宣平侯和夏衿雖面色疲憊，精神卻不錯，三人心裡便有了數。

事關朝中大事，宣平侯和夏衿不提，大家也不好問。閒聊了幾句話，夏衿便跟著岑子曼回了內院，洗漱之後各自休息。

有。

皇宮裡，太后端坐在皇帝龍床前，正跟他說著話。屋裡除了這母子兩人，一個宮人都沒有。

「怎會是她？」皇上聽完太后的話，詫異地道：「害了朕，她能得到什麼好處？這麼多年以來，朕對南疆各族甚是寬待，換個皇帝，他們也不能多得什麼好處吧？」

說到這裡，他對太后道：「事情想來不那麼簡單。嘉妃恐怕只是個障眼法，那人想把禍水引到南疆，或是順勢想要除去嘉妃。」

嘉妃，是南疆獻進宮的女子，美得傾國傾城，人也活潑開朗沒有心機，極受皇上寵愛。因皇上這次中的是蠱毒，而蠱術一向流行於南疆苗寨，夏衿給皇上解毒那晚，太后特地在嘉妃宮裡安插了多處眼線。結果就發現蠱蟲從皇上胸口跳出來那一刻，嘉妃從南疆帶來的一個宮女嘴裡猛地吐出鮮血，蠱蟲被燒死時，她口噴鮮血倒在地上。

太后點點頭。「哀家也這麼想，但線索只到此為止，那下蠱的宮女一口咬定是嘉妃指使的，嘉妃則矢口否認。哀家著人查了許久，也沒查出她們跟其他人有密切接觸，線索到了這裡就斷了。」

「這事先放著，等朕好了再查。母后您這段時間操勞憂心，如今且好好歇息，保重身體要緊。朕雖壯年，膝下猶空，還須母后為兒子操心呢。」

太后這段時間確實累狠了。一面憂心皇帝身體，四處著人尋醫問藥；一面操心國家大事，防止各處異動。短短半個月來，她不光瘦了許多，還老了十歲，原來的青絲完全花白，再操勞下去，她恐怕就支撐不住了。

可要沒有她，如果再來一次這樣的情形，兒子手裡的江山……

她不敢再想下去，對皇上笑道：「哀家知道了，會好生保養自己的，你不用擔心。」

她伸手給皇上掖了掖被子。「宣平侯舉薦的那個小姑娘，醫術著實不錯，一眼就看出你中的是蠱毒。明日再宣她進宮給你看看，宮裡的那些庸醫，哀家現在是一個也信不過。」

皇上想起那個年輕女子，容貌雖不是很美，但那雙眼睛，漆黑如墨，秋水無塵，與她對視時似乎能把人的魂都吸進去，讓人見之難忘。

他問道：「宣平侯從哪裡找來的小姑娘？」

夏衿能被宣進宮給皇帝治病，她家背景、家中人的秉性，以及她治過的醫案，自是被查得清楚。

太后便把夏衿的事簡單地說了一遍。

想起那雙靈動的眸子，再想想自己幾乎一絲不掛地給她診治，皇上皺了皺眉，對太后道：「有這麼一個人在身邊，咱們的性命也多一分保障。她既救了朕，光給個醫女身分似是不妥，母后您下道懿旨，封她為濟妃，擇日進宮來吧。」

太后嘆息一聲，搖了搖頭。「給你治病之前，她便提出不進宮，哀家已答應了。此時，不好出爾反爾。」

皇上一怔。「不願進宮？」

他雖知不是人人都喜歡進宮為妃，但這麼明明白白提出來，還以此為條件，真不知這姓夏的女子是年幼無知，還是膽大妄為。
「那便隨她吧。」他淡淡道。
皇帝不提這話，太后卻放不下了，她猶豫道：「不過聽你這麼一說，夏姑娘這個人還真是放在宮裡妥當啊。別的且不說，她醫術那麼高明，連蠱毒都能解，要是被那心懷叵測的人籠絡了去，豈不是大禍害？不行不行，這件事我還得好好跟她說說。」
皇上不置可否。
太后見兒子面色疲憊，叮囑他好生歇著，便回了慈寧宮。
夏衿回去歇息了一晚，第二天早上，又被太后宣進宮裡，給皇帝請脈。
這一次，皇上是清醒著的。他看著認真給他把脈的夏衿，目光冷凝。
「皇上恢復得很好，再調養三日，便可如常。」夏衿收回手來，躬身輕聲道。
皇上正值壯年，且常年習武，女色上也甚有節制，故而身體極好。只過了一日，他便可以下床站立一會兒了。
太后很高興地對夏衿道：「妳救了皇上，等於救了天下黎民，功勞甚大，哀家說過要重賞妳，不知妳有何要求？」
夏衿將裙子一提，恭恭敬敬地跪了下去。「民女自幼長在閨中，一身所學，皆家中一邵姓女僕所授。她因孤身一人，且年逾四十，不忍一身醫術失傳，便收我為徒。離世前又告訴民女，她來自京城邵家，只因邵家被人誣陷獲罪，才流落為僕，輾轉到了我家。她傳我醫術，別無所求，只希望民女如有機會到了京城，見到高官權貴，能為邵家申冤，還其清白。」

皇上乃真命天子，福大命大，即便不遇民女，也必能逢凶化吉，治病一事民女不敢居功；但師父既有所命，民女不敢辭，因此厚顏懇請皇上重審邵家舊案。」

說完，她重重地磕了一個頭。

太后跟皇上對視了一眼。

她完全沒有想到夏衿會提出這麼一個要求。

「邵家？」皇上凝神細想了一下，問道：「妳那師父叫什麼名字？」

「師父她性情古怪，不肯讓民女拜師，平時只讓民女跟其他人一樣叫她邵婆婆，她的來歷、姓名隻字不提，民女也不敢問。直到她彌留之際，才提及邵家之事，話未說完就去世了，故而民女只知道她姓邵，並不知其名字。」

皇上點了點頭。

「除此之外，妳還想要什麼賞賜？」他又問道。

「回皇上，民女只此一事，別所無求。」

太后見皇上微閉了眼，不再說話，便對宮女揮了揮手。「帶夏姑娘到偏殿候著。」

夏衿行了一禮，跟著宮女退了出去。

不一會兒，太后也出來了，進了偏殿，對夏衿道：「邵家一事，皇上會著人去查。」

夏衿大喜，重又行了一禮。「多謝皇上、太后娘娘隆恩。」

太后讓人把她扶了起來，目光定定地看了她一會兒，問道：「如果哀家想將妳留在宮中，且許妳妃位，妳待如何？」

第七十八章

夏衿嚇了一跳，忙又跪了下去。「太后，民女愚鈍，且容貌普通，不配伺候皇上。」

太后出爾反爾，心有愧意，此時便也不繞彎子了，對夏衿直言道：「哀家原許妳不進宮，自行婚嫁，自不能強迫妳；只是此次的背後指使者尚未查出，妳醫術高明，此次又救了皇上，哀家擔心他們會找到妳頭上。妳在宮裡待著，皇上和哀家會放心許多，夏姑娘是明白人，想來應該知道哀家的意思吧？」

「民女願意囚於宮中，直到皇上查出幕後黑手為止。」夏衿再一叩首。「查出指使者後，還請太后放民女出宮，自行婚嫁。」

太后愕然，沒想到夏衿會說出這樣的話來。

「妳可知道妳所說的是什麼意思？」她沈著臉問道，威嚴之勢盡顯，心裡已確定夏衿是無知者無畏了。

清楚皇家生殺大權的人，是不會說出這種話的；哪怕是宣平侯這樣立了大功，又掌著兵權的侯爺，也不敢對她說這樣的話。

「民女明白。」夏衿低頭道。

其實她現在有膽子說這話，而不是把懷裡的玉珮拿出來，憑的就是她看人的本事。

以她這兩天的觀察，太后能養出皇帝這種明君，並在他昏迷半個月內還能穩穩地掌控朝廷，使得整個國家仍有序運轉，即便是宣平侯、蘇慕閑這些知道內情的人，面上也不顯慌亂，她絕對是一個睿智而大度的人，胸中丘壑，一點也不比男人差。

這樣的人，前面既答應了她不進宮的請求，此時也必不會強逼她，更不會為了一點威脅，就把她這個皇帝的救命恩人囚於皇宮之內，否則，豈不寒了宣平侯這等老臣的心？

太后沒有再說話，只定定地看著夏衿，目光犀利，似乎要讓她知道什麼叫害怕。

看淡了生死的人，夏衿哪裡會怕這個？真要怕的話，她也不會放著懷裡的玉珮不拿出，而說出這樣的話來。不過為了讓太后認為她無知而性情倔強，並不是心機深沈之人，她配合著將額上逼出些汗，臉色也越來越蒼白，卻仍硬挺挺地跪在那裡，強頂著不肯鬆口。

太后見她這樣子，果然鬆了一口氣，淡聲道：「起來吧。」

夏衿卻像是被嚇破膽一般，沒聽見太后說什麼，只愣愣地望著她，表情呆滯。

太后這一下終於滿意了。

她朝旁邊的宮女揮了揮手。

那宮女忙上前去將夏衿扶了起來。

可等宮女的手剛一放開，夏衿又跪了下去。

太后以為她屈服了，想要入宮為妃，而不是被囚於宮中。

沒承想夏衿道：「被囚一事，太后娘娘能不能不告知民女的父母？民女的父母禁不住這等驚嚇……」

太后將臉一沈。「既知他們受不住驚嚇，妳為何還要這般頂撞哀家？就不怕連累家人？」

「太后聖明，賞罰分明，必不會遷怒民女的家人。」夏衿雖仍一臉蒼白，腰背卻挺得筆直，又恢復了剛才的倔強。

太后無奈地看她一眼。

這份沒眼色和牛脾氣，還真不適合在宮裡待著。

她索性跟夏衿說清楚。「妳回去吧，不過這段時間好好待在宣平侯府裡，待皇上將那指使人抓住，妳才能自由行動。」

夏衿大喜，再次跪拜。「多謝太后。」

太后又道：「哀家再賞妳五進宅子一處，白銀二千兩，錦帛五十疋，良田兩百畝。」

「謝太后厚賞。」夏衿又是一禮。

見夏衿滿臉欣喜，太后揮了揮手。「行了，去吧。明日再來給皇上請脈。」

夏衿答應一聲，退出偏殿，跟著太監出了皇宮，上了宣平侯府的馬車，感覺到不遠處有幾名高手的跟隨，夏衿深深地嘆了口氣，自嘲一笑。

看，這就是「俠義心腸」惹的禍。決定救治皇帝時，她不是不知道會給自己惹這麼多麻煩，但因為皇帝是明君，她還是出手救了，現在，她得生活在別人的監視之下。

太后既有賞賜，這事是瞞不住的，夏衿也不想隱瞞。宣平侯推薦她給皇帝看病，兩者就等於綁在一條船上，她要是獲罪，宣平侯府也得不到好。

回到府裡，她便讓人去請宣平侯夫婦和夏祁，說她有話要說。

大家在前廳聚集。
「怎的？皇上的病又有變化不成？」宣平侯見夏衿一回來就要見他，頓時擔心得不行。
「皇上一切安好，如今已能下床了，再調養上幾日，便可完全康復。」夏衿道。
「那就好、那就好。」宣平侯鬆了一口氣。
「今天我進宮去，太后跟我說了一番話……」夏衿把剛才在宮裡發生的事說了一遍。
「太后想要讓妳進宮為妃？」大家先被這消息嚇了一跳，緊接著又是一驚。「妳自請囚禁宮中？」
宣平侯夫婦倆倒也罷了，他們年紀又大，經歷的事也多。夏衿這事既在他們的意料之中，又在情理之外，並不覺得稀奇；倒是夏衿的大膽和強硬，讓他們十分意外。
夏祁則是大驚失色。
即便拜了崔先生為師，他的眼界開闊很多，但皇家於他而言還是有如雲端一般的存在。妹妹這幾日不光把皇上的病給治好了，竟然還被太后拉攏，想要她進宮為妃，而她，竟然敢當面拒絕！
再一次見識到妹妹的膽識，夏祁驕傲之餘，又十分心疼。
如果妹妹像岑姑娘那樣出身於豪門，有人在身後為她撐腰，太后恐怕就不會威脅她留在宮裡吧？
「太后是個明理大度的人，她既答應妳不進宮，又賞了妳宅子、田地，這事就到此為止了。這段時間妳只須好生在府裡待著，不過恐怕妳父母得遷到京城來居住了。」宣平侯道。

夏衿點點頭。

太后賜她宅子和京郊田地，其用意很明顯，就是要把夏衿留在京城裡，讓其一身醫術為皇家所用。

「哥，你看……」夏衿轉過頭去，看向夏祁。

「妹妹放心，爹娘定然會同意搬遷到京城的。」夏祁安撫道。

夏正謙和舒氏將他們兄妹倆視為命根子，兄妹倆在哪裡，他們就肯定在哪裡。

宮裡這事，夏衿也只是知會宣平侯夫婦一聲，並不需要商議什麼。大家又說了幾句閒話，便散了，各自回院子。

「哥哥。」一路上，夏衿叫住夏祁。

夏祁停住腳步，轉過頭來。

「你幫我約一下蘇公子吧，我有話要跟他說。」

夏祁對妹妹既信任又欽佩，聞言也不問她要見個外男幹什麼，直接就答應了。「行，我這就派人送帖子給他。」

蘇慕閑來得很快，夏衿回房歇息了一會兒，便聽夏祁院裡的下人來報，說蘇慕閑到了，夏衿便去了夏祁所住的院子。

夏衿到時，夏祁和蘇慕閑正坐在廳裡寒暄，見夏衿進來，兩人都站了起來。

夏衿朝蘇慕閑點點頭，轉頭正要跟夏祁說話，忽然聽得身後董方的呼吸聲變得沈重而急促。

她轉過身朝董方看去，卻見董方正望著蘇慕閑，兩眼放光，滿臉驚喜，夏衿這才想起董方跟蘇慕閑還有一段淵源。

當初董方為救哥哥的命，在街上偷錢，被羅宇指使下人毆打，是蘇慕閑將她救下，又送了她銀子。只是後來夏衿跟岑子曼、蘇慕閑見面時穿的是女裝，身後跟著菖蒲；兩次救蘇慕閑、半夜見面，夏衿都是孤身一人，並未帶下人，所以董方一直沒再見過蘇慕閑。

「蘇公子，你還記得你跟阿墨剛到臨江時救的一個小乞丐嗎？」夏衿笑著問蘇慕閑。

蘇慕閑不知夏衿急匆匆讓人叫他來，為何說起這麼一件事。

他點點頭。「記得。」眼神卻黯了一黯，許是想起忠心的阿墨。

董方聽夏衿提起這事，眸子頓時亮了一亮。

夏衿指著董方道：「這位就是你那次救的小乞丐。」

蘇慕閑詫異地望向董方。

董方連忙上前跪下，給蘇慕閑行了個大禮。「小女子董方，多謝蘇公子的救命之恩。」

蘇慕閑虛抬了一下手，示意董方起來，又打量她一眼，轉頭對夏衿笑道：「沒想到她竟然是個女子。」

「可不是？那時瘦瘦小小，現在已變成大姑娘了。」夏衿笑道。

董方這一年也長得飛快，身材苗條，五官也長開了，杏眼桃腮，端的美貌；再加上她原有的富家千金的氣質，要不是做侍女打扮，任誰都覺得她是個小姐。

董方見到蘇慕閑極為激動，盈盈秋水似要掉下淚來。

蘇慕閑對她似乎並不在意，說完了這句話，便問夏衿道：「妳找我可是有什麼事？」

夏祁詫異地看了兩人一眼。

看這兩人說話相處的情形，分明十分熟稔，可妹妹跟這蘇侯爺，就是陪岑姑娘出去時見過兩次吧？

夏衿並沒有回答蘇慕閑的問題，轉頭對夏祁道：「哥，我有話要跟蘇公子單獨談談，你到隔壁屋子坐一下可好？」

夏祁皺了皺眉。

在臨江，夏衿穿著男裝四處行走，與男人交往不拘小節，這沒什麼；可這是京城宣平侯府，院子裡除了一個徐長卿，其餘下人都是宣平侯府的，妹妹要是跟男人單獨在一個房間裡，宣平侯府不定會傳出什麼閒話來。

雖不樂意，但夏祁向來不敢也不願意抹夏衿的面子，他看了蘇慕閑一眼，站起來走了出去。

「董方，妳也出去。」夏衿見董方站在那裡，一副神遊太虛的樣子，不由提高聲音道。

「啊？哦，是。」董方這才回過神來，行了一禮，退了出去，臨走之前，也看了蘇慕閑一眼。

夏衿瞅著蘇慕閑，嘴角勾起一抹揶揄的笑意。

蘇慕閑卻似渾然不知，端起茶杯，慢慢地啜飲起春茶來，只等著夏衿說話。

夏衿卻沒他這份悠閒，直接道：「求親的人，你派出去沒有？」

「派了。」蘇慕閑望了過來，將茶碗放下。

「再派人去追回來吧。」

說著，她從懷裡掏出蘇慕閑給她的那塊玉珮，遞還給他。「這不用了，太后娘娘答應我不進宮了。」接著將太后跟她的對話說了一遍。

蘇慕閑眸子一緊，望著夏衿的目光冷了下來。

他收回目光，看了那塊玉珮一眼。「那天妳說考慮一下，這就是答案？」

夏衿微微一愣，隨即將玉珮放到蘇慕閑面前的桌上。「算是吧。」

她將玉珮還給蘇慕閑，又叫他把人追回來，本沒有那層意思。成親是女人一輩子的大事，不可馬虎，她對於嫁不嫁給蘇慕閑，自然需要長時間考慮，豈可兩、三天就草率決定？但她向來不是個愛解釋的人，誤會就誤會了。蘇慕閑又不是因為喜歡她才想要娶她的，即便考慮上兩、三個月再答覆，想來考慮的結果也是拒絕。既如此，又何必拖那麼久，讓他覺得被耍了呢？

「為什麼？」蘇慕閑沈聲問道。

夏衿對他的怒氣感到莫名其妙。

她抬頭看了他一眼，道：「感覺不合適。」

確實不合適。單是兩人身分懸殊，就讓夏衿不舒服。她骨子裡的傲氣，容不得她被京裡的貴妃閨秀們誹議，說她高攀了蘇慕閑！

蘇慕閑呼吸變得沈重起來，胸口一起一伏，顯然是被氣得不輕。他站了起來，抓起桌上的玉珮大步走了出去。

夏衿搖了搖頭，待蘇慕閑的身影看不見了，她才站了起來，回了岑子曼的院子。

之後那幾日，夏衿每日去宮裡請一次脈，皇上的身體慢慢好了起來。

而嘉妃那裡的事，也漸漸查出結果，順著跟下蠱宮女聯繫緊密的一個太監慢慢往上查，終於找到背後指使者——北涼國。

這是個北邊的游牧民族，這幾年一直不安分，時不時派兵騷擾邊境。這次不知用了什麼手段，竟然找到個會下蠱的南疆女子，想要嫁禍於南疆。

確認這個消息準確無誤，皇上便下令。「打，給我狠狠地打，不把他們滅了，難解我心頭之恨。」

下了打仗的命令之後，他又道：「即便這事是北涼指使，可如果在京中沒有內應，也絕不會將手伸進宮裡。再給我好好查一查，務必要將內應揪出來。」

此時又有官員來報。「皇上，您讓臣查的邵家案子已查清楚了。」

皇上將身子往後一靠。「講來。」

官員便把這幾日查出來的消息匯報一遍。

皇上聽了，不由得一拳捶在桌子上。「又是北涼！」

原來，當年邵將軍驍勇善戰，曾大敗北涼。北涼對他甚是忌憚，就派人放出暗通邵家的假消息，引得先皇疑心，最後將邵家流放極寒之地。為了這件事，他們不惜廢掉幾顆安插在京城的暗子。

「派人去北邊，將邵家人召回，賜還宅子、田地，朕會好好補償他們。」他命令道。

下官領命而去。

宣平侯聽得消息，大喜，回家對著夏衿深深一揖。「多謝夏姑娘，邵家有救了，皇上下令將他們召回，賜還宅子、田地。」

夏衿避開這一禮，心裡也挺高興。「我可不敢居功，要不是侯爺您暗中提供的證據，邵家也不會這麼快就被赦免。」

宣平侯感慨。「幾十年不見，也不知邵大哥變成什麼樣了，我們都老了。」

「邵將軍還活著？」夏衿好奇地問道。

宣平侯點點頭。「明知邵大哥被冤枉，我不能明著幫他伸冤，派人多關照些還是能做到的。邵家人雖被流放，起碼都還活著，如今他們總算沈冤得雪，能重回京城了。」

說著，他轉過頭來，有些不好意思道：「這些天我派人去江南查了邵家姑奶奶的消息，她兒女雙全，並於十年前在夫家病逝。教妳醫術的那位，不是邵家姑奶奶。」

胡謅出來的一個人，能是邵家姑奶奶那就有鬼了。

夏衿心裡嘀咕，面上毫不在意，擺擺手道：「無礙的。邵將軍為國為民，出生入死，到頭來還受了天大的冤枉，我為他求個情也是應該的，侯爺快莫說這客氣話。」

「可要不是為了邵家，妳完全可以向太后和皇上提其他要求。」宣平侯堅持道：「妳這是為了邵家，自己吃了大虧。」

他將一個小匣子放到桌上。「這是一處一百五十畝田地和兩處鋪面的地契，算是我的一點心意。以後妳家有何難處，儘管跟我說，我一定當成自己的事情來辦。」

第七十九章

「我要是拿了這些東西，會良心不安的。」夏衿將匣子推回去。「將軍們在前線浴血殺敵，保家衛國，黎民百姓才有好日子過。我如今為邵將軍做一點事，不是應該的嗎？」

她手裡的銀子就已花不完了，這還不算太后賜下的宅子、田地呢，既不缺銀子，自然不肯將宣平侯和邵家的情分換成銀子。

「夏姑娘……」宣平侯望著夏衿，不由得感慨萬千。

岑子曼從臨江回來，嘴裡就讚著夏衿，說她行事沈穩大氣、性格爽利，比臨江城的那些官家小姐強多了。當時宣平侯以為夏衿從湖裡將孫女救起，又在羅府宴上助她避免了許多麻煩，這才讓孫女對她另眼相看。

沒承想，這幾日夏衿的行事做派，比孫女誇讚的出色十倍都不止。試想，有哪個小姑娘面對太后、皇上，還能泰然自若、侃侃而談，甚至反駁太后，為自己爭取利益，最後還能全身而退的？放眼京城也沒有幾個。

這樣的膽識，再配上一身高超的醫術，即便是宣平侯也不敢對夏衿有絲毫的小覷，更不會將她視為一般小姑娘。

「今早我跟妳哥哥聊了一會兒，準備舉薦他進國子監。他雖是崔先生的門徒，但唸書不光是為了科舉，也是培養人脈的機會。國子監裡不光有各地舉薦的優秀學子，也有官宦人家的子弟。他能在裡面唸幾年書，對以後仕途大有好處。」宣平侯道。

夏衿站了起來，對宣平侯福了一福。「多謝侯爺對我哥哥的提攜。」

全大周朝最優秀的學子全聚在國子監，還有許多官宦子弟。這裡即便是羅騫這樣的世家嫡支、五品官嫡子，也不容易進來。

雖說像宣平侯這樣的地位，弄一個國子監的名額不算難，但也得走人情、講關係才能辦到。

當然，宣平侯能為夏祁主動做這件事，這裡面也有夏衿救了皇上，並得太后看重的原因。他施恩夏祁，是在報恩、還人情，也有拉攏之意。

「些許小事，何必掛齒。」宣平侯擺擺手，笑得一臉和藹。

「這事還得臨江府羅大人舉薦，再層層上報。」他道：「我要送信去臨江，妳有什麼話，或是有信，儘管跟曼姐兒說，讓她召了送信護衛來吩咐即可。」

「是。」夏衿很高興。她正想往臨江送信，報個平安，再讓夏正謙和舒氏上京來。

當天下午，夏衿跟夏祁商量之後，合寫了一封信，託宣平府的護衛帶回臨江城。

而宣平侯那裡，回到正院，便跟宣平侯老夫人商量。「我看夏姑娘容貌端正，行止有度，且於咱們女兒、孫女和邵家都有恩，不如娶她進門做孫媳婦如何？」

宣平侯老夫人笑道：「你跟我想到一塊兒去了。」

不說別的，光是夏衿救了皇上性命，且醫術被太后看重，不許她離開京城這一點，宣平侯府娶了她，就算是幫太后、皇上還了人情，好處大著呢。宣平侯府滿門忠烈，宮裡以後找夏衿當御醫使，也用得放心。

更何況，夏衿的為人，宣平侯老夫人也是極喜歡的。

「那就訂給舟哥兒吧。妳去跟大兒媳婦通個氣，待夏姑娘的父母上京，就去提親。」

「好。」宣平侯老夫人爽快道。

他們嘴裡的舟哥兒，便是岑雲舟，宣平侯世子的嫡出次子，品行端正，勤學上進，雖只有十八歲，但已跟著宣平侯上陣殺敵，立下戰功，如今已是正五品的德武將軍了。

這些年來他一直是京中豪門的最佳擇婿人選，只是岑雲舟眼界甚高，定要娶個看得順眼的女子為妻。岑家家風清正，岑雲舟的大哥又已育有兩子，所以宣平侯和世子並不催他。

雖然岑雲舟配夏衿這樣的小郎中之女委屈了些，但既要幫皇家還人情，宣平侯自然得拿出岑家最好的子弟。

此時夏衿已回到岑子曼的院子，正跟她說笑著喝茶吃點心，完全沒想到自己剛斷了蘇慕閑的念頭，這邊又被宣平侯夫婦倆看中了。

「皇上的病好了，大家又敢遊玩娛樂了。如今天氣漸暖，趕明兒我帶妳去郊外打獵啊。」岑子曼笑吟吟道。

夏衿也是個玩心重的，聽了岑子曼的話也嚮往不已。

「可是，我現在還不能出去玩啊。」她沮喪道。太后和皇上沒有下解禁令，她就得老實在宣平侯府待著，哪兒都不能去。

夏衿在皇宮裡的詳情，岑子曼雖不清楚，但宣平侯老夫人生怕她怠慢了夏衿，更怕她被人利用，無意中被人當刀子使害了夏衿，給宣平侯府招來大禍，曾好好叮囑她一番，所以夏衿不能出府之事，她是知道的。

聽夏衿這麼一說，岑子曼發熱的腦子也涼了下來。

不過她見夏衿情緒不高，趕緊安撫道：「沒關係，現在天氣還冷，過段時間再去打獵也好。」又提議。「咱們去前院找哥哥們吧，看看他們是不是仍在練武。」

夏衿無事可做，自然贊同。

兩個女孩兒便相攜著去了前院。

一進門，就看到一深藍、一石青兩個身影正在院子裡較勁，兩人不由得對視一笑。

岑雲舟是個武癡，看到夏祁所練的武功，既厲害又實用，不出手則已，一出手就制人要害，且手段花樣極多，讓人眼花繚亂，防不勝防。這些武功如果能用在戰場上，再合適不過了。但古代師承極嚴，他又不能讓夏祁教他，只能換個法子，纏著夏祁練習，打算邊打邊學。

夏祁少年心性，以前除了夏衿，沒人跟他對練，而夏家場地不夠寬敞，夏衿也不欲讓人知道她會武功，所以兩人對練的時間極少。如今有個現成的陪練，讓他能將胸中所學一一演練出來，武功之精進一日千里，所以岑雲舟的歪纏正中他下懷。平時岑雲舟有公務時，他就在書房裡看書；岑雲舟從外面回來，兩人就在院子裡比劃開來。

因此岑子曼和夏衿在下衙的時候來，十有八九都看到他們纏鬥在一起。

岑子曼雖出身武將世家，喜好持刀弄棒，但也不過是個愛好，強身健體而已，對岑雲舟和夏祁的對練也只看個熱鬧，並不懂招數的精妙。夏衿卻是行家，一眼就看到岑雲舟經過這幾日的陪練，竟然功力大增，所用的正是夏祁的招數，而且活學活用，又變化出許多妙招來。夏祁這幾日雖然也有進步，卻仍被他壓得喘不過氣來。

這岑雲舟，倒是練武的好苗子，最難得的是十分聰明。

夏衿看著場中身穿石青色衣衫、頎長俊朗的岑雲舟，暗自忖度。

這兩人大概是鬥了好一陣了，聽到岑子曼的叫好聲，岑雲舟虛晃一招，露了個破綻，待夏祁欺上前時，將他的胳膊用力一扭，結束這場搏鬥。

「哥，你使詐！」岑子曼倒是看懂了這一招。

岑雲舟哈哈大笑，將夏祁的胳膊放開，直起身走過來道：「這叫兵不厭詐。」

岑子曼將一條擦汗的布巾遞給他，又順手遞了一條給夏祁。

夏祁也不知是練武失敗而羞愧，還是因為岑子曼的關切，接過布巾時，臉上隱隱透著紅暈，墨眸裡閃著異樣的光芒。

他前段時間跟夏衿日夜趕路，馬上馳騁，飽受風霜，這幾日又跟岑雲舟練武。只半個月的時間，就變化極大，原本白皙有肉的臉瘦削許多，變得輪廓分明；單薄的身板也變得強壯了些，已是男子漢了。

「夏兄弟，我一會兒教你套拳吧。這是我們岑家祖傳的拳術，我已稟過父親了，他同意我傳授給你。」岑雲舟道。

夏祁將擦過汗的布巾遞給徐長卿，詫異道：「為何要傳我岑家拳法？」

岑雲舟有些不好意思地說道：「我看你的武功厲害，未經你同意便偷學了，心裡甚是不安。我把岑家拳法教給你，這樣咱們也算是互不相欠了。」

夏祁火候不到，相鬥時只顧著將所學一一施展，又要應付岑雲舟的拳腳，根本無暇他顧；再加上岑雲舟對那些學來的招數並不是生搬硬套，而是變化運用，所以夏祁根本不知道自己的招數已被對手學了去。

這會兒聽岑雲舟這麼一說，他才醒悟過來，作了個手勢，比劃了一下，問道：「你剛才使的，可是這一招？」

岑雲舟點點頭。「正是。」

夏祁笑了起來，正要對岑雲舟說沒關係，忽然想起自己學的功夫是妹妹的，如今被人偷學了去，有沒有關係，還得妹妹說了算。

他不由得將目光投向夏衿。

夏衿笑著對夏祁道：「你的那些功夫，是岑公子跟你練招的時候看會的。現在正兒八經地教你，不公平。你讓岑公子給你練兩遍拳，你看會多少是多少，這才叫公平。」

岑雲舟是個武癡，全部身心都在功夫上面，對男女之事根本不在意，所以對夏祁這個妹妹，他印象很模糊。

可聽了這話，他不由得正兒八經地看了夏衿一眼，心想——夏祁這位妹妹還挺明白事理，即便是小戶人家出身，眼皮子也一點都不淺，行止有度，難怪自家妹子那麼喜歡她。

夏祁聽了妹妹這話，再合心意不過了。

他對岑雲舟笑道：「岑大哥，咱們就照我妹妹說的辦。」

岑雲舟頷首同意。「行。」又對夏祁道：「你也別叫我岑大哥了。我在家裡排行第二，又癡長你三歲，你叫我一聲二哥即可。」

夏祁心裡一喜，當即改口。「二哥。」

他這幾日一直待在這外院裡，宣平侯夫婦掛心皇上，全身心都投入在夏衿身上，所以夏祁這裡，也就沒那麼多工夫招呼，只派了岑雲舟陪他。又因夏祁跟夏衿是一體的，夏祁出了事，夏衿必受影響，因此也不放夏祁出門，只允許他在宣平侯府內活動，並隨便出入宣平侯府書房。

因此夏祁每日只見到岑雲舟，偶爾見到岑子曼，還有剛到那日跟著妹妹一起見了宣平侯和老夫人一面，岑家其餘人並未見到。

對於岑雲舟，他原本客氣地稱他為「岑公子」，練了兩天拳之後，岑雲舟便讓他改了稱呼，叫他「岑大哥」。現在「大哥」改為「二哥」，是岑雲舟完全接納他，要把他當成岑家正經親戚看待的意思。

岑雲舟見夏祁喜形於色，對他的印象又好了幾分，擺了一個姿勢對夏祁道：「那我就練兩遍拳，你可看仔細了。」

「好。」夏祁應道。

岑雲舟便在院子裡比劃開來，將一套拳打得虎虎生風，最後一個跺腳，地磚竟然被他跺裂一條縫隙。

夏衿微微頷首。

拳法分為外家拳與內家拳。這岑家拳法將身形與行氣相結合，是極不錯的一套內家拳法，跟她以精妙招數先奪殺機的功夫完全不一樣，前者沈穩厚重，行的是君子大道，後者詭異飄忽，講的是陰險伏殺。

岑雲舟練著岑家拳法這樣的武功，卻不唾棄她的詭異小道，甚至還博採眾長，吸納學習，以後必成大器。

岑雲舟練完一套拳，對夏祁道：「我這是內家拳法，講究的是在練拳時配合吐納。」說著，又把如何吐納、如何運氣說了一遍。

「岑二哥，你這樣還是教了我。」夏祁不好意思地道。

「我們這拳法光看是看不會的，不像你那種，多看兩遍就能領悟其中奧妙，直接運用出來。公平起見，我自然得把吐納功夫傳授給你。」岑雲舟笑道。

夏祁在夏衿的影響下，早已擺脫門第不高、見識淺薄所帶來的小家子氣。見岑雲舟大方豪爽，他便也不扭捏推辭，認真地跟著把吐納的方法練習一遍，牢記在心裡。

夏祁記性好，只看了一遍，便將拳法記了個七八，如今又學了吐納方法，便算是將岑家拳法學會了。

「你先練著，我今兒有事，沒時間再練一遍了，待明兒有空了再說。」岑雲舟道。

夏家兄妹都清楚，岑雲舟這是想讓夏祁將吐納功夫和拳法好好消化一下，明日再看一遍，記憶會更深刻，比今天一口氣看兩遍要強上許多。

夏祁心裡感激，夏衿則覺得岑雲舟這個人相當不錯。

接下來兩天，夏衿不用再進宮了，卻又不能出門，便整日在家裡待著。

岑子曼雖想留在家裡陪她，但京城的夫人、小姐們這段時間憋悶久了，如今一旦開禁，便迫不及待邀約遊玩。今兒這家夫人設宴賞花，明日那家姐妹邀打獵，岑子曼雖覺把夏衿一人留在家裡不好，但有些應酬不得不去，否則就要得罪人，只得細細跟夏衿解釋了一番，又保證會早些回來，歉意地去了。

夏衿卻覺得這樣正中下懷。

因為練武這種事，是需要消化領悟的，夏祁先前打基礎，現在遇上岑雲舟，正好將所學吃透消化、領悟，這時候指點他一番，進步會一日千里。岑子曼出去應酬，她正好指點夏祁，連藉口都不用找了。

所以岑子曼前腳出門，她後腳就去了前院書房，將夏祁這段時間跟岑雲舟練拳時所犯的錯誤、需要加強的地方一一點出，並指點他如何練習岑家拳法——夏衿武功比夏祁高出許多，兩人同時看岑雲舟演練，夏衿對拳法的理解自然比夏祁更深、更到位。

夏祁隨便拜個老師就能考個縣案首，聰明是毋庸置疑的。經夏衿這麼一指點，他進步神速，在接下來跟岑雲舟的對練中，竟然又漸漸占了上風，將他打得手忙腳亂起來。

這一下岑雲舟起了疑心。拳腳這種東西，是作不得假的。以他的觀察，夏祁前幾日並未隱瞞自己的功夫，何以兩日不見，就一下子提升許多？

他召來外院伺候的下人一問，得知這幾日夏公子的妹妹來得很勤，兄妹倆在屋子裡嘀咕一陣，夏祁就會到院子裡來練拳。

這消息讓岑雲舟甚是驚詫——難道夏祁的妹妹會武功，而且功夫還在她兄長之上？

第八十章

岑雲舟是磊落漢子，心裡有所疑，便當即向夏祁問了出來。

夏祁受夏衿影響甚深，夏衿的性子，是不願意張揚，有什麼本事不願讓人知道，還會刻意隱瞞，但一旦別人有所懷疑，問到她面前，她就會大大方方坦然承認，絕不百般遮掩，作那小家子氣狀——當初羅騫被她吸引，就是因為這一點。

所以岑雲舟這一問，夏祁便承認道：「我的功夫，都是我妹妹教的。」

「什麼？」岑雲舟大為吃驚。「她教的？」

「對。」夏祁道：「這兩日她指點了我一番，我才能進步如此神速。」

岑雲舟半晌說不出話來。

他完全不能想像，一個閨閣女子，不愁吃、不愁穿的，怎麼會練出這樣厲害的武功來。在他認識裡的女子裡，哪個閨秀願意持刀弄棒呢？即便是岑子曼，也不過是學些花拳繡腿，不肯下苦工夫去學的。

沒想到夏祁那個看似柔柔弱弱，話都不多說幾句的妹妹，竟然是個武功高手。

也因此，在那日下午，岑子曼和夏衿相攜前來看他們練拳的時候，他破天荒地認真打量了夏衿幾眼。

嘿，長得還不錯，瓜子臉，一雙眼睛又黑又亮，神采奕奕，顧盼生輝；身材也高眺窈窕，舉止落落大方。那略帶清冷的氣質，更是讓她比之大家閨秀也不差，站在妹妹身邊，無論是容貌氣質還是舉止言談，毫不遜色。

看著這樣的夏衿，岑雲舟不由得心裡一動。

他十八歲了，這兩年雖然家中長輩不明逼，卻也話裡話外地不停提示他——到年紀了，該娶妻了。但京中閨秀，沒有哪一個他看得上眼的。不是她們不好，閨秀當中，也有像自家妹子那樣開朗爽利的，但他是武癡，總希望自己的妻子能在這一點上，跟他有同樣的愛好。

而眼前這位女子，就很好。

存了這份心，他便上前搭話道：「夏姑娘，聽夏兄弟說，他的武功是妳教給他的？」

夏衿點點頭，含笑道：「正是。」

「那……」岑雲舟有些不自在地撓撓頭，臉色微紅。「在下莽撞，不知能不能跟妳比試一下拳腳？」

要是換作別人，岑子曼早就喝斥上了。

一個年輕男子，跑到姑娘家面前要求跟她拳腳相向，肌膚相接，這簡直是無禮到了極點。

但岑雲舟是個武癡，一見到有人武功高強，就非得要比試一番方可。所以她知道哥哥這無禮要求，並不是有意的。

岑子曼張了張嘴，正要說些玩笑話打趣二哥，再給夏衿解釋解釋，將話題岔開。

然而腦子裡劃過的一個念頭，頓時讓她閉上了嘴。

要是夏衿能做自己的二嫂……

她看看岑雲舟，再看看夏衿，抿嘴一笑，退到旁邊去不說話了。

夏衿穿越後只跟夏祁練過拳，偏偏他完全不是她的對手，練起來根本不過癮。現在岑雲舟這麼一說，她也心癢癢起來。至於什麼男女之別，在她眼裡就是個屁，而且她相信，岑府的下人不會到處亂嚼舌根的。

於是她笑著點點頭。「行啊。」

岑雲舟大喜。他環顧了院子一下，對立在廊下的兩個下人一揮手。「都出去。」

下人們連忙退下。

岑子曼放下心來。

還好，二哥粗中有細，還能顧及到夏衿的名聲。

岑雲舟又打量了夏衿一眼，問道：「妳要不要去換身衣服？」

夏衿到了宣平侯府後，宣平侯老夫人和岑子曼幫她張羅了好幾身衣服。今天穿的就是一身石榴紅襦裙，好看是好看，就是繁瑣了些，不利於拳打腳踢。

「我那兒有胡服和靴子，拿給妳換。」岑子曼忙道。

她和祖母雖幫夏衿做了幾身衣衫，卻全是漂亮的衣裙，至於練武、打獵穿的裝束，還沒有置辦好。夏衿現在的身形和她已差不了多少，這幾日如果能去打獵的話，她原打算把沒穿過的胡服給夏衿穿的。

現在練武也是一樣。

「不用了。」夏衿笑道。

對付岑雲舟，不是她誇口，還真不需要她去換衣服。

岑雲舟深深地看了夏衿一眼——這是看不起他的功夫嗎？

他走到院中站定，對夏衿一抱拳。「請夏姑娘指教。」

夏衿翩然走到他對面站好，微一頷首。「岑公子請。」

岑雲舟一個大男人，哪裡肯占夏衿的便宜？只站在那裡不動，等著夏衿進攻，心裡還打算著，即便夏衿的功夫不濟，他也給她留面子，絕不讓她輸得太難看——即便夏祁說他的功夫是妹妹教的，岑雲舟仍不相信夏衿的武功真的很高明。

岑雲舟不動，夏衿也沒動彈。

以她的本事，身影一動，就能閃到岑雲舟身後，將袖子裡的匕首抹到他脖子上。但她並不打算將本事全部施展出來，只堪堪表現得比夏祁高上一點，就可以了。

兩個人站在那裡不動，旁觀的岑子曼著急起來，對著兩人喊道：「愣在那裡幹啥？打呀。」

夏衿看了岑雲舟一眼，知道他是顧著男人臉面，不好意思先動手，便上前一步，將手一揮，朝他打去。

岑雲舟一愣。

夏衿所使的，正是岑家拳法。

他當下腳上一退，將頭一擺，避開夏衿的進攻，反手朝她抓來——所使的功夫，則是從夏祁身上學來的招數。

夏祁和岑子曼在旁邊一怔，隨即啞然失笑。

這兩人還真有意思。

於是夏衿使著岑家拳法，岑雲舟使著夏家招數，兩人一來一往地對練起來。

夏衿好久沒活動筋骨了，整日坐著裝淑女，裝得她骨頭痛。如今這一對練，頓時覺得神清氣爽，酣暢淋漓。因此她既不想讓岑雲舟贏，也不想讓他輸，只這麼拖著，再一步步逼進，讓他把全身本領都使出來。兩人你來我往，煞是熱鬧，直打得難捨難分，勢均力敵。

夏衿這裡玩得高興，那邊既生她的氣，心裡又放不下的蘇慕閑從皇宮裡下了值，不知不覺中策馬到了宣平侯府，打聽到夏姑娘和岑姑娘都在書房這邊便過來了；結果一進門，就看到夏衿跟岑雲舟兩人你踢我一腳、我揮你一拳，打得好不熱鬧。夏衿穿著一身石榴紅襦裙，飄飄欲仙，煞是好看。蘇慕閑見了胸口一緊，頓時氣不打一處來。

夏衿不願意嫁給他，難道是看中了岑雲舟這小子？

「住手！」他不由得高喝一聲。

岑子曼聞聲轉頭，看到是蘇慕閑，笑著招呼道：「表哥，你來了？」

來了外人，岑雲舟也不好意思再打下去，忙對夏衿道：「夏姑娘，咱們就到此為止吧。」一說著，率先住了手。

夏衿正打得痛快呢，根本不想理會蘇慕閑，但岑雲舟停了手，她也不好硬逼著人家再打下去，只得也停了下來。她心裡有氣，不由得轉過頭去，狠狠地瞪了蘇慕閑一眼。

蘇慕閑卻彷彿沒看到一般，走了過來，把她往後一扯，就像守護神一般擋在她面前，對岑雲舟道：「表哥，如果衿兒有哪裡得罪你，儘管衝我來，欺負一個弱女子像什麼話？」

在場的幾個俱都睜大了眼睛。

衿兒？衝著他來？

蘇慕閑這是什麼意思？

夏衿什麼時候跟他成了一家人，要他這樣幫她出頭？

夏衿頓時惱了。兩人相熟的關係既被蘇慕閑叫破，她也懶得裝模作樣了，沈聲道：「蘇慕閑，你什麼意思？我跟你沒那麼熟，衿兒豈是你叫的？」

蘇慕閑橫橫地看了她一眼，便再不理她，轉過去對岑雲舟道：「衿兒是我未過門的媳婦，我正打算皇上病好就去她家提親。如果她有哪裡做得不當的地方，表哥你衝著我來，不要為難她。」

「未、未過門的媳婦？」大家都被這話驚得不輕，一個個睜著眼睛，傻愣愣地站在那裡。

還是夏祁這個作兄長的回神得快，將夏衿剛才那話稍一品味，便知道她的意思，頓時將臉一沈，對蘇慕閑道：「武安侯爺請自重。我們夏家雖小門小戶，卻也不是誰都能侮辱的。如果侯爺再糟踐我妹妹的名聲，我夏祁非跟你拚了不可，不要以為你是侯爺就可以胡亂說話！」

岑雲舟此時也回過味兒來了，眉毛一挑。「表弟，你自幼在寺廟裡長大，不知道姑娘家的名聲矜貴，雖情有可原，卻理不可恕。你跟夏姑娘沒有訂親，卻說這話，是敗壞她的名聲，讓她以後如何做人？還不趕緊給夏姑娘賠不是！」

說著，他抬起眸子來，環顧了院子裡一圈。

雖院裡的下人都被打發出去了，他仍朗聲道：「剛才武安侯的話，誰也不許外傳，要是讓爺聽到哪個私下裡亂嚼舌根，亂棍打死。」

蘇慕閑不是剛從寺廟裡回來，什麼人情世故不懂的毛頭小子了。他之所以說那句話，只是看到岑雲舟跟夏衿對打，心裡著急，生怕媳婦被人搶走，才口不擇言。

不過輸人不輸陣，他可不想在夏衿面前丟了面子。

他目光銳利地看了岑雲舟一眼，鼻子裡哼一聲。「表哥不用喊了，這院裡沒下人，沒看清楚場合，我會這麼說話嗎？衿兒的名聲，我比誰都要看重。」說著他一拽夏衿的袖子。「走，我有話跟妳說。」

夏衿將袖子一抽。「話我都跟你說清楚了。蘇慕閑，你到底聽不聽得懂人話，想要胡攪蠻纏到什麼時候？」

這時代最重門第，連羅騫那樣，原來只是一個推官之子，羅夫人就覺得夏衿只配給他作妾，更何況是蘇慕閑這個侯爺？

所以夏祁下意識便認為蘇慕閑想納自家妹妹為妾，妹妹拒絕他，他就當著眾人的面胡攪蠻纏，壞了妹妹的名聲。

他走上前擋在夏衿前面，對著蘇慕閑冷冷地道：「侯爺，我妹妹的話你沒聽清楚嗎？她與你並無半分瓜葛，以後還請不要再糾纏她，否則我夏祁就是丟了性命也絕不饒你。」

蘇慕閑經歷再多，也是個血氣方剛的年輕男子。大家對他眾口一詞，全都是譴責，尤其夏衿那恨不得劃清界線、永無瓜葛的態度，深深刺傷他的心。

他看著夏衿，咬著牙問：「夏衿，我再問妳一次，妳真不願意嫁給我？」

「不願意。」夏衿斬釘截鐵地道。

「好！」蘇慕閑臉色鐵青，胸口一起一伏，顯然氣得不輕。他定定地望了夏衿一眼，一扭頭，大步朝外離去。

岑子曼看了看夏衿，又轉頭望向蘇慕閑漸行漸遠的背影，不知如何是好。

岑雲舟望向夏衿的眸子卻變得異常明亮。

要說他前一刻只是起了那麼一個念頭，至於到底要不要娶夏衿為妻，於他也只是在可商榷之列；要是長輩們覺得門第不配，不同意這樁婚事，他也不會違背長輩們的意願，鬧得家中雞犬不寧。

可現在，不知怎麼的他就覺得夏衿十分合他心意。他平生最討厭那種動不動就哭哭啼啼的女子，像夏衿這樣處理起事情來毫不拖泥帶水，即便蘇慕閑身分高高在上，她仍拒絕得乾脆索利。

這種颯爽的行事風格，讓岑雲舟很是喜歡。

回頭我就跟祖母說去，免得表弟再來糾纏她——他心想。

父母不在跟前，夏祁覺得自己身為兄長，必須擔起保護妹妹的責任。為不讓岑家兄妹誤會夏衿招惹蘇慕閑，蘇慕閑一離開，他就問夏衿道：「到底怎麼回事？」

救蘇慕閑一命的事，連太后都知道了，夏衿也不再隱瞞，解釋道：「就是在臨江時，他被人追殺受了重傷，我救了他，他就一直說要報恩，處理好京中的事就去提親。」

岑子曼微張了嘴。

她沒想到在臨江時，還有這麼一段公案。

她心裡跟貓撓似的，十分好奇，想問清楚蘇慕閑到底是想納夏衿為妾，還是娶她為妻。但為妾的話，問出來對夏衿不尊敬，她只得抑制住好奇，等著她繼續往下說。

夏祁彷彿跟她心意相通似的，立刻就問出她心中所想。「他要納妳為妾還是娶妳為妻？」

「為妻。不過我覺得齊大非偶，便沒答應。」夏衿說著，便低下頭去，做嬌羞狀。沒辦法，這時代就這麼個風氣。要是說到親事，還大剌剌地臉不紅、心不跳，會被別人說妳沒羞沒臊，不是好人家的女兒。

聽得這話，院子裡一片靜默，大家望著夏衿，一時愣怔。

不是他們不鎮定，實在是這事大大出乎他們的認知。

岑雲舟和岑子曼就不用說了，出身世家，豪門裡那些雜七雜八的事，哪天不聽得三、五件？即便是夏祁，整日專心讀書，流傳於市井之間的齷齪事也知道不少。

稍有姿色的女子搔首弄姿、使盡手段勾搭貴介公子，丫鬟勾心鬥角爬男主人的床，出身寒微的表妹千方百計誘惑豪門表哥……諸如此類，司空見慣，層出不窮。

他們還沒聽說過貴公子求娶貧寒女子為妻，卻被對方斷然拒絕的。而且這貴公子還是一位玉樹臨風、相貌人品都無可挑剔的年輕侯爺！

「夏衿，妳……」岑子曼都不知道說什麼好了。

蘇慕閑年輕俊朗，出身高貴，且為人自律，回京這麼久，家中只有幾個男僕，從不跟豪門子弟出去喝花酒；上頭僅剩的一個母親又不在京城，誰嫁了他，一進門就當家，是京中閨秀爭相求嫁的對象。即便是她，如果沒有訂親，表哥又來求娶，她都會滿心歡喜嫁給他。

就這樣一個人，以妻位相待，真心求娶，夏衿這麼個鄉下小郎中之女，竟然拒絕，真不知她是傻子還是清高。

夏祁的心思又不同。

剛才所見的蘇慕閑，容貌比羅騫英俊，地位也比羅騫高，而且同樣是得病或受傷被夏衿所救，他一開口就是娶夏衿為妻。可羅家呢？羅騫不過是知府之子，他家卻張口閉口都嫌夏家門庭低，夏衿只配給羅騫作妾。

呸，跟蘇慕閑這武安侯比，他們羅家算得了什麼東西？

這麼一想，夏祁對蘇慕閑的印象就大好了。

岑雲舟則望著夏衿，心緒極為複雜。

第八十一章

「天色不早了，咱們回去吧。」夏衿對岑子曼道。

「好。」岑子曼對夏衿笑了笑，轉頭跟岑雲舟告辭。

出了大門，心裡藏不住話的岑子曼就忍不住問夏衿。「我表哥挺好的，妳為何不願意嫁給他？」

「我不是說了嗎？齊大非偶。」夏衿笑道：「我一鄉下小戶人家的女兒，以後挑戶人口簡單、日子過得去的夫家就行了，像妳表哥這樣的人，可不是我能高攀得起的。」

這話岑子曼還真相信了。在她看來，夏衿的行事做派雖然很好，但終究是身分寒微，真要嫁給蘇慕閑做侯夫人，她的日子會很艱難的——京城裡的貴婦們，除了生兒育女、幫著丈夫管理內宅，還要懂得應酬。婚喪嫁娶、生辰賀壽，各種宴席，一個月裡起碼得有七、八樁。不是這圈子裡的人，是很難混下去的，那些人眼高心高，極為排外，一個不好，夏衿就要鬧笑話。

夏衿是聰明人，想來正是清楚這一點，才會拒絕表哥的求親。

如此一想，她的心情就平復下來，看向夏衿的目光又多了幾分佩服和喜愛——名利面前，有幾人能做到夏衿這樣頭腦清醒、淡定從容的？

「妳哥哥不是要留在國子監唸書嗎？讓他幫妳相看一個人品不錯的同窗吧。妳都及笄了，該訂親了。別在臨江胡亂地許個普通人家，以妳的才智本事，許個普通人家太虧了。」她真心實意地給了夏衿一個提議。

夏衿笑了笑。「這個倒可以。」

心裡卻沒在意。

十五歲還是個孩子呢，哪裡就需要急著出嫁了？古代女子，在家裡是寶；做了人家的媳婦，就是一根草了。

而岑雲舟這頭，本打算去跟祖父母商量一下，好給自己與夏衿求親的。可看蘇慕閑這一被拒絕，而且拒絕的理由是齊大非偶，再想想自己的身分地位，雖比蘇慕閑稍遜一籌，卻也差不到哪裡去。要是自己貿貿然跑到祖母面前說要娶夏衿，結果她自己不願意，大家見面豈不是尷尬？

還是先相處一段時日，再叫妹妹幫著探探口風吧。

打定了主意，他便沒有回後院，而是陪著夏祁在書房裡下起棋來。

第二天，岑子曼沒有出門，陪著夏衿在家待著。

宣平侯老夫人則吃過早飯便出了門，到宮裡去給太后請安，回來後十分高興地對夏衿道：「太后說，下蠱的幕後黑手抓住了，讓我們不要再拘著妳，妳想去哪兒玩就去哪兒玩，只要不出京城就可以了。」

夏衿還沒怎麼的，岑子曼就先高興起來，站起來拍手笑道：「太好了，我終於可以帶妳出去打獵赴宴了。」

「多謝太后娘娘，多謝老夫人。」夏衿對著宣平侯老夫人福了一福。

宣平侯老夫人擺擺手，笑得滿臉慈祥。「原先為了宮裡的事，不好讓你們露面，現在好了，你們終於可以見見我的家人了。今兒晚上，我讓曼姐兒她娘備些酒菜，你們兄妹倆一起到正院來吃飯吧。」

「是。」夏衿自然不會推辭。

到了吃晚飯的時候，夏衿果然見到岑家的其他人——岑子曼的父母，即宣平侯世子岑長安和世子夫人蕭氏，還有她的大哥岑雲廷、大嫂曹氏，四歲大的姪兒和兩歲大的姪女；還有二房的一家五口。

看到這些人，夏衿終於明白為什麼岑子曼這麼爽朗嬌憨了——岑家第二代及第三代都沒有庶出子女，也沒看到姨娘，可見岑家家風清正。在這樣簡單和睦的家庭，難怪養出岑子曼這樣性格的姑娘。

她是跟宣平侯老夫人、世子夫人蕭氏，大少奶奶曹氏以及岑子曼、岑子曼的堂妹岑子鈺、岑子菁隔著屏風在另一邊吃飯。

其他人都好，客氣中帶著熱絡，唯有世子夫人蕭氏，時不時用審視的目光打量她，讓她覺得怪怪的。

「夏姑娘平日在家都做些什麼消遣呢？」蕭氏含笑問道。

「就看看書、做些女紅。」夏衿道。

岑子曼可不知道蕭氏這是在考察二兒媳婦，笑道：「娘您不知道，夏衿可能幹了，我上次去臨江時，花一百多兩銀子跟夏姑娘一起開了一家酒樓，只一年的工夫，就賺了兩、三千兩銀子了呢。」

「這麼多？」蕭氏吃了一驚，看了夏衿一眼。

「還不止呢。」岑子曼洋洋得意地繼續道：「夏姑娘還用所賺的銀錢，把臨江那片臭水塘給買了下來，又用了一個極巧的法子把它填平了，還讓知府大人把衙門和書院都搬過去。等過了雨季，在那裡建起房子，少說還得再賺上幾萬兩銀子呢。」

這話一出，不僅是宣平侯老夫人和蕭氏等女眷，便是屏風那邊的宣平侯等人都頓住了。

「夏公子，曼姐兒剛才所說可是真的？夏姑娘真的把臨江那片臭水塘給填平了？」宣平侯激動地問夏祁。

他平日裡極關心家鄉的事，那片臭水塘也常聽人抱怨，如今聽到夏衿解決了這一大難題，既高興又有些難以置信——那麼多人都解決不了的難題，怎麼偏就讓夏衿這麼一個閨閣小姑娘給解決了？

「正是。」說起這個，夏祁也極為得意，把夏衿如何填湖的事說了一遍。

宣平侯聽了怔愣良久，這才長嘆一聲。「令妹大智慧啊！」比那些讀了多年書，考了舉人、進士又當了官的人強多了。

夏祁的話，屏風這邊也都聽見了。

岑子曼的兩個堂妹也是活潑的性子，岑子鈺崇敬地看著夏衿，問道：「夏姊姊，妳怎麼會想出這麼個辦法來？那陣子臨江城豈不是很熱鬧？可惜了，我們都不知道，否則定要去看看。」

曹氏心裡則盤算著——本以為這夏姑娘只是鄉下小郎中的女兒，嫁妝定然寒酸，能有兩、三百兩銀子的陪嫁就已不錯了，想不到她自己能幹，竟然賺這麼多錢，雖會留一些在家中，但嫁妝肯定非常豐厚。

曹氏所思慮的，正是世子夫人蕭氏所想。

昨兒晚上婆婆叫她過去，話了幾句家常，就扯到岑雲舟的婚事上。話裡透出來的意思，是看中了眼前這位夏姑娘。

說實話，當時蕭氏是不願意的。

雖然聽說夏衿治好皇上的病，婆婆還說只要成了親，皇上定然會把救命之恩回報到岑雲舟身上。但她並不認為兒子的前程需要靠別人，他有本事自己建功立業，何須沾妻子的光，讓妻子在他面前趾高氣揚？

再說，夏衿小門小戶出身，想來在言行舉止上拿不出手，娶這樣一個妻子，委實委屈了自己的兒子。

可看到夏衿雖容貌不是很豔麗，卻清秀可人；言行舉止落落大方，態度不卑不亢。再加上剛剛聽到填湖的事，她的態度完全轉變了過來，只覺得能娶這樣一個女子，也很不錯。

她腦子裡迴響起婆婆昨晚說的一句話——「妳公公手握重兵，本來就容易受到皇上猜疑，這時候再娶一個世家女，跟顯赫人家聯姻，豈不是火上加油？到那時只怕離滅門大禍就不遠了，所以咱們家幾個孩子，只能跟普通人家婚配。而那位夏姑娘雖出身普通人家，卻出類拔萃，這樣的姑娘不娶，還娶誰去？」

想到這裡，她對夏衿打心眼裡親熱起來。「妳家中還有什麼人？」

「我祖父母都不在了，父親三兄弟已經分家。如今家中除了我和哥哥，就只有父親和母親。」夏衿答道。

蕭氏聽了越發滿意。夏家人口簡單，夏祁又是個優秀的孩子，這幾日兒子對他都讚不絕口，以後只有為兒子添助力，絕不會扯他的後腿。能養育出這樣一對出色的兒女，想來夏家夫婦也是極好的。

而那邊，宣平侯世子也在跟夏祁聊天，瞭解夏家的情況。最後的結果，便是跟蕭氏一樣，對夏家再滿意不過了。

屏風兩邊吃完了飯，臨走前，蕭氏對岑子曼道：「明日是長公主的賞花宴，妳帶夏姑娘去玩玩吧。」

長公主，即是當今皇上的同胞姊姊，太后所出，地位尊崇。

她是個極會享受的人物，每年都會在公主府裡辦賞花宴，請京中貴婦及貴家公子、小姐參加。

而世子夫人蕭氏，則是長公主的小姑子，駙馬蕭培安的親妹妹，兩家交往甚密。岑家多帶個人去赴宴，於他們而言並不是多大的事。

「太好了。」岑子曼自然十分高興。

回到兩人所居住的清荷居，岑子曼便忙碌開了，將給夏衿做的衣衫都拿了出來，又捧出許多自己的貴重首飾，拿來跟衣衫相配。

折騰了半天，最後終於幫夏衿選定一襲翡翠撒花洋縐裙上裳，配清淡的霞光色細褶落梅瓣裙子。夏衿氣質清冷，穿冷色調衣衫，更顯高貴。

夏衿見她難得今兒興致高，便也由得她擺布。

也別說，豪門千金自小就講究穿著打扮，即便是岑子曼不喜這些，耳濡目染之下也差不到哪裡去。待夏衿穿上她挑的衣服，再由著丫鬟梳了個頭，戴了首飾，一照鏡子，發現這身衣裳盡顯窈窕身材，清冷氣質也更加突顯。

她一時興起，便化了個妝。

憑著高超的化妝技藝，硬是把她六分容貌化成了八分，把岑子曼驚豔得一塌糊塗，纏著夏衿也給她化妝。兩人一裝扮完，互相對視一眼，俱都笑個不停。

「不行，我得去給祖母和母親瞧瞧。」岑子曼將夏衿一拉，就往正院裡跑。夏衿勸阻不住，只得跟著她去了正院，心裡倒是暗暗後悔，不該這麼隨興，惹出麻煩來就不好了。

宣平侯老夫人正和兒媳在說話呢，忽見兩個美人兒闖了進來，差點嚇了一大跳，定睛一看，卻是哭笑不得，指著岑子曼嗔道：「妳呀，沒有一天不淘氣的。」

世子夫人蕭氏卻看著夏衿驚豔不已。「妳、妳是夏姑娘？」

夏衿的眼睛是很美的，如黑寶石一般，熠熠閃亮，顧盼生輝；臉型也圓潤，皮膚更白皙，只是鼻子不夠挺，嘴型也不好看。此時用明暗手法將鼻梁一提，頓時顯得高挺起來，嘴唇也以此法改造，便成了飽滿有度的美唇。她這張臉，沒有了缺陷，自然就變得漂亮起來。

夏衿一笑，對著宣平侯老夫人和蕭氏優雅一福。「夏衿見過老夫人和夫人。」

「怎麼樣？漂亮吧？」岑子曼將她那張漂亮的臉蛋在祖母和母親面前不停地晃，得意地道：「夏衿給我化的妝，好厲害。」

女人，不管七老八十的老太太，還是兩、三歲的小娃娃，都沒有不在意自己這容貌的。宣平侯老夫人雖說老，也不過是五十多歲，因保養得宜，看上去只有四十來歲；世子夫人蕭氏則是三十多歲，風韻猶存。看著岑子曼和夏衿這兩張漂亮的臉，她們哪有不心動的，趕緊問夏衿是怎麼做到的。

夏衿也不藏私，將自己所使的手段一一說了一遍。

「妳是怎麼知道這些的？」蕭氏問道：「莫非也是妳那位姓邵的師父教的？」

「那倒不是。」夏衿笑道：「我一直遺憾我的鼻子不夠挺，有一次看哥哥畫畫，覺得既然能用墨的深淺來表現物體的明暗，那將深淺不一的粉撲到鼻子上，是不是能將鼻子也變挺起來呢。結果一試之下，發現效果不錯。」

「夏姑娘真是聰明。」蕭氏是真心讚嘆。

宣平侯夫人見到兒媳看向夏衿時的滿意目光，暗自含笑點頭不已。

「明兒個就這麼打扮著去赴宴吧。」蕭氏又笑道。

岑子曼正要答應，夏衿卻道：「我就不要了。」

「為何不要？」岑子曼詫異地看向她。

大家赴宴時對衣服首飾精心搭配，妝容極盡精緻，不就是為了打扮得更加漂亮，更有面子嗎？夏衿有這手段，此時不用，更待何時？

夏衿笑笑。「我一小門戶姑娘，在宴會上渺無聲息地待著便是了，何必出盡風頭，讓大家矚目？沒的惹出麻煩來。」

蕭氏聽了對夏衿滿意到極點。有大本事，卻懂得低調行事，明白自己的身分地位和處境，這樣的心性，於年輕小姑娘何其難得。

岑子曼想了想，覺得夏衿所言甚有道理，點點頭道：「妳說的是。我也跟平時那樣裝扮好了，不過……」她拉了拉夏衿的袖子，撒嬌道：「我可以不變得漂亮，但妳這手化妝的本事可得教我。」

「這沒問題。」夏衿笑道。

宣平侯老夫人只在一旁微笑，看著幾個晚輩，心慰不已。

第二日，夏衿便跟著蕭氏、曹氏和岑子曼，去長公主府赴宴。

宣平侯老夫人上了年紀，不喜熱鬧；岑二夫人昨晚受了風寒，岑子鈺姊妹便在家侍疾，俱都留在家裡。

長公主是太后親女，皇上胞姊，除了太后和皇后，就數她地位最為尊崇，其所住的府邸，自然極盡華麗。不要說京外來的沒見過多少世面的官宦夫人，即便是住在京城的世家夫人，第一次來都驚嘆不已。

夏衿從現代而來，對於奢華的大長公主府，也只是在心裡讚嘆一聲，面上並無多少震驚之色。這表現看在蕭氏眼裡，又加了一分滿意。

一行人被下人領著，進了門只走了幾步，旁邊便響起一個溫柔的聲音。「世子夫人，您也來了？」

夏衿跟著大家轉頭一看，卻是身著青緞掐花對襟外裳的三十多歲婦人。在她身後，還立著一個年輕姑娘和一些婆子、丫鬟。

「鄭夫人。」看到這婦人，蕭氏笑著打了聲招呼，目光又看向年輕姑娘。「前段時間聽說鄭姑娘身體抱恙，如今可好些了？」

鄭姑娘上前行了一禮。「好多了，多謝世子夫人惦記著。」

岑子曼悄聲在夏衿耳邊提醒。「這是吏部尚書家的夫人和小姐。」

吏部尚書？

夏衿不由得一震，抬眸朝那年輕姑娘細細打量了一眼。

這女子十六、七歲，一身鵝黃色衣衫，容貌秀麗，十分溫婉。只是有些清瘦，面色蒼白，嘴唇沒有血色，想來是病了一場，還沒調養回來的緣故。

莫非這位就是羅夫人給羅騫訂下的未婚妻？

夏衿思忖之間，感覺到岑子曼扯了她一下，只得跟著岑子曼上前給鄭夫人行禮。

「曼姐兒越長越漂亮了。」鄭夫人笑道，又看向夏衿。「這位是……」

第八十二章

「這是臨江來的夏姑娘。」蕭氏笑著介紹道。

那一直低著頭的鄭姑娘，聽到「臨江」兩個字，身體一震，倏地抬起頭來，飛快地朝夏衿看了一眼。

夏衿十分敏銳，而且注意力一直在鄭姑娘身上，鄭姑娘這一看過來，她就感覺到了。但讓她奇怪的是，鄭姑娘看似在看她，但視線卻在岑子曼身上，而且那驚鴻一瞥的眼神裡，竟然滿滿都是恨意。

這姑娘，莫非跟岑子曼有仇？

夏衿思忖著，待要再進一步研究鄭姑娘的目光，卻見她又低下頭去。

鄭夫人聽到「臨江」兩字，眉毛挑了一下，不過沒有朝夏衿看來，而是轉頭看了女兒一眼。見她望了夏衿一眼後就低下頭，並沒有什麼異樣，她微微鬆了一口氣。

母女兩人的動作都不大，再加上鄭家與羅家的親事，是宣平侯老夫人牽的線，蕭氏自然知道鄭姑娘的未婚夫是羅騫。母女倆聽聞「臨江」兩個字神情異常，也十分正常，蕭氏沒作他想，親親熱熱地對鄭夫人道：「既然在這遇上了，便一塊兒進去吧。」

夏衿注意到鄭姑娘悄悄扯了扯母親的衣袖。

鄭夫人不動聲色地將袖子抽回，笑著對蕭氏道：「妳們先請吧，我這女兒大病初癒，身子骨兒仍有些虛弱，要不是為了讓她出來散散心，我今兒就不來了。唉，她走路慢吞吞的，一會兒就要歇一下，我們還是在後面慢慢來好了。世子夫人和岑姑娘、夏姑娘先請。」

蕭氏也不勉強，說了兩句關切的客氣話，便先離開了。

岑子曼拉著夏衿，悄聲道：「妳知道嗎？這位鄭姑娘，準備許給臨江的羅公子。」

果然！

不過夏衿好奇的不在這裡，而在於鄭姑娘與岑子曼有何矛盾上。「妳跟她關係不好？」

岑子曼愕然，抬眼看向夏衿。「何出此言？我跟她沒什麼來往，說不上好和不好。」

夏衿笑了笑。「我看妳跟她在一起都不打招呼、不說話，還以為妳們關係不好。」

岑子曼不以為然地擺擺手。「在這裡待久了妳就知道，京城閨秀都是紮堆玩的。鄭姑娘她們這些文官之女向來清高，跟我們勛貴家的姑娘也就見面打聲招呼，平日裡都不在一塊兒玩的，談不上什麼交情不交情。」

夏衿點點頭，又試探道：「不過我見妳娘跟鄭夫人倒是挺好。」

岑子曼撇撇嘴，臉色紅了起來。她裝作隨意地望向別處，嘴裡道：「跟我訂親的那人，是鄭夫人的姪兒，為了我，我娘自然要跟他們客客氣氣的。」

「哦？」夏衿一挑眉，既感意外，又覺得尚在情理之中。

京城說大不大，說小不小，圈子就那麼大，互相締結婚姻是再正常不過的事了。

夏衿心思敏銳，她想著鄭姑娘看向岑子曼的眼神，再想想岑子曼未婚夫是鄭姑娘的表哥；而羅夫人帶著羅騫上了一趟京城，卻在回臨江後許久方有消息傳回，說鄭家同意這樁婚事，又想到鄭家姑娘一臉病容……一個大膽的猜想，湧上她的心頭。

她看看走在身邊一臉嬌羞卻百般遮掩的岑子曼，心裡微微嘆了一口氣。

這也僅僅是她的猜想，無憑無據的，又不知鄭姑娘是一廂情願還是兩情相悅，她即便想提醒岑子曼一聲，也無從說起。

只得按下這樁心事不提。

長公主府占地很廣，一行人走了足足有一盞茶工夫，才到了公主府的花園。

這花園比宣平侯府在臨江的花園大上許多，現在她們踏入的，則是牡丹園。

此時正值春天，滿園牡丹盛開，爭奇鬥豔，煞是好看。而更好看的則是那些貴婦、小姐們，一個個打扮得花枝招展，比那盛開的花兒還要嬌豔。

蕭夫人一路走去，跟人打著招呼，夏衿跟著岑子曼不停見禮，甚是忙碌。

岑子曼似乎很不喜歡這種場合，等到蕭夫人終於走到與她交好的幾個夫人前坐定，她便迫不及待地道：「娘，妳們在這兒聊天，我跟夏衿四處走走。」

蕭夫人深知女兒坐不住的性子，揮了揮手。「去吧。」又叮囑。「照顧好夏姑娘。」

「知道了。」岑子曼嘟了嘟嘴，拽著夏衿就快步往外走，嘴裡還嘟囔道：「老把我當小孩子。」

夏衿失笑，看著天真爛漫的岑子曼，她忍不住問道：「妳見過妳那未婚夫嗎？」

岑子曼不意夏衿會問這個，她瞋怪地看了夏衿一眼，微紅著臉道：「問這個幹什麼？」

「人家關心妳嘛。」夏衿道：「嫁得好不好，關係到後半輩子的幸福呢。」

岑子曼見四周雖有人，但距離不算近，她們說話別人聽不見，便輕聲道：「自然是見過的。」她笑了笑，笑容有些羞澀。「妳在京城待久就知道了，京城的風氣很是開放，男女之間不像臨江那樣，見個面就要人命似的。這裡年輕男女經常一起參加宴會、出去打獵，見面說話不是什麼了不得的大事，只要不單獨在一起就好。」

說著，她聲音更小了。「其實彭公子還是我自己瞧中的，回來跟我母親一說，母親派人去探了探他家的口風，就把親事給訂下來了。」

「他很好？」夏衿問道。

岑子曼點了點頭，臉更紅了。「他長得很好看，而且很有才華，是京中有名的才子呢。」

夏衿眉頭微蹙。才子什麼的，最是風流倜儻，招蜂引蝶。

「他們家是幹什麼的？」她又問。

「他父親是翰林院編修，他是個舉子，準備這兩年便下場參加會試。」

夏衿點了點頭，沒有再問下去。

兩人在牡丹園逛了逛，將牡丹看了個遍，便打算到別處走走。

剛出牡丹園，就看到四個衣服華麗的年輕姑娘站在那裡說話。一個穿紫綃翠紋裙的姑娘抬眼看到岑子曼，立刻抬手招呼了一聲。「阿曼。」

「二表姊。」岑子曼提起裙子跑了過去，又轉身朝夏衿招招手。「快過來。」

待夏衿過去，一個穿玫瑰紫牡丹花紋長裙的女子用下巴點點她，問道：「這是誰呀？」

神色頗為倨傲。

「這是我朋友。臨江來的，姓夏，名叫夏衿。」岑子曼似乎不喜這玫瑰紫衣衫的姑娘，繃著小臉說完，又給夏衿介紹這四位姑娘。

一位國公府小姐，兩位侯府姑娘，還有一位，即那神態倨傲、穿玫瑰紫衣衫的，則是一位郡主，皇帝的弟弟燕王的嫡出女兒，名叫安以珊。

岑子曼的表姊許晴出自衛國公府，大概是看在岑子曼的面上，對夏衿倒挺客氣。兩位侯府姑娘也還好，只有安以珊毫不客氣地蹙眉問道：「姓夏？江南有姓夏的世家嗎？」

「我並非出自世家。」夏衿溫和地道。

「那妳爹做什麼官的？」安以珊又問。

「我也並非官家小姐。」夏衿仍然一臉微笑。

岑子曼臉上露出氣惱之色，但礙於安以珊的身分，緊抿著嘴不敢說話。

安以珊便不理夏衿了，轉頭對岑子曼道：「阿曼，妳別仗著妳娘跟長公主有親，就什麼阿狗、阿貓都帶進公主府來。下次再這樣，我就跟我姑姑說，不讓妳參加賞花宴了。」

「什麼阿狗、阿貓？嘉寧郡主，請妳嘴巴放尊重些，夏衿是我的朋友，蔑視她就等於蔑視我。」岑子曼梗著脖子嚷道。

「好了好了，阿曼妳少說兩句。」許晴忙打圓場，拉了拉岑子曼。「趕緊帶妳朋友去看花吧，杜鵑園裡的杜鵑花開得正豔呢。」

「哼！」岑子曼冷哼一聲，拉著夏衿轉身就走，走到安以珊她們都聽不見的地方，這才恨恨地嘟囔道：「不就是個郡主，有什麼了不起，還不是整天圍著我表哥轉，千方百計想嫁給他……」

說到這裡，她眼睛一亮，轉頭對夏衿道：「喂，妳趕緊答應嫁給我表哥吧，那嘉寧郡主可喜歡表哥了，整天圍著他轉，就想嫁給他。妳要是跟我表哥成了親，嘉寧郡主還不得被活活氣死，哈哈……」說著，自顧自笑了起來。

「婚姻大事，豈是拿來賭氣的。」夏衿無奈道。

「怎麼賭氣了？我表哥哪裡不好？」岑子曼嚷嚷起來。

夏衿見有人朝這邊望來，忙伸手摀住她的嘴。「這種地方，咱們不討論這種問題好嗎？」

岑子曼將她的手扒開，氣呼呼地道：「反正啊，妳不嫁他是妳沒福氣。」聲音卻放輕了許多。

夏衿笑著搖搖頭，也懶得跟她爭執。「走吧，不是說杜鵑開得好嗎？咱們去看看。」

兩人看了杜鵑，又進了竹園，最後到了園中的池塘邊。

北方不比江南，處處是水。臨江宣平侯府能有一個如同小湖那麼寬的池塘，園中也處處都是溪流水景；但這長公主府，各種極盡奢華，水景卻不多，中間園子開了一塊方圓五、六畝的池塘，便已是很不錯的景致了。

「走吧，那邊有條船，咱們上去，叫船娘把船撐到池塘中央。」岑子曼興致勃勃地拉著夏衿往池塘邊走。

「等等。」夏衿拉住岑子曼。

「怎麼了？」

夏衿用下巴點了點前面的方向。「我好像看到那位嘉寧郡主了。」

「啊？」岑子曼轉頭張望。「在哪兒？」

「左前方那棵榆樹前面的池塘邊。」

岑子曼將視線移了移，終於看到安以珊那身顯眼的玫瑰紫牡丹花紋長裙。

「咦，她在那兒幹麼？」岑子曼見安以珊一個人站在那裡，不光跟她在一起的許晴等人不見了，便是跟著她的丫鬟、婆子也一個都不見，不由緊張道：「她不會想不開，要跳水吧？」

在臨江落過水，差點淹死，岑子曼對池塘有一種莫名的恐懼，站得近些就覺得心裡發慌。所以看到安以珊就站在水邊，往前走一步就落入水裡了，她不由得緊張起來。

她轉頭對丫鬟雪兒道：「去把嘉寧郡主安全帶回來。」

雪兒正要過去，夏衿卻一把拉住她。「等等。」

岑子曼詫異地看了她一眼，輕輕蹙眉。

她還以為夏衿是因為嘉寧郡主剛才對她無禮，所以不願意幫她一把呢。

「我看到妳表哥過來了。」夏衿指了指另一個方向。

岑子曼轉頭一看，果然從另一頭的小道上緩緩走來兩個人，走在前面的是蘇慕閑，後面跟著一個小廝。

蘇慕閑慢慢地踱著步，表情閒適安然，一邊走一邊還打量著四周景象，似乎是賞景走到這裡來的。

岑子曼看看蘇慕閑，再看看嘉寧郡主，似想到了什麼，咬住了下唇。

「姑娘。」雪兒喚了一聲，請示自己還要不要過去。

岑子曼連忙擺擺手。「不用去了。」皺著眉，眼睛緊緊地盯著那邊。

夏衿眼尖，看到榆樹後面的樹叢時不時地動一下，再看看蘇慕閑那閒適的表情，便知兩人並不是約會，而是安以珊單方面地想幹點什麼。

她看了看離安以珊只有一步之遙的池塘，對岑子曼道：「妳要是不想有嘉寧郡主這麼一個表嫂，就朝妳表哥喊一聲。」

「啊？」岑子曼一時沒反應過來。

待她轉過頭去，想明白夏衿是什麼意思，準備朝那邊叫喊時，只聽撲通一聲，安以珊已經跳進池塘裡了。

「啊！」一個小丫鬟從樹後跑了過來，對著池塘看了看，哭叫道：「郡主、郡主……」

她轉過頭來，看到蘇慕閑，就像看到救命稻草一般，跑過去揪住他的衣服就大哭。「侯爺、侯爺，求求您救救我們郡主吧！郡主她掉到水裡去了！」

而那邊嘉寧郡主已在水裡手腳亂舞，一個勁兒地撲騰起來。

蘇慕閑大概是剛才看到嘉寧郡主了，急急地轉了身，正要離開，可還沒來得及走，就聽到那邊叫喊，緊接著就被小丫鬟揪住了。

他轉過頭來，朝池塘看了一眼，對小廝道：「阿硯，你會游泳吧？趕緊下水去把郡主給救上來。」

「啊？」阿硯和那個丫鬟都呆愣住了。

嘉寧郡主設這個計，就是引蘇慕閑下水救人。年輕男女在水裡衣衫單薄，又肌膚相親，一個未嫁，一個未娶，再沒理由不成親的，如此，她就能嫁給蘇慕閑了。

沒承想，蘇慕閑竟然叫他的小廝下水救人！

男僕碰到千金小姐的身子，是對那女子極大的侮辱，任何主子，只要自己有辦法，就不會對男僕下這麼一個命令。

小丫鬟怒了。「侯爺，我家郡主金尊玉貴，哪能讓小廝碰她的身？您叫小廝救人是何用意？想要侮辱我家郡主不成？」

「嫂溺叔援，事當從權。阿硯不下水沒辦法呀，我又不會游泳。」蘇慕閑攤攤手道。

「您撒謊！」小丫鬟看主子在水裡撲騰的時間久了，蘇慕閑說話仍然不緊不慢，聲音都急變了。「去年您還下水救過小郡王！」

「唉，那次之後我就怕了，再不敢下水了。」蘇慕閑一臉為難。

小丫鬟跺跺腳，急得眼淚都掉下來了。

「侯爺，小人到底要不要下去救人？」阿硯請示道。

蘇慕閑一指小丫鬟。「聽她的吧，她說救你就去救，她說不救就不救。」

「侯爺！」小丫鬟大叫一聲。「您見死不救，就不怕王爺找您麻煩嗎？」

蘇慕閑將臉一冷。「妳是她的丫鬟，主子有危險妳都不救，還有精力跟我在這吵架，其罪該死！」

蘇慕閑這話說到後面，表情極為凌厲，那小丫鬟頓時被嚇得面色蒼白，半天說不出話來。

此時雖已春天，但池塘水還是很涼的。即便那處水並不深，安以珊在冷水裡撲騰久了，又驚又怕又冷，終於頂不住，慢慢地沈了下去；而蘇慕閑冷眼看著平靜下來的湖面，臉色冷凝，只不作聲。

「這、這這……」岑子曼看這情形，結巴著不知說什麼好，抬腳就想往那邊跑。

這是準備要去救人。

夏衿一把抓住她的衣衫。

「喂，妳幹什麼？再不救她就死了！」岑子曼又急又怒，伸出腳就想將夏衿踹開。

夏衿將身體一避，平靜地道：「她死不了，那樹叢後面藏著人。」

第八十三章

岑子曼一愣，朝那邊看去。

「她只是想算計妳表哥，不是真的想死。」夏衿又道：「現在只看誰堅持到最後。妳過去了，就是添亂，沒準兒那刁蠻郡主到頭來還把氣出到妳身上。」

岑子曼想想安以珊那脾氣，抿了抿嘴，站在那裡不再動彈。

那邊小丫鬟看到自家郡主起先還掙扎幾下，現在沈下去好久沒浮上來，偏蘇慕閑還無動於衷，她終於忍不住了，高聲叫道：「吳嬤嬤、張嬤嬤，快救郡主！」

旁邊的樹叢裡飛快地竄出兩個人朝池塘奔去，衣服也來不及脫，撲通一聲跳下水，朝安以珊沈下去的方向游去，不一會兒，就把安以珊的從水裡托了出來。

安以珊雖然喝了幾口水，但神志還是清醒的。她大口大口地呼吸著新鮮空氣，像一隻離了水躺在陸地上的魚兒。

兩個婆子將她拖到岸上，小丫鬟趕緊伸手去扶，又不停拍背，讓她把水吐出來。百忙之中，她還不忘回頭看上一眼，想讓蘇慕閑上前關心幾句，好歹別讓自家郡主白受這一回罪。

然而這一看，她卻是一呆。

此時除了她們這幾人，四周一片寂靜，哪裡還有蘇慕閑主僕的身影？

她回頭看著連連咳嗽的安以珊，眼淚忍不住流了下來，哽咽道：「郡主……」

這邊廂，岑子曼呆呆地看著安以珊像死狗一般被拖上來，而蘇慕閑事不關己轉身即走，連看看安以珊是否安好的舉動都沒有。她張著嘴半天說不出話來，好半晌才喃喃道：「他、他竟然……」

夏衿也在心裡唏噓——當年那個看到小乞丐被打，不顧危險就衝上去救護的少年郎，如今也變得精明冷酷，如同一張潔白的紙，終於被這世間的陰暗染黑了。

而當初率先在那張紙上點上墨點的，是她。所以看到這樣的蘇慕閑，她不知應該感到欣慰，還是愧疚。

不過，這世上魑魅魍魎無處不在，一隻能血淋淋撕碎獵物的老虎，總比一隻善良的小白兔活得更久一些吧？

看到那邊的下人拿了厚披風給安以珊披上，又從食盒裡拿出一碗薑湯給她喝，有條不紊地做完這些，這才扶著她走了。岑子曼站立在那裡好半晌，這才轉過身來對夏衿道：「走吧。」

夏衿看她一眼，沒有說話，只跟在她身後朝前走。不一會兒，她跟著岑子曼回了牡丹園。

接下來的半個時辰，岑子曼哪兒都沒去，只坐在蕭氏身邊默默吃點心喝茶。蕭氏察覺女兒情緒似乎不對，又陪著那些貴婦聊了一會兒天，就站起身來告辭。

她們來的時候乘了三輛馬車，蕭氏一輛，岑子曼和夏衿一輛，還有一輛坐著丫鬟、婆子。

出了長公主府，站在馬車前，蕭氏朝岑子曼招招手。「曼姐兒，來，娘有點事要跟妳說。」又歉意地對夏衿笑一笑。「是親戚家的一點事，我跟她說說，夏姑娘一個人坐車沒事吧？」

「沒事。」夏衿笑著搖搖頭。

蕭氏點點頭，不再多話，拉著岑子曼上了馬車。夏衿則上了後面那一輛。

等到馬車在宣平侯府前停下，岑子曼從蕭氏的車上下來時，臉上又堆起了活潑的笑容，拉著夏衿問她。「累不累？累的話咱們叫婆子把轎子抬來，乘轎子進去。」說完又歉意道：「對不住啊，嘉寧郡主落水的時候，我不該誤會妳，以為妳記她的仇，不讓我去救她。」

夏衿還真沒把這事放在心上。兩人雖然脾氣投契，但相處的時間並不長，更沒有共患難過，互相不瞭解，一遇到事就懷疑對方，這很正常。

「是我沒說清楚。」她笑道，又拉著岑子曼往裡走。「走，我不累。」

「只是表哥怎麼變成這個樣子呢？他以前不是這樣的。」說起這事，岑子曼還是一臉悵然。

夏衿不作評論，只陳述事實。「今天他要心軟一點，就得娶嘉寧郡主了。」

「那是。」岑子曼點點頭，嘆了一口氣。「還是這樣比較好吧，至少不會那麼容易被人算計。」

「說起來，那嘉寧郡主也不錯啊，身分又高，長得也美，對妳表哥一往情深，為何他不願意娶她呢？」夏衿滿心疑惑。她沒把她跟蘇慕閑的糾葛當回事，所以並不認為蘇慕閑是為了她才回拒這門親事的。

說起這個，岑子曼的表情便有些冷。「燕王府嫡出、庶出的孩子加在一起足有十個，只有她一個女兒，又是王妃嫡出，十分受寵，所以養成了驕縱性子。前段時間有人衝撞了她的馬車，被她叫下人當場活活打死了。我表哥……」

說到這裡，她頓了頓，繼續道：「我表哥以前的性子妳是知道的，挺善良的一個人，自然百般看不慣她這行事，哪裡肯娶她？嘉寧郡主逼著燕王妃託人去說親，被表哥藉口孝期未過，直接拒絕了。表哥是御前侍衛，太后又肯看顧他，上頭有太后壓著，嘉寧郡主也不敢鬧得太過，想來是沒辦法了，才使出今兒這招數。」

夏衿沒有再說話。

兩人回到院裡歇息，下午哪兒都沒去。

夏衿是個既能動又能靜的性子。要她連續奔波數月做事，她也不覺得累；待在一個地方哪兒都不去，她也絲毫不煩躁。

岑子曼卻是個喜動不喜靜的，在家裡悶了一個下午，她便坐不住了，跑過來對夏衿道：「我們去外院看哥哥們打拳吧。」

夏衿從書裡抬起頭，看了她一眼，懶洋洋道：「妳去吧，我身子懶懶的，不想動彈。」

「去吧去吧。」岑子曼拉著她的胳膊猛搖，撒嬌賣乖。「我在家裡悶得慌，就當妳陪我。」

夏衿正要說話，就見董方掀簾進來，稟道：「岑姑娘，外面來了個婆子，說二公子想請您跟我家姑娘去前院練拳。」
岑子曼歡快地跳了起來。「哈，看吧，我哥都催咱們出去了。」
夏衿昨日也是一時興起，才陪著岑雲舟練了幾招，今天卻不想再陪練了。舒氏以前整日絮叨說姑娘的名聲最重要，夏衿在古代待得越久，就越明白這一點。看看上午的事，即便貴為郡主，如果被男僕所救，名聲就要毀了，以後也許不上好親事，所以她在岑府的行事，還是謹慎些吧。
要是傳出不好的風聲，或是被蕭夫人誤會她在勾引岑雲舟，她在岑府裡的日子就不好過了。
偏太后賜下來的宅子她還沒來得及看，而且離開家時太過匆忙，她身上只帶了三百兩銀票和一些碎銀，也不知那宅子要不要修繕，用這點錢修繕到底夠不夠。
「不如，妳陪我去看宅子吧。」夏衿決定如果那宅子完好，就早日搬到那邊去。
雖岑家人很好，但住在別人家裡，總沒有自己家自在。
岑子曼性子活潑，人卻不笨。聽到夏衿忽然沒頭沒腦地冒出這一句，她的手一頓，狐疑地看著夏衿，小心問道：「不會是我鬧得妳煩，妳想搬出去住吧？」
「想什麼呢？」夏衿輕輕敲了一下她的腦袋。「要是太后賜給妳一所大宅子，妳不惦記著想去看一眼啊？」
岑子曼訕訕笑了起來。「還真是。」轉而又道：「那哥哥他們那邊……」
「那不光是我的宅子，也是我哥要住的地方呀，自然是叫他一起去了。如果妳哥有空，想要一起去，那求之不得，這樣咱們就不用帶那麼多護院了呢。」

聽得這麼一說，岑子曼興奮起來，轉頭對外面道：「雪兒進來。」

待雪兒進來，她便囑咐了幾句，又叫婆子出去吩咐，讓下人準備馬車。

一盞茶工夫後，夏衿和岑子曼到岑府大門處時，便見夏祁、岑雲舟已在那兒等著了。但除了他們倆，旁邊竟然站著一個不速之客，那俊朗的面容、玉樹臨風的身姿，不是蘇慕閑還能是誰？

岑子曼因上午的那件事，面對蘇慕閑時雖然有些彆扭，但還是上前打了聲招呼。「表哥，怎麼有空過來？」

「我今天休沐。」蘇慕閑道，眸子卻在夏衿臉上一劃而過。

他是御前侍衛，當值的時間跟朝臣不一樣。一當值就連續幾日，休息自然也是連續幾日。

岑子曼看了夏衿一眼，沒有再問，直接道：「上車吧。」率先上了馬車。

待夏衿也上了車，夏祁、岑雲舟和蘇慕閑便翻身上馬，護著馬車往貓兒胡同去——太后賜的那所宅子，就位於貓兒胡同。位置雖不如衛國公府、宣平侯府這些豪門所在的街道，卻也是京中官宦人家聚居之地。

馬車在街道上行走大概有一頓飯工夫，便在一處宅子門前停了下來，岑雲舟的聲音在外面響起。「妹妹，到了。」

夏衿跟在岑子曼身後下了車，抬眼一看，便見一扇朱漆大門極為寬大齊整，油漆像是新刷上去的，在陽光下泛著豔麗的光芒。門前的兩座石獅也乾乾淨淨、完完整整，不像她所想像的那般斑駁又落敗不堪。

「這宅子……」她有些疑惑。

一般來說，太后、皇帝手中的宅子，甚本上都是被抄了家或被查處撤職的官員舊邸，這些人或被殺、或流放，宅子財物便充了公，再由太后、皇上賞賜給有功的官員下屬。

這些宅子，不知會被太后、皇帝握在手裡多久，而且平時絕不會派人維護修繕。待得被賜，重得宅子的主人須得花大力氣和錢財修整一番，才能住得進去。

「哦。」岑雲舟在旁邊笑道：「這宅子，我祖父派人來修整過。大門和外面兩進院子修得差不多了，裡面三進還在修繕之中。夏姑娘今兒要進去看，也只能看前面兩進。」

夏衿很是意外。「這怎麼好意思。」不聲不響地，岑家就幫她把宅子修好了；而且照這先斬後奏的行事風格來看，修繕房屋所花的錢，夏家即便要給，岑家也定是不會要的。

她轉頭看了夏祁一眼，不知他知不知道這回事，卻見夏祁眉頭微蹙，也朝她看將過來。

看來哥哥也被蒙在鼓裡。

「只是除除荒草、整整地面、修修門窗，再把屋頂上的瓦整一整，派些下人，再請兩個工匠來做幾日就完事，並沒花什麼工夫。」岑雲舟笑道：「我們還是先進去看看吧，兩位看有什麼不滿意的地方，叫他們再返返工。」

夏衿暗嘆一聲，只得道：「走，進去看看。」說著想要邁腳，卻聽到身後有馬車聲朝這邊駛來，緊接著便在他們身邊停了下來。

夏衿轉過身，朝那邊看去。

便見對面宅子有人迎了出來，又有婆子在馬車前放上凳子，顯然馬車是對面鄰居的，而乘坐馬車的則是那家的女眷。

夏衿朝岑子曼瞥了一眼。見她站在那裡不動，似乎在等著馬車裡的人下車，夏衿也只得等著。

先是一個丫鬟從車裡下來，緊接著是一只精美的繡花鞋踩在凳子上，一隻白皙修長的纖纖玉手也從車裡伸了出來。

先下來的丫鬟忙上前去，扶住那隻手。

待得那人從車裡探出頭來，秀麗而消瘦的臉龐甫一露面，夏衿便愣了一愣。

她萬沒想到住在她家對面的，竟然是跟羅騫訂了親的鄭姑娘。

鄭姑娘大概沒想到對面門口站著許多人，身子一晃，差點從凳子上摔下來。

「姑娘小心。」她的丫鬟忙上前扶緊。

岑子曼還以為車上坐的是鄭家老夫人或夫人，如果在此遇見，她轉身進門不打聲招呼，就顯得極為無禮，故而在此等候。

此時見下來的是鄭姑娘，她不由得有些不高興，對鄭姑娘笑了一笑，打聲招呼。「鄭姑娘。」便要轉身往裡去。

「岑姑娘……」鄭姑娘卻叫住了她。

岑子曼只得再轉過身來，望向她。

鄭姑娘打量了一下那扇敞開的朱紅大門，問道：「岑姑娘，這處宅子是妳家買的？」

「不是。」岑子曼抬了抬手，指著夏衿。「是夏姑娘家的，我陪她過來看看。」

鄭姑娘疑惑地看了夏衿一眼，轉過頭又向岑子曼溫婉笑道：「可……這宅子不是普通人家能買得起的吧？」

岑子曼有些不高興了。「反正這宅子既不是偷來的，也不是搶來的，至於怎麼得來的，就不勞鄭姑娘操心了。」

「對不住，是我多事了。我只好奇我家對門住的是什麼人，實不是懷疑什麼。」鄭姑娘倒是一點不生氣，仍是一臉笑意。

說著，她又轉過來對夏衿道：「夏姑娘，剛才如有冒犯的地方，還請見諒。」

夏衿笑了笑。「沒事。」

岑子曼是個吃軟不吃硬的，見鄭姑娘好脾性，她自己倒不好意思了，歉意道：「我性子不好，剛才說得不對，鄭姑娘不要見怪。」

「怎會見怪？」鄭姑娘笑了笑，道了聲「告辭」，眼神卻朝岑雲舟、蘇慕閑和夏祁那邊不經意地掃了一眼，在蘇慕閑和夏祁身上微微停頓了一下，這才收回目光，轉身進了自家大門。

「走吧。」岑雲舟見狀，招呼大家一聲，率先進了門。

夏衿望著鄭姑娘的背影，眼睛微微一瞇，低聲問岑子曼。「她叫什麼名字？」

「鄭婉如。」

夏衿點了點頭，拉了岑子曼一下。「進去吧。」跟著大家一起進了新宅子。

這是一處五進宅子，一進門就是個精美浮雕的影壁，轉過來是個寬敞的院子，院子裡堆砌著假山，種了些果樹和花木，設計得十分雅致。

沿著迴廊，過了院子，便是外廳。歇山式琉璃瓦屋頂、宏大的斗栱、色彩鮮豔的蘇子彩畫、朱紅色的粗大柱子，看上去十分氣派。

穿過外廳，便是外院。這院子比外面那個略大，套了兩處院落，佈置得也十分清雅。

岑子曼看了，轉頭對夏衿道：「這裡以前定然是哪位文官所住，佈置得比我們家強多了。」

「曼姐兒！」岑雲舟一聲喝斥。

岑子曼轉過頭，看到哥哥怒視自己，再一想剛才的話，趕緊吐了吐舌頭，對夏衿道：「對不住，我不是故意的。」

現在這處宅子已由太后賜給夏衿，是夏家以後的新居，她卻提起不知怎麼倒了大楣的前任屋主，這太不吉利了。

「沒事，我是百邪不入體的人，鎮得住宅子，不怕說這個。」夏衿笑道。

蘇慕閑深深看她一眼。

他今天雖然到了岑家，又跟著一起來看夏家新宅子，但一路上卻很沈默。

岑雲舟因想娶夏衿，對他心有芥蒂，不願搭理他；夏祁雖對他有好感，覺得他喜歡自家妹妹很有眼光，又願意上門求娶，態度真誠，但蘇慕閑昨日當眾說了那番讓夏衿難堪的話，他這個做哥哥的，便不好對他太過親熱，所以這一路上，也沒跟他說話。

於是一行人，除了岑子曼嘰嘰喳喳說得熱鬧，夏衿時不時地應和她兩句，跟在後面的三個男人，全都默不作聲。

第八十四章

後面三進院子都還在修繕，夏衿他們還是進去看了一眼，便見到處是幹活的人。他們不光修繕房屋，便是院中的小池和假山、水井，都要裡裡外外地掏上一遍，將裡面的雜物清理乾淨。

「岑二哥，你們想得這般周到，我們真不知如何感謝才好。」夏衿看了，對岑家很是感激。

岑雲舟見夏衿主動跟他說話，心裡狂跳，一擺手道：「我祖父、祖母都是把你們當成親孫子、孫女看的，一家人不說兩家話，幫這點忙算得了什麼？」

說著他又笑道：「要說感謝，也是我感謝你們才對。夏姑娘治好我姑姑的病，又把我妹妹從湖裡救起來，我還沒有感謝你們呢，做這點事算得了什麼？」

「適逢其會，舉手之勞而已。」夏衿客氣道。

夏祁望著寬敞精美的宅子，心情複雜得連他自己都辨不清是什麼滋味。

他們一家四口，從夏府那狹窄的南院搬出來，搬到夏家破舊的老宅裡，然後賃了臨江城東羅騫的宅子，再在那附近買了處兩進小院，最後，在這天子腳下有了一處五進大宅子。這段時間，搬了四次家，一次比一次住的好；而這一次次的搬家，他和父親竟都出不上力，全都是夏衿一個人的功勞。

「妹妹，這次又靠妳了。」他走近夏衿，低聲道。
夏衿轉過頭來，如墨的眸子波光流轉。
她笑道：「你給我拿個進士回來就行了，別的都不用多說。」
夏祁用力地點點頭。「我會的。」
「不知爹娘怎麼樣了。」夏衿望著天空，嘆了一口氣。
「我祖父派了人快馬加鞭去報信，再護送他們過來，伯父、伯母應該很快就能到了。」一直在認真聽兄妹倆對話的岑雲舟忙道。
「是啊，妳父母都是極和氣的人，到時候你們搬了家，我就可以經常到妳家玩了。」岑子曼歡快地對夏衿道。
夏祁飛快地瞥了她一眼，又趕緊將目光收回來，耳根卻浮上了一層淡淡的紅暈。
夏衿目光閃了閃，建議道：「天色不早了，咱們回去吧。回去歇一歇，就該吃晚飯了。」
一行人便打道回府。
蘇慕閑也不知來做什麼的，跟著大家一路來又一路去，卻又什麼話都不說，待得大家在宣平侯府門前停下來時，他便告辭離開了。
路過前院，夏衿對岑子曼道：「妳先回去吧，我跟我哥哥說幾句話。」
岑子曼也沒在意，帶著丫鬟先走了。岑雲舟見狀，轉身進了他的書房。
夏祁領著夏衿進了他所住的屋子，給她倒了一杯茶，問道：「怎麼了？」神色有些緊張。

他這妹妹，做事一向沈穩，如果沒發生什麼大事，她是不會這麼正兒八經地避開所有人找他說話的。

夏衿也不拐彎抹角，盯著夏祁道：「哥，你是不是喜歡岑姑娘？」

夏祁的臉脹得通紅，紅得能滴得出血來。

他的目光不自然地躲閃起來，結結巴巴道：「哪、哪有？我是正人君子，怎麼會、怎麼會起那等齷齪心思？」

夏衿又好氣、又好笑。「窈窕淑女，君子好逑，怎麼叫做齷齪心思了？岑姑娘為人率直，性格活潑，你喜歡她又不是你的錯！」

夏祁又驚又喜。「我、我真能娶她？」這話一出，他眼神就黯了下去，搖搖頭道：「我現在一事無成，區區一秀才，身無恆產，想要娶宣平侯府的嫡出千金，簡直是妄想。」

他抬起眸子，直視夏衿。「我明白該怎麼做了。我會努力唸書，爭取早點拿到功名，即便沒中進士，這兩年拿個舉人功名，才有資格說話。」

看著哥哥，夏衿有些心酸。其實以這樣的年紀、這樣的出身，夏祁已經做得很好了。不過有些話，即便明知會打擊到他，夏衿仍然要說。「不是這個。」

她靜靜地看著夏祁。「岑姑娘她……早已訂了親。」

夏祁的臉一下子變得蒼白，良久，他才道：「我知道了。」

見夏衿坐在那裡不動，只擔心地看著他。他深吸一口氣，道：「別擔心，我沒事。本來就是一念癡想，知道不行就不會再有這樣的心思了，我知道輕重的。」又擺擺手。「妳回去吧，以後這件事不會再提起了。

「倒是妳……」他頓了頓，注視著夏衿。「我看蘇公子人不錯，妳為何不願意嫁給他？」

夏衿便把跟岑子曼說的那番話拿來又說了一遍。

夏祁默然良久，長嘆道：「都是我無能。如果我能高中進士，妳即便身分比他低些，也低不到哪裡去。如今為了這個，害妳錯失良緣，哥哥對不住妳。」

夏衿心裡熨貼，白他一眼。「都說『三十老明經，五十少進士』。要是讓你現在就中了進士，你叫天下讀書人怎麼活？既是錯過，便是無緣，你何必把責任攬到身上？我的事，我自會看著辦，無須擔心。」

夏祁點點頭。「妳一向是最有主意的。」這麼一想，他還真不擔心了。

見夏祁似乎把那點萌動的心思放下了，夏衿遂放下心來。

「我回後院去了。」她放下茶盞，站了起來。

「我送妳。」夏祁也站了起來。

兄妹倆從屋裡出來，從迴廊繞出去，路過書房時，忽聽門口的小廝咳嗽一聲，岑雲舟快步從裡面走了出來。

看到夏祁跟夏衿在一起，他面露尷尬之色，沒話找話地掩飾道：「說完話了？夏兄弟這是要送夏姑娘出去？」

「是。」夏祁也沒多想，將夏衿送到門口，看著她帶著董方去了，這才轉回來，叫住準備進房的岑雲舟。「二哥，天色不早，該過去吃飯了。」

岑雲舟抬頭看了看天，回身叫小廝鎖了書房，跟夏祁往正院去。

一路上，他欲言又止。

夏祁察覺到他的異樣，側目問道：「二哥怎麼了？有什麼話儘管講。」

岑雲舟的話到嘴邊，又嚥了下去，笑道：「沒事。」

夏祁狐疑地看他一眼，沒有再說話。

晚飯一如既往，仍是一架屏風隔開，熱鬧而融洽。

岑雲舟吃過晚飯，並沒有跟夏祁回前院，託言有事跟祖父相商，讓夏祁自己先走一步。

家中男子都在軍中任職，常在一起商議大事，岑子曼並不在意，攙著夏衿也離開了。

邊關就要打仗了，宣平侯被封為主帥，雖未開拔，但「三軍未動，糧草先行」。為調拔後勤輜重，他忙得腳不沾地，今兒好不容易回家吃一頓飯，就被孫子留了下來。

他喝了一口茶，看向岑雲舟。「有什麼話，趕緊說吧。」

蕭氏則望著二兒子，眸子裡隱隱有著擔憂與傷悲。

她生了三個兒女，每一個都是她的心頭肉。如今要打仗了，岑家是將門，公爹、丈夫和二兒子都要參加，只留下大兒子在家支撐門戶。

這些年他們雖也出征，蕭氏做了二十多年的岑家媳婦，早已習慣親人們在前線浴血奮戰，她們在後方擔驚受怕的日子。但這一次打仗跟以往不同，北涼國用蠱毒謀殺皇帝不成，已成不死不休的局面，這一次戰況定然十分激烈，死傷……難料。

如今開拔在即，二兒子留下祖父、祖母和父母，不知要說什麼。

「我……」岑雲舟知道祖父這幾日事多，也沒再多猶豫，開門見山道：「我看上夏姑娘了，我想娶她為妻。」

「啊？」大家都十分意外。

蕭氏一怔之後，就滿臉驚喜。「真的？太好了。」

她興奮地轉過頭來，望向婆婆。「母親，您前兒還說要把夏姑娘娶進門作孫媳婦呢，沒想到舟哥兒竟然跟咱們一樣的心思。」

由不得她不驚喜興奮，實則岑雲舟的親事這兩年已成了她一個心病。將門之子，不知何時就要上前線去，早早成了親，留下一、兩滴骨血，才是正理。

偏岑雲舟挑剔得很，硬是一個閨秀都看不上，長輩們又不忍拂他的意，這才拖延至今。

宣平侯撫著長鬚，哈哈大笑起來，對岑雲舟道：「你知道嗎？我跟你祖母早就看中夏姑娘，想要把她許給你為妻了。只等她父母上京，就把親事訂下來，如今你自己也中意，那是再好不過的事情了。」

岑雲舟雖知如果自己堅持要娶夏衿，家裡人不會不應允，卻沒想到祖父母竟然跟他是一樣的心思，自然又驚又喜，站起來對祖父、祖母深深一揖。「多謝祖父、祖母想著孫兒。」

宣平侯老夫人嗔道：「啐，我們什麼時候不想著你了？這小沒良心的。」

大家歡喜了一陣，蕭氏便有些迫不及待了，問宣平侯道：「父親，不知夏姑娘的父母到哪裡了，能不能趕上你們出征的日子？」

宣平侯點點頭。「算算日子，還有三、四天就到了。」

蕭氏看了兒子一眼，又看看公公、婆婆，明知不可能，仍把心裡的話說了出來。「要是能在出征前把親事辦了就好了。」

大家一怔，繼而都沈默下來。

結親，不是一件容易的事，須得經過「納采、問名、納吉、納徵、請期、親迎」這六禮，任何一個環節的疏忽，都是對女方的輕視。

這麼一個流程走下來，最快、最簡單都得兩、三個月。

而大戰在即，岑雲舟不日就要開拔，自然不可能完成。

但刀槍無情，誰都不能保證上了戰場，是否能全鬚全尾地回來，要是能在出征前成親，給岑雲舟留下一滴骨血……

想到這裡，大家都禁不住暗自嘆息。

「萬萬不可。」岑雲舟道。

他抬起眼，正色道：「娘，我知道您心疼我，但夏姑娘也是人家父母的掌上明珠，豈可因為我要上戰場而草草成親？更何況……」

他知道說這話長輩會傷心，但怕母親為了自己去找夏家長輩哀求，仍把話說了出來。

「我要是有個三長兩短，豈不誤了人家姑娘的終身？所以……這一次即便是夏姑娘的父母來了，你們也只可說個意願，如果他們願意，也只作口頭約定，不需要正式訂下來，一切等我平安回來再說。」

這話尚未說完，蕭氏的眼淚就下來了。「舟哥兒，你說這話不是戳我的心嗎？你一定會平平安安回來的，一定會。娘等你回來成親，給娘生個大胖小子。」

岑雲舟見母親傷心，心裡也甚是懊惱，忙笑道：「娘放心，兒子又不是第一次上戰場，哪次不是全鬚全尾的回來？這次也一定是。您只等著我凱旋歸來，給您娶了兒媳婦，再生個大胖小子。」

「嗯。」有上了年紀的公公、婆婆在，蕭氏也不敢太過傷心，忙用帕子擦乾眼淚，用力點頭，又強笑著對婆婆道：「娘，對不住，只是聽得舟哥兒願意娶親了，我這是高興的，所以難免想多了些。咱們家風水好，岑家拳法又厲害，公公、相公打過好幾次仗，都毫髮無損地回來，這次定然也是一樣，您莫擔心。」

宣平侯老夫人嫁了個馬上得功名的丈夫，一輩子擔驚受怕，早已習慣了生離死別。然而人年紀大了，心便慈軟，想得也多，剛才蕭氏那番話，說得她也十分心酸。但「岑家拳法厲害」這話，切切實實安慰到她了。

可不是？岑家經歷過大大小小無數的戰役，岑家男人都能平安回來，依仗的，就是他們的武功都比別人高明，即便大軍敗了，隻身逃離也是不難。

說起這個，岑雲舟想起從夏祁身上學到的功夫，立刻興奮起來，忙道：「祖父、爹，我這段時間跟夏兄弟對練，從他身上學到不少精妙招數。這招數厲害到了極點，而且還不用內功支撐，用在戰場上再好不過了。」

看到岑雲舟這興奮勁兒，大家都無奈地暗自搖頭——現在正討論你的成親大事，怎麼又扯到武功上去了？這孩子的武癡病啊，真沒得治了。

岑雲舟卻渾然不知，激動地站起來，對宣平侯世子岑長安招招手。「爹，您來，咱們演練給祖父看。」

岑長安本不想動，被妻子瞋怪地瞪了一眼。「去吧，就當活動活動，消消食。」他只得站了起來，走到屋子中間。

「這太窄了，咱們到外面去吧。」他道。

「不用。」岑雲舟的話還沒說完，身影便動了起來，等他話聲落下，人已到了岑長安後面，一支匕首架在他的脖子上。

當然，匕首並未出鞘。

宣平侯尚還鎮定，那婆媳兩個卻是大驚失色。

「怎麼樣？」岑雲舟收回手來，洋洋得意地道。

「你這是什麼身形？」岑長安立即收回剛才的不以為意，問道。

岑雲舟放慢速度，將剛才的腳步移動及身形又演試了一遍。

看清楚這一招的精妙之處，宣平侯不由大聲喝道：「好身法、好招數！」

「是吧？」岑雲舟收回手來，得意地看著祖父。

「還有嗎？來來，繼續。」岑長安這一回也興奮起來。

這種招數不要多，能來上十來招，他們保命的本錢便大大增強，岑家兒郎在戰場上活命的機率又增加了幾分。

岑雲舟將他從夏祁身上學到的招數一一演練了一遍。

「好功夫！」宣平侯和岑長安眼睛越看越亮，不由連連喝采。

「這是你從夏祁身上學的？他這功夫打哪兒來的？」岑長安跟著比劃了一陣，越練越覺得招數精妙，忍不住問起來由。

岑雲舟從夏祁身上學到了一些招數，他是知道的。當初岑雲舟要把岑家拳法教給夏祁，特意問過他和宣平侯，但當時他沒在意，只以為是些普通功夫。以他這武癡兒子的性格，即便從普通功夫裡得到一星半點兒的收穫，都會興奮不已，實不值得關注。

沒承想，竟然是這樣厲害的功夫。

「是夏姑娘教的。」岑雲舟道。

「夏姑娘？」岑長安愕然，繼而搖搖頭。「怎麼可能？莫不是夏祁不願意說，拿這話哄你？」

「真的。」岑雲舟見父親不信，急道：「我跟夏姑娘交過手。她可厲害了，比夏祁的功夫高出一籌都不止。」

「那她的功夫從哪兒來的？」想起那個比女兒文靜許多的小姑娘，岑長安實在不敢相信她竟然是身懷武功的高手。

岑雲舟撓撓頭。「聽夏兒弟說，這武功是夏姑娘的師父教的。」

一直坐在旁邊默不作聲的宣平侯卻搖搖頭。「這不可能！」見兒子和孫子都望向他，他解釋道：「邵大哥的功夫我知道，這套武功絕不是來自邵家。」

聽到這裡，宣平侯老夫人道：「教夏姑娘醫術的那位邵姓婆婆，十有八九不是邵大哥的妹妹或家人。」

夏衿面對太后和皇帝時改了說辭，但具體情況如何，他們再清楚不過了。邵家姑奶奶在江南活得好好的，後來才病逝了，教夏衿武功和醫術的那一位，想來只是姓邵，跟邵將軍一家並無瓜葛。

宣平侯一愣，長嘆一聲。「咱們家欠夏姑娘的實在太多了。」

「以後我會把她當親生女兒疼的，咱們能補償的時日還長著呢，父親莫要太過愧疚。」蕭氏忙道。

大家一想，可不是？成了一家人，以後多疼她一點，再多幫襯夏家便是，心裡光是愧疚，並無什麼用處。

「你派人去迎一迎夏家夫婦。」宣平侯轉頭吩咐岑長安。

「是，兒子曉得。」岑長安恭敬地答應。

「行了，我還得跟下屬商議正事，不多說了。」宣平侯站了起來。

大家送他出去，方自散了。沒有一人提及，要夏衿將她的武功傳給岑雲舟，好多些保命功夫。

第八十五章

岑子曼並不知道祖父、父親和二哥不日就要開拔去邊關。她跟夏衿回房，高高興興地聊了一會兒天，便歇下了。

夏衿卻難以安睡。

因為旁邊那幢正屋小廳的屋頂上，又來了一個人，而且待在那裡一動不動，不像是路過的。

要不要上去看一看？她猶豫著。

跟岑雲舟交過手，學了一套據說很是厲害的拳法，再加上觀察了皇宮裡派來保護她的那幾名高手，她大致瞭解了大周朝的武功。

如果拚內力深厚，實打實的擊掌對打，這世上可能有好些高手比她強，即便是宣平侯和宣平侯世子岑長安也不弱於她；但要說到身法的詭異精妙，想來這世上沒幾人能比她強的；而論謀殺、逃命、下毒、喬裝打扮，更是無人能及她半分。

所以，即便昨晚皇帝把保護她的幾名高手撤了回去，她也沒有任何不安，一覺穩穩地睡到天亮。

這京城，不比臨江，高手如雲。大內裡的高手就不用說了，達官貴人家的護院，沒準兒就是武功高手。而宣平侯和世子也有極深的內力，她要是在夜裡四處蹓躂，一不小心就可能被人發現。

更何況，朝堂向來波詭雲譎、手段百出，京城的水是天底下最渾、最深的。她這一出去，難保不遇上見不得人的勾當，她一小老百姓之女，只須安安穩穩地過日子就行，何必沾惹上這些麻煩？

所以自到了京城，她晚上都是老老實實待在屋裡睡覺，再不像在臨江城裡那般，到了晚上就四處蹓躂。

此時屋頂上有個人，放在臨江，她早就爬起來去看個究竟了；可現在卻拿不定主意，不知道該不該上去看看。

最後，她還是決定閉上眼睛睡覺，不去理他。

那人如果跑到她屋頂上來，她自然會警醒。

最後她一夜安睡，待天明時睜開眼，屋頂上那人不知何時已離開了。

第二天吃過早飯，岑子曼興致勃勃地拿了一身胡服過來，遞給夏衿。「快，換上，我帶妳去打獵。」

「打獵？」夏衿訝然。

昨天沒聽岑子曼說起呀。

「是我表姊一早才派了婆子過來，說大家一時興起去北囿獵場打獵，問我有沒有興趣一塊兒去。我一直說想帶妳去打獵，這下終於有機會了。」

夏衿倒也高興，將胡服換了，又問：「除了咱倆，還有哪些人去？」

如果方便，她想帶夏祁去看一看。男孩子一定要多見些世面才有膽識，如果岑雲舟和夏祁能一起去，那再好不過了。

「我哥沒空。」岑子曼的臉垮下來。「邊關要打仗了，他過幾天就要開拔，現在很忙。」

「打仗了？」夏衿一驚。

戰爭，總是讓人不安的。

岑子曼點點頭。「不光我二哥，我祖父、我爹，都得去。」

夏衿的表情凝重起來。

她很喜歡岑家一家人，真心希望宣平侯等人能平安回來。

「我得謝謝妳哥。」岑子曼望著夏衿，極認真道：「我哥昨晚把從妳哥那裡學的功夫給我爹演練了一遍，我爹直誇招數精妙，我們家人的性命，又有了一層保障。等妳見了妳哥，代我向他道一聲謝。」

「行，我見了他就把這話轉達給他聽。」

說是這樣說，夏衿心裡卻拿定主意，以後不再在夏祁面前提岑子曼，也不讓他們多加接觸。

「妳想讓妳哥去打獵嗎？如果他去，便讓我表哥陪著，反正他今兒休沐。」岑子曼又道。

「行啊。」夏衿點點頭。雖然不願意夏祁跟岑子曼多見面，但出去打獵，男女並不在一塊兒，何況讓夏祁多散心也是不錯。

岑子曼便讓人去通知夏祁和蘇慕閑。

一頓飯工夫後，大家在大門口集合，夏衿和岑子曼這一次沒再乘馬車，而是各騎了一匹溫順的棗紅馬，夏祁和蘇慕閑騎的則是高大的白馬。

四人並沒多作交談，各自見了禮，岑子曼又跟蘇慕閑說了地點，一行四人便朝城外奔馳而去。

北囿獵場在皇家獵場附近，位於城外五十里。夏衿一行出了城門，就遇上幾個貴女和貴公子，岑子曼上前一問，才知道今天這場打獵活動，是嘉寧郡主發起的，邀請了不少人。除了勛貴子弟，還邀請了好些官宦人家的公子、小姐。

岑子曼皺著眉，跟夏衿暗自嘟囔道：「她搞的什麼鬼？」

蘇慕閑一聽是嘉寧郡主發起的，臉色便不大好看，不過卻沒說不去。

夏衿知道他是顧及什麼，對他道：「如果你不方便去，也不要緊，到時候我哥跟我們在一起就行了。」

剛才岑子曼把打獵的規矩跟夏衿說了一遍。京城風氣開放，男女之間並不像江南那般嚴防死守，打獵時男女也可以一起活動。夏祁人生地不熟，自然跟她和岑子曼在一起比較保險。

至於情愫上的事，此時也顧不得了，總不能為了自家人，讓蘇慕閑惹上麻煩。

蘇慕閑聽了夏衿的話，愣了一愣，問道：「妳知道？」

這話沒頭沒腦，夏衿卻明白，解釋道：「那天在長公主府，我們正好在遠處看到她落水。」

蘇慕閑目光複雜地看了她一眼，點點頭道：「妳知道就好，那我今天就不去了。」頓了頓又道：「誰知道她今天會出什麼么蛾子？皇家女子咱們惹不起，只能躲了。」

「夏公子，對不住，今天我不能陪你去了，改日請酒賠罪。」蘇慕閑朝夏祁一拱手，又跟岑子曼打了聲招呼，策馬又回了城。

「避避最好。」夏衿道。

岑子曼沒趣地回頭看了他一眼，轉過頭來道：「走吧。」

三人縱馬馳騁，路上行人越來越少，半個時辰之後，到了北圍獵場。

而那裡，已經聚集了許多年輕男女。

「阿曼，妳也來了？」

「阿曼，跟我們一起不？」

不停有人跟岑子曼打招呼，岑子曼禮貌地一一回絕，轉頭對夏衿得意一笑。「我功夫好，她們都願意跟我一隊。」

夏衿啞然失笑。

就岑子曼這花拳繡腳，也叫功夫好，可見這些貴家公子和小姐沒用到什麼地步。

不過也是，這些人養尊處優，能騎穩馬、射箭不誤傷人，已是很了不起，實在不能有太高的要求。

而歷來打獵的規矩，就是哪一組的獵物最多，誰就最有面子，還能得到主家的懸賞之物。對這些貴家子弟來說，東西無所謂，最重要的就是面子。

所以岑子曼這種有點功夫在身的將門女子，就很受歡迎了。

「我表姊說，讓我跟她一隊。」岑子曼四處張望，尋找許晴。

夏衿也幫著尋找，偏偏許晴還沒找到，就在人群裡看到了鄭婉如。

今天的她穿了一身薄荷綠繡竹紋胡服，在一群穿了胡服多了幾分英姿的姑娘堆裡，仍透著清新淡雅的氣質。她的臉色雖然有些蒼白，但精神卻不錯，聽著跟她同來的幾個女孩子說笑，她卻靜靜站立一旁抿嘴微笑，顯得格外溫婉文靜。

而讓夏衿十分意外的是，跟鄭婉如在一起的，竟然是嘉寧郡主安以珊。

不過此時容不得她多想，安以珊已大步走了過來，用眼風掃了夏祁一眼，問岑子曼。

「妳表哥呢？他不是跟你們一起出來的嗎？」

岑子曼生長環境單純，一向不以惡意揣度人心，但那日在長公主府看到安以珊特意落水，設計蘇慕閑，她對安以珊就從厭惡變成鄙視。

此時聽她頤指氣使的問話，岑子曼沈著臉冷道：「我表哥不舒服，回去了。」

「不舒服？」安以珊一聽這話，眼裡像是要冒出火來。她上前一步，似乎下一步就要搧岑子曼一巴掌。

岑子曼嚇了一跳，連忙往後退，直挨到身後的夏衿，才站穩身子。

「郡主，有話好好說。」許晴不知從哪裡冒了出來，扯了扯安以珊的衣袖，又對岑子曼使眼色，示意她說兩句服軟的話。

岑子曼卻緊抿著嘴，冷冷地看著安以珊，默然相對。

「郡主，不如咱們跟岑姑娘他們比賽呀。」鄭婉如那柔柔的聲音在旁邊響起。「哪個獵的獵物少，就作東請吃飯，您覺得好不好？」

安以珊也不好無理取鬧。現在大軍開拔在即，如果她讓領軍大將軍的孫女受了委屈，即便她再受寵，也是要被拎進宮裡訓斥一頓的，到時候，她父王的臉面也不好看。

現在鄭婉如遞了梯子過來，她便順勢而下，冷哼一聲盯著岑子曼，口氣仍咄咄逼人。「怎麼樣？敢不敢跟我們比？」

岑子曼也是個不服輸的，一抬下巴。「比就比，誰怕誰？」

「那好。」安以珊道：「老規矩，十人一組。」

生怕岑子曼誤會，她又急急道：「你們出城的時候是四個人，就算妳表哥沒來，也得算在裡面，妳再另找六人組隊，要是不服氣，就派人去叫他，我們多等等也無妨。」

岑子曼自然知道她這是變相想讓蘇慕閑過來。

她鼻子裡輕哼一聲。「不用我表哥，我們九個就能把你們打敗。」

「蝦蟆打哈欠，口氣倒不小！」安以珊冷笑一聲。「我也不管你們是九個還是十個，反正吃飯的時候，人必須到齊。」

這是怎麼都不肯放過蘇慕閑了？岑子曼氣得脖子都紅了，有心想嗆安以珊兩句，卻又怕她那不管不顧的脾氣，要是觸怒了她，甩兩巴掌過來，自己恐怕就要白挨了。

她氣道：「我們要是贏了，去幾個人自然由我們說了算！」

「行，誰贏誰說了算。」安以珊說完，就開始挑人。她也不叫人到近前來，只遙遙地點了幾人，連帶著把鄭婉如和兩個侯府小姐也算在她那組裡。

點完，她又問許晴。「妳跟妳表妹還是跟我？」

許晴一臉為難，猶豫著。

不容她考慮，安以珊不耐煩地一揮手。「行了，妳跟妳表妹一組吧。」

「是。」許晴這個國公府小姐面對安以珊，也不敢多話，應了一聲，便走到岑子曼這邊。

剛才就有不少人邀請岑子曼跟她們一組。岑子曼現在要組隊，自然也不用為難，走過去叫了幾人過來，便把小隊組好了。

安以珊見岑子曼組好了隊，大喊一聲。「走啦。」便帶著她的小隊出發了，一邊走一邊還喊道：「兩個時辰後，在這裡碰面，看看誰打的獵物多。」

岑子曼見安以珊往東邊走了，問了問先到的那些閨秀，得知安以珊的哥哥一早就領著貴公子們往南邊去了，還有一隊人往北而去，西邊倒是沒人，她便帶著自己的小隊往西而去。

這獵場占地足有一、兩千畝，地勢平坦，並無危險的崖壁和深淵，裡面放養了一些鹿、羊、兔子等溫順動物，以供貴家子弟們取樂遊玩。

岑子曼此時也無暇顧及夏衿兄妹倆，只囑咐他們好生跟隨，別迷了路，便把精力用到應付、照顧其他人上。夏衿跟其他人也不熟，便與夏祁一起走在隊伍的最後面。

大家騎馬跑了一陣，忽然從草叢裡竄出一隻山羊，這些人頓時大呼小叫追了上去，又掏出箭來朝羊射去，那箭法讓夏衿慘不忍睹。

不過這是陪公子趕考，她不好喧賓奪主搶風頭，只跟夏祁幫著攔一攔。好在她們人多，馬又跑得快，四處一圍，岑子曼放了幾箭，終於把那隻山羊射死了。

把山羊交給跟來的兩個小廝，走在岑子曼身邊的一個女孩子，名叫劉悅兒，她道：「阿曼，時間緊，這裡地方又寬，咱們就這麼跑，不一定能碰上獵物，要不咱們還是分頭行動吧。分兩、三個方向朝前走，或是左右包抄，這樣遇上獵物的機會就大很多。」

——未完，待續，請看文創風384《醫諾千金》4

文創風 383

醫諾千金 3

國家圖書館出版品預行編目資料

醫諾千金 / 清茶一盞著. --
初版. -- 臺北市 : 狗屋, 2016.02-
冊 ; 公分. --（文創風）
ISBN 978-986-328-560-1（第3冊：平裝）. --

857.7　　104027291

著作者　清茶一盞
編輯　余一霞
校對　沈毓萍　許雯婷
發行所　狗屋出版社有限公司
地址　台北市104中山區龍江路71巷15號1樓
電話　02-2776-5889～0
發行字號　局版台業字845號
法律顧問　蕭雄淋律師
總經銷　知遠文化事業有限公司
電話　02-2664-8800
初版　2016年3月
國際書碼　ISBN-13　978-986-328-560-1
原著書名　**《杏霖春》**，由湖北風語版權代理有限公司授權出版

定價250元
狗屋劃撥帳號：19001626
網址：love.doghouse.com.tw　E-mail：love@doghouse.com.tw